EL
REINO
DEL
REVÉS

EL REINO DEL REVÉS

MARIE LU

Traducción de Nora Escoms

Argentina – Chile – Colombia – España
Estados Unidos – México – Perú – Uruguay

Título original: *The Kingdom of Back*
Editor original: G.P. Putnam's Sons, un sello de Penguin Random House
LLC, New York
Traducción: Nora Escoms

1.ª edición: mayo 2020

Copyright © 2020 by Xiwei Lu
Ilustraciones del mapa copyright © 2020 by Virginia Allyn
All Rights Reserved
© de la traducción 2020 *by* Nora Escoms
© 2020 by Ediciones Urano, S.A.U.
Plaza de los Reyes Magos, 8, piso 1.º C y D – 28007 Madrid
www.mundopuck.com

ISBN: 978-84-92918-94-2
E-ISBN: 978-84-17981-33-4
Depósito legal: B-4.505-2020

Fotocomposición: Ediciones Urano, S.A.U.

Impreso por: Rodesa, S.A. – Polígono Industrial San Miguel
Parcelas E7-E8 – 31132 Villatuerta (Navarra)

Impreso en España – *Printed in Spain*

Para Kristin, la primera en creer.
Este es el libro que dio comienzo a todo.
Estoy eternamente agradecida.

EL GRAN TOUR EUROPEO

de la família
Mozart

COLONIA

MAGUNCIA

FRANKFURT

MANNHEIM

MÚNICH

Salzburgo

ZÚRICH

MILÁN

VENECIA

El Reino del Revés

ESTRELLAS PESCADORAS

CAMPO DE FLORES DE EDELWEISS

EL BOSQUE DE ÁRBOLES INVERTIDOS

LA GRUTA DE LA BRUJA

EL PUENTE NATURAL

LA CABAÑA DEL OGRO

EL CASTILLO EN LA COLINA

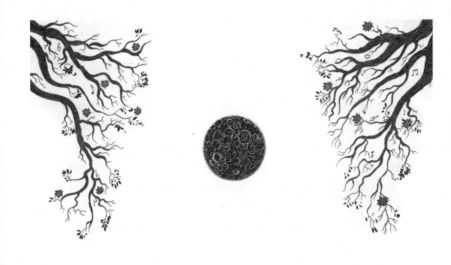

Voy a contarte una historia que ya conoces. Pero escucha bien, porque dentro de ella hay otra historia que no has oído nunca.

La historia que conoces es sobre un niño llamado Wolfgang Amadeus Mozart.

Reconoces su nombre. Y aunque no sea así, a él lo conoces bien, porque has oído su música durante toda tu vida.

No estuvo aquí mucho tiempo: fue una chispa de vida, breve y brillante, un destello de polvo de estrellas que iluminó el cielo. Yo conocía su mente mejor que nadie; entendía cada uno de sus senderos sinuosos y sus rincones silenciosos tan profundamente como los míos. Lo recuerdo todo: cómo su manita cabía en la mía, sus largas pestañas contra sus mejillas infantiles, la expresión con que me miraba en la oscuridad del dormitorio que compartíamos, sus ojos grandes y frágiles que brillaban, siempre soñando con algún lugar lejano. Voy a contarte cómo en su pequeño pecho cabía tanta alegría y tanta belleza que, si no tenía cuidado, acabaría derramándose en las calles e inundaría el mundo con demasiada luz. Él lo sabía y por eso se contenía, transformaba lo inimaginable en una rígida simetría para que el mundo pudiera entenderla, y por eso su música fue aun más sublime.

La historia que nunca has oído es la de la hermana que componía a su lado. En cierto modo, a ella también la conoces, pues has oído su música durante toda tu vida. Ella no es el polvo de estrellas sino el pabilo constante, el que arde con un brillo tenue y moderado. No la ves por el modo en que ilumina el cielo, sino por la forma en que se afianza en la oscuridad, sola, por la noche, junto a una ventana, mientras el mundo duerme a su alrededor. Ella escribe cuando no la ven. Por la mañana, nadie sabría que su llama había ardido. Su música es el fantasma en el aire. La conoces porque te recuerda a algo que no logras identificar del todo. Te preguntas dónde la has oído antes.

La historia que ya conoces transcurre en una tierra real, llena de reyes, castillos y cortes de verdad. Hay largos viajes en carruaje, conciertos de verano y un niño con un blasón real.

La historia que nunca has oído transcurre en un sueño de niebla y estrellas, con príncipes de las hadas y reinas de la noche. Se trata del Reino del Revés, y de la niña que lo encontró.

Yo soy la hermana, la otra Mozart. Y su historia es la mía.

SALZBURGO, AUSTRIA

1759

MOZART
JUNTO AL MAR

Aveces llega un día que parece poseído por cierto matiz de magia. Ya conoces esos momentos. Las siluetas de las hojas forman un dibujo tembloroso en el suelo, bajo un rayo de sol. El polvo que flota en el aire brilla con un resplandor blanco, como hechizado. Tu voz es una nota suspendida en la brisa. Al otro lado de tu ventana, los sonidos parecen muy lejanos, como canciones de otro mundo, e imaginas que ese es el momento justo antes de que ocurra algo extraordinario. Y tal vez esté ocurriendo ahora.

Mi día de magia llegó durante una luminosa mañana de otoño, mientras los álamos se mecían contra una ciudad dorada. Yo acababa de cumplir ocho años. Mi hermano, Wolfgang, aún no tenía cuatro.

Yo seguía practicando mis ejercicios cuando entró Padre, acompañado por Herr Schachtner. Los dos venían conversando sobre algo relativo al arzobispo, despeinados por el ajetreo de la Getreidegasse, la calle principal de la ciudad, sobre la cual vivíamos.

Me detuve en mitad de mis arpegios y apoyé las manos cruzadas sobre mi falda. Incluso ahora recuerdo las irregulares costuras de mi enagua azul, mis manos blancas sobre las teclas negras del clavecín, las hojas secas adheridas a los hombros de Herr Schachtner. Hablaba con una voz profunda de barítono. En su abrigo se adhería como un perfume el aroma de la calle, a viento, humo y pan horneado.

Yo tenía los labios rosados y secos. Llevaba el cabello cuidadosamente sujeto con horquillas y este caía en ondas oscuras sobre mi nuca. Seguía siendo demasiado joven para preocuparme mucho por mi aspecto, de modo que mi madre me había acicalado con sencillez.

—¡Herr Schachtner! —La voz de mi madre se endulzó con sorpresa al oír entrar a los hombres. Lo dijo como si no hubiera estado esperando al respetado trompetista de la corte de Salzburgo, como si no lo hubiéramos planeado todo para su visita—. Tanto hablar del arzobispo y de la orquesta... con razón usted y mi marido siempre están cansados. Sebastian —añadió, con una seña a nuestro criado—. El abrigo y el sombrero del Herr.

Sebastian colgó las pertenencias del trompetista de la corte. Se trataba de confecciones refinadas, de terciopelo con adornos dorados, y el sombrero era de piel de castor con bordes de encaje. En comparación, el abrigo de mi padre parecía gastado, y en los codos la trama se veía más fina. Desvié los ojos hacia el dobladillo del vestido de mi madre: estaba deshilachándose y el color lucía apagado. Teníamos el aspecto de una familia que se encontraba siempre en el límite de lo respetable.

Mi padre estaba demasiado ocupado con nuestro huésped para prestarme atención, pero Madre observó mi postura tiesa y la palidez de mis mejillas. Me dirigió una mirada de aliento al pasar.

Tranquila, pequeña, me había dicho más temprano. *Has practicado mucho para esto. No estés nerviosa.*

Recordé sus palabras e intenté aflojar los hombros. Pero Padre se había adelantado un poco con la visita. No había alcanzado a practicar más que mis escalas. Aún no se me había quitado el frío de las yemas de los dedos, y cuando pulsaba las teclas, las sentía como si fueran algo lejano.

Por suerte, mi hermano se había mantenido alejado. Estaría escondido en el dormitorio de nuestros padres, sin duda tramando alguna travesura. Deseé que no apareciera hasta que Herr Schachtner se retirara, o al menos hasta que yo terminara de tocar.

El Herr miró a mi madre con una sonrisa cálida que le arrugó las comisuras de la boca y dio a su rostro una expresión agradable.

—Ah, Frau Mozart —respondió, y guiñó un ojo al besarle la mano—. Siempre le digo a Leopold lo afortunado que ha sido al encontrar a una mujer con buen oído, algo muy poco común.

Mi madre se ruborizó y le agradeció las amables palabras. Sus faldas rozaron el suelo al hacer una reverencia. En algún punto entre esos movimientos estaría escondida su verdadera reacción a la declaración del trompetista, pero su rostro se mantuvo como siempre: sereno y reservado, dulce y apacible. Era evidente que su gesto complació al Herr, pues su sonrisa se hizo más amplia.

—Sí, Dios me ha bendecido en muchos aspectos —comentó mi padre, con una sonrisa tan tensa como mis nervios. Posó la mirada sobre mí, dura y brillante—. Nannerl ha heredado el buen oído de su madre, como comprobará usted enseguida.

Era una señal tácita para mí. Al oír las palabras de mi padre, me puse de pie, obediente, para saludar a nuestro invitado. A Padre le desagradaba que yo hiciera una reverencia sin apartarme del clavecín o que mirara nada que no fuera el suelo. Decía que las visitas pensarían que era una joven distraída y descuidada.

No podía darle a Herr Schachtner ningún motivo para que me creyera mal educada.

Serena y dulce. Pensé en mi madre e intenté imitar el modo particular en que ella bajaba el mentón, el recato con que había rozado el suelo con sus faldas. No obstante, mi curiosidad había despertado, por lo que dirigí la mirada de inmediato a las manos del trompetista, buscando alguna prueba de su talento musical en el movimiento de sus dedos.

Madre llamó a Sebastian para que nos trajera café y té, pero Padre la contradijo.

—Más tarde —ordenó.

Era mejor, quizá, que el Herr no viera nuestro juego de porcelana. Imaginé los platillos viejos con pequeñas mellas, la pintura desvaída de la tetera. Madre le había rogado que compraran uno nuevo para cuando recibiéramos a alguien, pero hacía mucho tiempo que no teníamos motivos para recibir semejantes visitas. Hasta ese día.

Herr Schachtner se quitó las hojas secas de su casaca de terciopelo.

—Gracias, Frau Mozart, pero no me quedaré mucho. He venido a escuchar cómo ha avanzado su encantadora hija en el clavecín.

—Johann decidió acompañarme cuando le mencioné el talento de Nannerl. —Mi padre le dio una palmada en el hombro a Herr Schachtner—. No pudo contenerse.

—Qué suerte —comentó Madre, y me miró con una ceja arqueada—. En ese caso, resulta muy oportuno. Da la casualidad de que Nannerl estaba practicando.

Me temblaban las manos y las uní con más fuerza, intentando entibiarlas. Esa sería la primera vez que tocaría con público. Durante semanas, mi padre se había sentado conmigo al clavecín para prepararme, observando mi técnica y golpeándome en las muñecas cuando me equivocaba.

La música es el sonido de Dios, Nannerl, me decía. *Si has recibido el talento, significa que Dios te ha elegido como embajadora de Su voz. Tu música será como si Dios te hubiera otorgado la vida eterna.*

Mi padre, Dios… Para mí, no había mucha diferencia entre ellos. Cuando Padre fruncía el ceño, era lo mismo que si lo hiciera el Cielo: me afectaba de la misma manera. Cada noche, me acostaba oyendo el sonido de mis manos sobre las teclas, las notas claras en su perfección. Soñaba que el Herr me observaba y aplaudía de buen grado, y que mi padre se reclinaba en su silla con una sonrisa satisfecha. Imaginaba que el Herr exigiría que tocara ante un público mayor. Que mi padre lo organizaría. Que las monedas llenarían las arcas de nuestra familia y la tensión desaparecería de los ojos de mi padre.

Esa era la razón de todo lo que estaba ocurriendo esa mañana. Mi padre decía que los niños de mi edad no sabían tocar el clavecín con la destreza con la que yo lo hacía. Yo era el milagro. Elegida por una mano divina. Destinada a destacar. Si lograba demostrárselo a Herr Schachtner, quizá me invitaría a tocar ante Herr Haydn, el compositor más aclamado de Austria. Él sería mi entrada a las cortes reales de Europa, a los reyes y las reinas.

Desde mis manos cantaba la voz de Dios, que valía su peso en oro.

—Nannerl, ¿verdad? —me preguntó la voz de Herr Schachtner.

Asentí en su dirección. Sentía el pecho como si estuviera repleto de polillas que revoloteaban. Moví los dedos, ansiosa por dejarlos bailar.

—Sí, Herr —respondí.

La última vez que él había visitado nuestra casa, no me había prestado atención. Pero tampoco había tenido motivos para hacerlo.

—¿Cuánto hace que su padre la prepara en el clavecín, Fräulein?

—Seis meses, Herr.

—¿Y le parece que toca bien?

Vacilé. Era una pregunta con trampa. No quería hablar con demasiado orgullo para que no me creyera arrogante, ni con demasiada humildad para que no creyera que tocaba mal.

—No lo sé, Herr —dije por fin—. Pero creo que usted podrá juzgarlo mejor cuando me oiga.

Rio, complacido, y me permití una pequeña sonrisa de alivio. Los hombres, me había aconsejado siempre mi madre, eran incapaces de resistirse a los elogios. Si se necesitaba que hicieran algo, primero había que mencionar todo lo que una admiraba en ellos.

Cuando me atreví a mirarlo, su sonrisa se hizo más amplia y el Herr se sujetó los dos costados del cuello de la casaca.

—Vaya, pero qué encanto de niña, Leopold —dijo a mi padre—. Deliciosamente reservada para su edad. Estoy seguro de que se casará bien.

Volví a bajar la mirada y me obligué a sonreír por el cumplido, aunque tensé las manos contra la tela de mi vestido. Una vez había oído a un cochero decir que su yegua era deliciosamente reservada, mientras le ajustaba la brida.

Padre se volvió hacia mí.

—Ayer aprendimos un nuevo minueto —dijo—. Empecemos con ese, Nannerl.

En realidad, no era un nuevo minueto sino uno que Padre había compuesto para mí hacía semanas y que yo llevaba diez días practicando. Pero no había razón para que Herr Schachtner se enterase de aquello. Entonces respondí: «Sí, Padre», me senté al clavecín y tomé mi cuaderno.

Estaba tan nerviosa que empecé a tocar antes de haber contado hasta tres en mi mente. *Cuidado*, me reprendí. Herr Schachtner percibiría cada error que cometiera. Inhalé profundamente y dejé que el mundo se acallara a mi alrededor. El rayo de sol en el aire, el sonido de la voz de mi padre, el peso de la presencia de un desconocido en la habitación. Todo se apagó, y solo quedé yo con mis manos y las teclas.

Allí, estaba sola. Ese era mi mundo. Empecé a tocar y mis dedos se afianzaron en la música. Una escala mayor, un cambio, un la extendido, otra escala, un trino. Cerré los ojos. En la oscuridad, a solas conmigo misma, busqué el pulso de la música y dejé que mis manos lo encontraran.

Fue como hallar en el bosque una telaraña tan frágil que bastaría un soplo de aire para deshacerla. Pensé en las nubes justo antes de que cambiaran de dirección; en una mariposa en la cara inferior de una hoja; en el Edelweiss, la flor de las nieves; en una roca solitaria; en la lluvia a medianoche contra los cristales de la ventana. Cuando tocaba, era como si descubriera la armonía de todo lo que ya conocía, pero de un modo que solo se me revelaba a mí.

Todo mi corazón se llenó de anhelo por la música. Me incliné hacia la telaraña y dejé que me envolviera.

Hasta que...

Desde el dormitorio de mis padres llegó una risa burbujeante. La tela que me envolvía se aflojó, sus hebras empezaron a arder y a mostrar de nuevo la habitación, la luz, al desconocido y a mi padre.

Fruncí el ceño e intenté volver a concentrarme. Pero vi de reojo que un remolino de movimiento salía del dormitorio y corría hasta donde estaba sentado Padre. Vi una cabeza con cálidos rizos castaños. Piernas pequeñas y regordetas. Una sonrisa radiante que lo atraía todo a su alrededor.

Mi hermano, Wolfgang.

—¡Ah, Woferl! —Oí el tono afectuoso con que Padre siempre se dirigía a mi hermano. Por supuesto, no lo reprendió por la interrupción—. ¿Qué te tiene tan entusiasmado? Tendrá que esperar. ¿Ves? Tu hermana está tocando para nosotros.

Mi hermano se limitó a sonreír, y se puso de puntillas para susurrarle a Herr Schachtner algo al oído. Muy a mi pesar, me esforcé por oír lo que decía. Distraída, sentí que mis dedos se aceleraban y perturbaban la telaraña en el bosque y la flor en la roca. Me mordí el labio y me obligué a recuperar el ritmo.

Herr Schachtner rio con ganas. Le contó el chiste a mi padre, que rio entre dientes y luego le dijo algo a mi hermano.

La música que me llenaba la cabeza comenzó a fragmentarse, y en los espacios entre las notas empezaron a aparecer suposiciones sobre lo que podían estar hablando. *Mira qué caras tan graciosas pone. Mira qué tiesa se sienta. Su tempo es irregular.*

O tal vez, aun peor, ni siquiera estaban hablando de mí.

Mis manos tropezaron entre sí. Logré corregir el error antes de arruinar la pieza, pero aun así, fallé una tecla con uno de mis dedos.

La nota salió muda, como un horrible salto entre arpegios.

Sentí que me subía el calor a las mejillas. Eché un vistazo a mi público y vi que mi padre me miraba con evidente sorpresa y desaprobación. Herr Schachtner levantó a Woferl por las axilas y lo sentó en su regazo. Las piernas de mi hermano se balanceaban.

—Gracias, Nannerl —dijo Padre.

Su voz me sobresaltó. No me había dado cuenta de que el minueto había terminado, de que mis manos ya se habían replegado sobre mi falda. La telaraña del bosque había desaparecido. Las nubes, las mariposas y la lluvia desaparecieron de mi mente. Ya nadie me escuchaba.

Me enderecé y me puse de pie, temblorosa, para hacer una reverencia. Debajo de mí, el suelo se balanceaba en el repentino silencio. Mi padre mantenía una sonrisa artificial.

Desde el regazo del Herr, Woferl me miró con la inocencia propia de un niño. Tenía las mejillas redondas, aún encendidas por los vestigios de una fiebre que lo había aquejado unos días atrás. Sus ojos brillaban como guijarros en un arroyo. Aunque no quería detenerme en su mirada, el rostro angelical del hermano al que adoraba me aplacó.

No culpes a Woferl, diría mi padre más tarde. *Si hubieras tocado bien, no habría podido distraer a Herr Schachtner.*

Herr Schachtner unió las palmas de sus manos y aplaudió.

—¡Ah, espléndido, jovencita! —exclamó—. Tienes mucho talento. —Se volvió hacia mi padre—. Tienes toda la razón, Leopold. Toca compases muy fluidos, y con mucho dominio. No me cabe duda de que, cuando sea mayor, tocará para la realeza.

Mi padre le agradeció las palabras con amabilidad, pero yo vi tensión en su orgullo, decepción en su expresión.

Herr Schachtner debería haber dicho más. Debería haber quedado atónito. Debería habernos invitado, haberse ocupado de que yo tocara ante Herr Haydn y los otros maestros de música de Austria, haberse ofrecido a presentarme a sus amigos de la corte. Debería haber sugerido una gran gira, para exhibirme por toda Europa. *¡Imaginad a los italianos!*, debería haber dicho. *¡Una prodigio que llega de la Roma del norte, digna de la mismísima Roma!*

Pero, en lugar de eso, había dicho: *Cuando sea mayor.*

Yo no era ningún milagro, no estaba destinada a destacar. El Herr ya había cambiado de tema y le hablaba a mi padre sobre una discusión entre los oboes de la orquesta, mientras mi hermano seguía rebotando sobre sus rodillas. Mi actuación había quedado en el olvido.

Durante seis semanas, me había preparado para aquello. Sentí que las yemas de los dedos se me empezaban a entumecer otra vez, y la vergüenza por la nota en la que me había equivocado afloró a mis mejillas.

Yo nunca me equivocaba en las notas.

Esa noche, cuando Padre ya se había retirado a su alcoba, me senté en la cama con mi cuaderno de música sobre la falda, con las páginas aún abiertas en los compases que había tocado antes. Como de costumbre, Woferl estaba acostado a mi lado. Pensé en apartarlo, pero me quedé observando cómo su pecho subía y bajaba con un ritmo suave, al tiempo que sopesaba mi estado de ánimo con las incesantes quejas que oiría si lo despertaba.

Pasé los dedos sobre la tinta seca, recordando cómo había tocado. Finalmente, cerré el cuaderno y lo coloqué en la estantería. En su lugar, tomé un colgante redondo que siempre mantenía cerca; era de cristal azul vivo y negro. En su superficie quedaban algunas manchas donde mis pulgares le habían quitado el brillo de tanto frotarlo.

Madre, que estaba recogiendo del suelo algunos juguetes de Woferl, reparó en mi silencio. Suspiró.

—Recuerda, Nannerl, que tu hermano es solo un niño —me dijo. Debajo de los ojos, tenía la piel blanda y arrugada, y su cabello era una mezcla de caoba y plata—. No sabe lo que no debe hacer.

—Sabe lo que significa tocar delante de alguien. —La miré—. Hoy distrajo a Herr Schachtner. Tú lo viste.

Madre me sonrió con compasión, con los ojos llenos de comprensión.

—Ah, *mein Liebling.* No lo hace adrede. Hoy has tocado muy bien.

Volví a mirar a Woferl, con el rostro encendido y los rizos castaños despeinados. Madre tenía razón, por supuesto; me sentí culpable y acaricié el cabello de mi hermano. Él se movió y bostezó, como si se tratara de una pausa entre compases, dejando al descubierto la lengua diminuta y rosada.

—¿Me cuentas un cuento? —murmuró, y se arrimó más a mí. Antes de que pudiera responderle, su respiración me indicó que había vuelto a quedarse dormido.

Me lo pedía todos los días. Compartir historias con Woferl era nuestro juego constante: inventábamos mitos de elfos y enanos, quimeras provenientes de los bosques oscuros, gnomos que custodiaban al emperador dormido del monte Untersberg. Pero nos los contábamos en secreto, pues Padre no los aprobaba. En el peor de los casos, eran historias sobre las criaturas del diablo, que venían a atormentarnos y a tentarnos. En el mejor, eran tonterías de cuentos de hadas.

Madre, en cambio, nos las consentía. Cuando yo era muy pequeña, solía alzarme por las noches y contarme aquellas historias en un susurro. Cuando llegó Woferl y Padre empezó a quejarse de que nuestra madre nos llenaba la cabeza con fábulas, comencé a contarlas yo. Pronto pasaron a ser algo que nos pertenecía solo a nosotros.

En ese momento, su voz soñolienta se oyó tan pequeña, y su petición tan sincera, que sentí que se me ablandaba el corazón, como siempre me sucedía con él.

Madre se sentó con nosotros en el borde de la cama. Echó un vistazo al colgante que yo tenía en las manos y no dejaba de frotar. Me lo había regalado ella por mi cumpleaños; una baratija que había comprado durante una visita a nuestro tío Franz en Augsburgo. *Para que te dé suerte,* me había dicho, con un beso en cada mejilla. Ahora me observaba pasar los dedos, abstraída, por su superficie lisa.

—¿Tan desesperada estás por tener buena suerte? —me preguntó por fin, al tiempo que me tomaba la mano entre las suyas.

Aferré el colgante con más fuerza.

—Sí —respondí.

—¿Y para qué, mi cielo?

Guardé silencio un momento y la miré a los ojos. *Lobo plateado*, la había apodado Padre una vez, pues aunque mi madre era tranquila y grácil como la nieve, también era cálida, y sus ojos se iluminaban con inteligencia para aquellos capaces de advertirlo. Era la mirada de una superviviente, una mujer que había luchado para salir de la pobreza y de las deudas, y que de alguna manera había logrado seguir adelante tras la muerte de los cinco hijos a los que Woferl y yo habíamos sobrevivido.

Sentí vergüenza de mis inseguridades. ¿Cómo podía explicarle los sentimientos que me constreñían el pecho? A mi madre, que atravesaba cada momento de su vida con gracia y serenidad. Que parecía haberse enfrentado a todas las desgracias sin temor.

—Madre —dije por fin—, ¿a qué le temes?

Ella rio y se inclinó hacia mí para darme un golpecito en la nariz. Su voz tenía la plenitud de un vibrato, la música de un chelo fino.

—Le temo al frío, pequeña, porque hace que me duelan los huesos. Temo cuando oigo relatos de pestes y guerra. —Su mirada adquirió una expresión seria, como solía suceder cuando pensaba en su niñez—. Temo por ti y por Woferl, como toda madre. —Me miró con una ceja levantada, y sentí que su mirada me atraía—. ¿Y tú?

Volví a posar las manos sobre el colgante, cuyo ojo negro me contemplaba en silencio. Me pregunté si ese ojo podría asomarse a todos los cajones y bolsillos de la mente de mi padre, si podría decirme si aún me tenía cuidadosamente guardada allí. Puede que, si volvía a tocar mal, mi padre perdiera el interés por enseñarme.

Pensé en el modo en que los dos hombres habían dejado de mirarme después de mi actuación, en lo poco que el Herr parecía haberme oído tocar.

—Tengo miedo de que me olviden —respondí. La verdad afloró formada por completo, como si, de alguna manera, al nombrarla le hubiera dado poder.

—¿De que te olviden? —Rio, una risa sonora, profunda—. Vaya temor para una niña tan pequeña.

—Algún día ya no seré pequeña —repliqué.

Madre se puso seria al oír de labios de su hija las palabras de un alma vieja.

—A todos nos olvidan, *mein Liebling* —dijo suavemente—. Salvo a los reyes y las reinas.

Y a los que tienen talento, añadí en silencio, mientras observaba los rizos oscuros de mi hermano. Eso había dicho una vez mi padre: *Solo los dignos llegan a ser inmortales.*

Con un suspiro, Madre se inclinó hacia mí y me dio un suave beso en la mejilla.

—Ya tendrás muchos años para preocuparte con esos pensamientos. Esta noche, cielo mío, duerme.

Me dio la espalda y cerró la puerta al salir, con lo que nos quedamos solos.

Me quedé mirando la puerta por la que acababa de salir mi madre y luego me volví hacia la ventana, por donde se veía la ciudad oscura. En ese momento, pedí un deseo.

Ayúdame a ser digna. Digna de elogios, de que me amen y me recuerden. Digna de atención cuando desnude mi corazón ante el clavecín. Digna de que mi música perdure cuando yo ya no esté. Digna de mi padre. Haz que me recuerden.

La idea siguió dando vueltas en mi mente. Me vi sentada de nuevo ante el clavecín, y esta vez el Herr no se distrajo, mi padre me observó con orgullo, y la telaraña del bosque permaneció intacta y perfecta. Dejé que la imagen se prolongara durante tanto tiempo que, cuando por fin me dormí, seguí viéndola grabada tras mis ojos cerrados.

Creí que nadie había oído mi plegaria secreta, ni siquiera Dios, a quien no parecían interesarle mucho los deseos de las niñitas.

Pero había alguien que sí estaba escuchando.

Esa noche, soñé con una costa iluminada por lunas gemelas que brillaban como diamantes, suspendidas sobre el agua. Su imagen se reflejaba a la perfección en el mar sereno. En el horizonte, se veía la línea curva de un bosque oscuro. La arena de la orilla era muy blanca, y las conchas, muy azules, y entre la espuma del mar caminaba un muchacho. Parecía un niño salvaje, sin más ropa que un poco de corteza oscura y hojas plateadas; tenía ramitas enredadas en el pelo y una sonrisa iluminada por dientes blancos como perlas, y aunque se encontraba demasiado lejos y yo no alcanzaba a distinguir sus rasgos, vi que le brillaban los ojos, y que el azul se reflejaba en sus mejillas. A su alrededor, el aire ondulaba con una melodía tan perfecta, tan distinta de todo lo que yo había oído, que desperté con la mano extendida hacia delante como intentando atraparla.

Esa fue la primera vez que vi el Reino del Revés.

SOÑANDO
DESPIERTOS

Después de aquel primer sueño, pasé días enteros sentada al clavecín, intentando en vano capturar la melodía perfecta que había oído. Pero, hiciera lo que hiciese, no lograba que sonara igual.

—¿Qué es eso que estás tocando sin parar? —me preguntaba Woferl cada vez que venía a verme practicar.

—Algo que oí en un sueño —le respondí.

Me miró pensativo, con los ojos muy abiertos, como si él también estuviera buscando la melodía.

—Pero las notas no son las mismas, ¿verdad? —observó.

Aún no sé cómo lo supo, salvo que lo hubiera adivinado por mi ceño fruncido.

—No, no son las mismas —confesé—. Porque lo que oí en mi sueño no era real.

Pasaron semanas, luego meses, y pronto mi recuerdo se volvió difuso. Mis intentos de recrearla se hicieron más esporádicos, y la melodía fue cambiando hasta hacerse irreconocible. Finalmente, me permití creer que tal vez no había sido una melodía tan perfecta.

Las estaciones cambiaron, del hielo a la lluvia, al sol y al viento. Las colinas que rodeaban Salzburgo se volvieron blancas de nieve, luego verdes con los nuevos brotes, más tarde anaranjadas y doradas, y de nuevo blancas. Mi madre fue arreglando mis vestidos a medida que yo crecía. Empecé a oír conversaciones murmuradas entre mis padres por las noches, acerca de que pronto dejaría de ser una niña, acerca del matrimonio y de las perspectivas que yo tendría, de cómo harían para pagar mi dote. Fuera se oían los disparos de Año Nuevo y los cantores de la estrella visitaban nuestra puerta, frotándose los brazos por el frío navideño, con sus voces cálidas y alegres. De vez en cuando, me llegaba desde la calle algún fragmento de música que rozaba apenas el borde de mi memoria y me recordaba a un sueño lejano.

Padre seguía enseñándome y llenando con minuetos el cuaderno que me había comprado, y yo seguía practicando las piezas. No vinieron más invitados a escucharme tocar. Por lo general, eso me alegraba. El clavecín era mi mundo, mi refugio. Dentro de ese capullo, podía escuchar mis secretos en paz. Pero por las noches permanecía despierta y volvía a tocar la música en mi mente, y mis pensamientos giraban en torno al deseo que había formulado con todo mi corazón.

En mis sueños, me atormentaba el modo en que mi padre se apartaba de mí al final de cada lección, el peso de su decepción porque yo no lograba captar lo que él me ofrecía. Me preguntaba cómo sería desvanecerme un día en el aire. Si mi padre se daría cuenta. No faltaba mucho para que yo dejara atrás la niñez y él dejara de enseñarme.

Una mañana, cuando Padre terminó sus lecciones conmigo y yo cerré con cuidado mi cuaderno, Woferl se subió al banco frente al clavecín y extendió las manitas hacia las teclas. Él también había crecido, aunque quizá no tanto como correspondería a un niño de su edad. Sus ojos aún se veían enormes en su pequeño y regordete rostro, y cuando se volvió hacia el atril, vi sus largas pestañas contra sus mejillas a contraluz, formando un halo. Era un niño frágil, tanto de cuerpo como de salud. Tuve deseos de abrazarlo con un gesto protector.

—Woferl —lo reprendí con suavidad—. Padre no quiere que toques todavía.

Mi padre decía que era demasiado pequeño, que sus dedos estaban aún muy tiernos para presionar bien las teclas. No quería que se dañara las manos. Por el momento, aunque se tratara de un sentimiento egoísta, me alegraba de que las lecciones de música fueran algo solo entre mi padre y yo.

Woferl parecía estar mirando a través de mi cuaderno, con ojos llenos de anhelo por algún lugar lejano. Sus pestañas se alzaron un momento al mirarme.

—Por favor, Nannerl —dijo, mientras se acercaba hasta quedar pegado a mí—. ¿No puedes enseñarme un poquito? Tú tocas mejor que nadie en el mundo.

Hacía semanas que me lo pedía, que se subía al taburete cuando Padre salía, y yo me negaba cada vez. Pero esa mañana, su rostro reflejaba una expresión particularmente persuasiva, y yo me encontraba de buen humor, con las manos tibias y seguras sobre las teclas.

Me hizo reír.

—No creerás que soy mejor que Padre, ¿verdad? —repliqué.

Cuando volví a mirarlo, estaba serio.

—Te prometo que no diré nada.

Aunque no sé qué significado tenía una promesa para un niño de su edad, la dulzura de su rostro me conmovió.

—Estás demasiado lejos —dije por fin—. Acerquemos un poco el banco, ¿ja?

Todo en él se iluminó. Sus ojos, su sonrisa, su postura. Soltó un leve chillido por lo bajo mientras lo acercaba al clavecín, y luego lo ayudé a ubicar los dedos sobre las teclas. Sus manos parecían tan pequeñas en comparación con las mías que las sostuve un momento más, como para protegerlas. Solo lo solté cuando emitió un quejido y me empujó para que me hiciera a un lado.

—Esto es un acorde —le dije, al tiempo que estiraba mi mano junto a la suya. Toqué para él un trío de notas armoniosas, saltando una tecla entre una y otra, primero todas a la vez, y luego, una tras otra.

Él me observaba fascinado. Por ser aún demasiado pequeño, tuvo que usar las dos manos para tocarlo bien: con el pulgar de la mano izquierda, sostuvo la nota más baja, y con dos dedos de la mano derecha tocó la nota media y la alta. Mi, sol sostenido, si. Él escuchó con curiosidad, inclinando la cabeza hacia aquí y hacia allá.

Sonreí y toqué otro acorde. Él me imitó.

Entonces apareció la primera señal. No creo que nadie más hubiera podido advertirla, ni siquiera Padre, que nunca tenía paciencia para ver esas cosas.

Cuando Woferl pulsó las teclas, una de las notas sonó ligeramente fuera de tono.

Frunció el ceño y volvió a tocarla. De nuevo sonó en el tono incorrecto.

Me incliné hacia él, a punto de decirle que lo más probable era que la cuerda se hubiera aflojado. Pero me detuve al ver la frustración que empañaba su mirada. Pulsó la tecla por tercera vez, pensando que se arreglaría sola, y al ver que no era así, tarareó la nota correcta en voz baja, como si no pudiera entender cómo la misma nota sonaba de manera correcta en su mente, pero no fuera de ella.

En ese momento, supe que tenía un oído notable. Más agudo que el de mi padre y que el de Herr Schachtner. Quizá incluso más que el mío, al menos a esa edad. Ya comprendía el sonido de la perfección.

Ahora pienso que así aprendió que el mundo era un lugar imperfecto.

—Muy bien, Woferl —le dije.

Se detuvo y me sonrió con alivio.

—Tú también lo oyes —observó, y en ese momento sentí la calidez de su presencia en mi mundo, una segunda alma que me entendía.

Tocamos algunos acordes más hasta que Woferl se apartó, contempló la luz dorada que entraba por la ventana y luego a mí.

—¿Me cuentas un cuento? —pidió, distraído.

Conque estaba de humor variable. Eché un vistazo hacia el dormitorio de nuestros padres, como si Padre aún pudiera oírnos a pesar de haber salido de casa hacía horas. Madre se había ido con Sebastian al sastre. No había nadie más en casa.

—Está bien —respondí, y cerré los ojos para que se me ocurriera algo.

Aún no sé por qué volvió a mí en ese momento. Quizá por los acordes que habíamos tocado juntos, que todavía parecían flotar en el aire. Pero allí, en la oscuridad, me encontré oyendo aquella música prístina que había oído en el sueño, años atrás. Resurgió el recuerdo de un rostro joven y bello que no alcanzaba a evocar del todo. De despertarme con la mano extendida hacia delante, deseosa por quedarme allí.

Abrí los ojos. El sol se reflejaba en el suelo con una inclinación particular, y había cierta bruma en la luz que llenaba la habitación. Estábamos cubiertos por su resplandor.

—Hay un bosque —dije, mirando a mi hermano—. Que rodea un reino.

Woferl sonrió entusiasmado al oír eso. Aplaudió.

—¿Qué reino? —preguntó—. ¿Qué bosque?

Ese era nuestro juego. Él me hacía preguntas. Yo inventaba las respuestas, y así, poco a poco, iba desarrollándose la historia.

—Es un lugar donde el suelo está cubierto de flores y musgo —proseguí, en voz baja—. Los árboles crecen en grupos apretados. Pero, Woferl, no son árboles como los que conocemos.

—¿Cómo son?

Mi sueño empezó a volver en fragmentos brillantes: la luna, el mar, la línea negra del bosque y la extraña forma de los árboles. El muchacho que caminaba entre la espuma del mar. Bajé la voz y le indiqué que se acercara. Dejé volar mi imaginación y construí el resto de aquella tierra de fantasía.

—Crecen al revés, con las raíces hacia el cielo y las hojas contra el suelo, y forman charcos profundos de agua de lluvia en el único sendero. Debes tener cuidado, pues se alimentan de aquellos que resbalan y caen en los charcos.

Woferl abrió los ojos como platos.

—¿Crees que hay fantasmas?

—Hay toda clase de criaturas. —Pensé en qué decirle a continuación—. No son lo que parecen. Algunas son buenas y mansas. Otras te dicen que son una cosa cuando en realidad son otra. Debes seguir a las buenas, Woferl, y si lo haces, te llevarán a una costa con arena blanca como la nieve.

A Woferl ya se le había olvidado todo lo que nos rodeaba. Me miraba con tanta concentración que reí al verlo tan atento. Mis dedos danzaron sobre el teclado del clavecín al tocar algunas notas ligeras para él. Vi con placer que cada nota despertaba su admiración, como si no lograra saciarse de aquel mundo que yo había elegido compartir con él.

—Ven aquí —le dije de pronto, al tiempo que lo rodeaba con un brazo—. Conozco una pieza que suena justo como ese bosque, si quieres oírla.

Woferl rio mientras yo buscaba una página en blanco de mi cuaderno, con cuidado para no ajar los bordes del papel. Inhalé profundamente e intenté una vez más reconstruir la música que había oído en el sueño. Pensé en los fragmentos de sonidos de la calle que despertaban mis recuerdos y los añadí a la melodía.

Nota a nota, fue surgiendo una extraña canción de otro mundo.

Woferl hacía danzar sus dedos en el aire. Tarareaba la melodía por lo bajo, en el tono exacto, y una parte de mí supo que él debía de ser la única otra persona en el mundo que era capaz de oír la misma belleza que yo.

—¿Crees que puedo tocarla como tú?

—Cuando te crezcan un poco más los dedos. —Sujeté el borde de nuestro banco, me puse de pie y lo acerqué al clavecín. Enseguida, Woferl acercó las manos a las teclas—. ¿Te gustaría intentarlo? —le pregunté.

Y lo hizo. Imitó mis notas. Y una vez más advertí que recordaba todo lo que yo había tocado, que incluso con sus manos diminutas podía seguir la melodía casi como si llevara días practicando conmigo.

Lo observé maravillada, y dentro de esa admiración, se arraigó un asomo de algo: envidia, miedo. Lo sentí frío en el pecho. De pronto, recordé el deseo que había formulado hacía tanto tiempo. *Haz que me recuerden.*

Entonces sucedió por primera vez.

Woferl la vio antes que yo. Inhaló de pronto y lanzó una exclamación de deleite, y luego extendió los bracitos hacia las páginas abiertas de mi cuaderno. Miré para ver qué era lo que había atraído su atención.

Allí, en la primera página, había unas hojas de hierba apiñadas y tres hermosas flores blancas; todas crecían desde el pergamino en ángulo recto. Parpadeé, sorprendida; no podía creer lo que veía. Eran flores de Edelweiss, tesoros de los Alpes.

—No las toques, Woferl —susurré, y le detuve el brazo.

—¿Son de verdad? —preguntó.

Me acerqué un poco más para examinar aquella extraña aparición. El Edelweiss no crecía a una altitud tan baja, y mucho menos, en las partituras. Eran flores de montaña, plantas que los hombres buscaban, a veces a costa de su vida, para llevárselas a sus amadas. Madre nos había dicho una vez que la mismísima Virgen María había bendecido nuestra tierra con las flores del Edelweiss al espolvorear las montañas con estrellas.

Y, sin embargo, allí estaban: blancas como la nieve, con sus pétalos gruesos y aterciopelados, mientras sus bordes se desdibujaban en el resplandor de la tarde. En el aire había un aroma limpio y frágil. Ahora, la luz en la habitación parecía muy extraña, como si tal vez estuviéramos soñando despiertos.

—Deben de haber venido del bosque —supuse. Extendí un dedo.

Mi hermano emitió un sonido de irritación.

—Dijiste que no había que tocarlas.

—Sí, pero yo soy mayor que tú.

Dejé que mi dedo rozara la superficie de una flor. El pétalo tenía la textura del cuello de mi abrigo de invierno, era como pelusa contra las yemas de mis dedos. Retiré la mano. Al hacerlo, se desprendió parte del color, que dejó un trazo blanco en mi piel, como pintura.

—Voy a contárselo a Padre —protestó Woferl.

Sujeté su mano.

—No, no lo hagas. Por favor, Woferl. Padre pensará que he estado llenándote la cabeza con historias tontas.

Me miró un momento, con una expresión indecisa. Le acaricié la mejilla como hacía nuestra madre. Eso fue lo que finalmente lo convenció. Vi que dejaba de resistirse e inclinaba su cuerpo hacia mí, disfrutando de la muestra de cariño. Volvió a acercarse a mí. Froté entre dos dedos el trazo blanco de mi piel, y lo observé desdibujarse y desvanecerse en el aire. Tal vez nunca había estado allí. Cuando volvimos a observar las páginas abiertas del cuaderno, las flores de Edelweiss habían desaparecido. A mi lado, Woferl contuvo el aliento, a la espera de que el sueño regresara. Me temblaban las manos.

Pero eso no fue todo. Al tocar el pétalo de la flor con el dedo, había oído una clara nota musical. No, algo más que eso. Un sonido demasiado perfecto para pertenecer a este mundo. Un secreto. Por la expresión de mi hermano, supe que él no lo había oído. Lo rememoré una y otra vez hasta que caí en la cuenta de que no era una nota, sino una voz dulce y bella que burbujeaba con una risa alegre. Supe de inmediato que pertenecía al muchacho que estaba junto al mar. Pronunció una sola oración.

Puedo ayudarte, Nannerl, si tú me ayudas a mí.

EL CHICO DE OTRO MUNDO

Ahora todo me parece extraño, por supuesto; un chico de otro mundo, nacido de mis sueños. Pero en ese momento, la voz fue muy real. Pensé en ella esa noche, hasta tarde, dándole vueltas y más vueltas en la cabeza, intentando entenderla, ansiosa por oír su perfección una vez más.

Woferl estaba acostado junto a mí en nuestra cama compartida y me observaba con los ojos brillantes y despiertos. Al final, se incorporó sobre un codo.

—¿Crees que volveremos a ver las flores de Edelweiss? —Se inclinó hacia mí. Aún era tan pequeño que sus brazos se hundían casi por completo en los pliegues de la cama—. ¿Eran del bosque de tu cuento?

Suspiré, me di la vuelta y lo miré con expresión conocedora.

—Tal vez —respondí, para aplacar su curiosidad—. No lo sé. Pero sí sé que estoy muy cansada. ¿Tú no?

Woferl me miró con inocencia.

—Sí. Pero tú lo sabes todo, Nannerl. ¿No sabes también cómo es el bosque?

Su charla me distrajo. Lo único que yo quería era cerrar los ojos y dormirme con esa nota musical en la mente. Suspiré.

—Si te cuento un poco más, ¿te dormirás?

—Sí —se apresuró a prometer.

No pude sino sonreír al verlo tan ansioso.

—Está bien. —Me acerqué más a él y lo abracé—. El bosque es muy grande —proseguí. De nuevo dejé volar mi imaginación. El mundo de mi sueño se me apareció otra vez en la mente, con algunas partes en blanco, a la espera de que yo las completara—. Más grande que cualquier cosa que hayamos visto.

—¿Más grande que Salzburgo? —preguntó Woferl.

—Sí, mucho más grande que Salzburgo. O que Viena. O que toda Austria. Es un lugar sin fin.

Woferl cambió de posición en la cama para poder mirarme.

—Nada es más grande que *toda* Austria —afirmó.

Reí.

—Pues este lugar sí lo es. Y aunque aquí las flores de Edelweiss solo crecen en los Alpes, en el bosque crecen por todas partes, porque son originarias de allí.

Al oír eso, Woferl emitió un sonido de admiración.

—Debe de ser un lugar especial.

—Bueno, un bosque especial necesita un guardián, ¿no es así?

Asintió sin vacilar.

—Claro que sí.

En mi mente apareció el recuerdo de unas prendas cosidas con corteza negra y hojas plateadas. Una sonrisa con dientes blancos.

—Pues bien, tal y como dijiste —respondí formalmente—, ahora el bosque tiene un guardián.

Woferl se inclinó hacia mí con ansiedad.

—¿Quién es?

—¿Quién crees tú que es?

—¿Un duende?

Se imaginaba a los de los antiguos cuentos alemanes, diablillos traviesos que podían adoptar la forma de un conejo o robar niños de la cuna.

—No será solo un duende, ¿verdad, Woferl? —insistí—. Los duendes no son tan inteligentes como para cuidar todo un bosque por sí solos. Necesitan a alguien que los ayude con sus planes.

Woferl lo pensó, muy serio.

—Entonces, un príncipe de las hadas, de las hadas del bosque.

Un príncipe. El recuerdo se aclaró más en mi mente. Un par de brillantes ojos azules, ramitas enredadas en el pelo. Una voz demasiado bella para este mundo. El pensamiento me atrajo.

—Un príncipe —acepté—. Alguien a quien no le da miedo gastarles bromas a los intrusos para alejarlos. Alguien tan listo y encantador que puede atraer a quien quiera, alguien capaz de dirigir la sinfonía del bosque. Alguien… —Pensé un momento, y luego le guiñé un ojo a mi hermano—. Alguien salvaje.

Desde el otro lado de la pared se oyó un ruido, como de algo que se estrellaba.

Me incorporé en la cama de inmediato. Woferl abrió los ojos de par en par, iluminados por un rayo de luna que se colaba en nuestro cuarto. La sala de estar había quedado otra vez en silencio, pero no nos atrevimos a movernos. Intenté respirar con calma, pero sentí a Woferl temblar a mi lado, y su miedo atizó el mío. ¿Dónde estaban la voz de Madre o los pasos de Padre, alguien que fuera a comprobar qué había sido aquel ruido? No se oía nada. Eché un vistazo a la puerta cerrada de nuestro dormitorio. Aunque no oí pasos, fui capaz de vislumbrar una luz tenue que se movía de un lado a otro por debajo de la puerta.

Me cubrí los pies con el camisón. De pronto sentía mucho frío.

Al cabo de un largo silencio, desenredé por fin mis piernas y las bajé por el costado de la cama. Tal vez Madre o Padre habían tropezado con algo y necesitaban ayuda. Aunque no se oían sus voces.

Woferl me miraba.

—¿Vas a salir? —susurró.

Contemplé la entrada de nuestro cuarto. Aún se veía el reflejo, por debajo de la puerta, de luces que oscilaban. No parecía la luz de una vela ni la de una chimenea, ni la del sol. Hice una seña a Woferl para que se quedara en la cama; luego me acerqué a la puerta y eché una ojeada hacia la sala.

Allí, al otro lado de nuestra puerta, revoloteaba un mundo de luciérnagas.

No pensé que se tratara de un sueño. El aire parecía demasiado vivo. Las luciérnagas estaban por todas partes, demasiado luminosas para ser una ilusión.

Yo nunca había visto tantas, y menos aún en invierno. La mayor cantidad se agrupaba cerca de la sala de música. Una pasó volando tan cerca de mi cara que di un paso atrás y parpadeé, por temor a que me tocara. Pero tal vez no eran luciérnagas… pues en ese momento, divisé tras la luz una figura diminuta, con brazos delgados y piernas finas y delicadas como tallos de flores. Antes de alejarse a toda prisa, emitió un sonido parecido al de una campanilla.

Salí de nuestro cuarto, muda por el asombro. La luz de la luna se derramaba por las ventanas y pintaba figuras en el suelo. Fuera se veían los contornos oscuros de los edificios de la Getreidegasse bajo las estrellas. El resplandor de las criaturas diminutas le otorgaba un color extraño a nuestro apartamento, algo que parecía a medio camino entre este mundo y el otro. Me habría gustado decir que tenía un aspecto amarillo, o azul, pero no pude. Era como intentar describir el color del cristal.

Las sombras se movieron cerca de la puerta de la sala de música. Me volví hacia allí. Mis pies avanzaban por voluntad propia, y mi hermano me seguía de cerca. Los puntos de luz se apartaban a nuestro paso y nos permitían trazar un sendero azul oscuro entre la bruma dorada.

Había alguien tarareando cerca de nuestro clavecín. Cuando lo vi, contuve una exclamación y alcé una mano para señalarlo.

El muchacho se dio la vuelta hacia nosotros. Me miró con una sonrisa que dejó al descubierto unos caninos blancos como perlas.

Era más alto que yo, joven y esbelto como un bailarín de ballet. Su piel resplandecía pálida a la luz de la luna; tenía los dedos largos y ágiles, y las uñas afiladas. Su cabello color zafiro caía como una cascada por su espalda, y los mechones se encontraban entrelazados con hiedra negra, con destellos de musgo y bosque, noche y joyas. Sus ojos, grandes, luminosos y de un azul increíble, brillaban en la oscuridad y le iluminaban las pestañas. Sus labios eran carnosos y tenían una expresión divertida. Cuando lo miré con más detenimiento, observé que sus pupilas poseían un sesgo gatuno. Sus pómulos, altos y elegantes, perfilaban su rostro juvenil, y era tan insoportablemente guapo que me sonrojé con solo verlo.

De todos mis recuerdos, el de aquel primer encuentro es el que permanece más vivo en mi memoria.

—¿Quién eres? —le pregunté.

A mi lado, Woferl había abierto los ojos con asombro.

—¿Eres el guardián del bosque? —añadió.

El muchacho, la criatura, me miró ladeando la cabeza.

—¿No lo sabes? —respondió. Había algo salvaje en su voz, como el viento que hacía danzar las hojas, y lo reconocí de inmediato: era el sonido que me había cautivado en mi sueño. *Es quien me susurró ante el clavecín, el mismo muchacho al que vi en mi sueño, caminando junto al mar.*

Era él, y estaba allí. Se me contrajo el pecho con temor y entusiasmo.

¿Acaso era, en efecto, un duende, como había sugerido Woferl al principio? Yo había visto dibujos en blanco y negro de aquellas criaturas menudas y retorcidas en las colecciones de cuentos de hadas, leyendas y mitos, pero aquel atractivo joven no se les parecía en casi nada. Era como si él fuese el molde original, y los dibujos, solo sombras deformadas.

Al ver que yo no decía nada, sonrió y me indicó que me acercara. Varias de las luciérnagas se le aproximaron danzando, le tiraron del cabello y le besaron las mejillas con afecto. Las apartó con la mano y ellas se dispersaron, pero volvieron a reunirse y permanecieron revoloteando a su alrededor.

—Eres la niña Mozart —respondió—. Maria Anna.

—Sí —susurré—. Pero me llaman Nannerl, es más corto.

—Pequeña Nannerl —dijo, y su sonrisa se ladeó en un gesto juguetón—. Por supuesto. —El modo en que pronunció mi nombre me provocó escalofríos. Se volvió hacia el clavecín, y el gesto hizo tintinear las joyas que llevaba en el pelo—. La niña del colgante de cristal. Oí tu deseo.

¿Cómo era posible que hubiera oído algo que solo albergaba en mi corazón? Surgió en mí como una oleada el temor de que lo dijera en voz alta.

—Estabas en mi sueño —respondí.

—¿Era *tu* sueño, Nannerl? —Su sonrisa con colmillos brilló en la oscuridad—. ¿O tú estás en el mío?

Las luces que rondaban su rostro titilaron. *¡Jacinto!*, le gritaban con sus vocecitas de campanilla, y él ladeó la cabeza al oírlas.

—Vuelve a la cama —dijo—. Pronto volveremos a hablar.

Entonces extendió una mano hacia el atril del clavecín, tomó mi cuaderno y se lo acomodó bajo el brazo.

Woferl gritó antes que yo, extendiendo sus manitas hacia el muchacho.

—¡Te está robando el cuaderno!

El chico me miró una última vez.

—Hay una tienda de abalorios al final de la Getreidegasse —dijo—. Ven mañana y te devolveré tu música.

Sin esperar mi respuesta, nos dio la espalda y se lanzó por la ventana. Un grito se me atascó en la garganta.

El cristal se hizo añicos, y el muchacho se perdió entre los mil fragmentos que cayeron del marco. Su figura se desvaneció al caer a la calle. Woferl y yo corrimos a la ventana. Allí, la escena me hizo retroceder, atónita.

La Getreidegasse, con sus comercios, sus carruajes y sus silencio-sos postes de hierro, había desaparecido. En su lugar había un denso bosque de árboles invertidos, que alargaban sus raíces hacia las estrellas y extendían sus hojas en el suelo como charcos de terciopelo. Dos lunas gemelas bañaban el paisaje con una luz marfil y azul. Se oía un rumor en la brisa nocturna: la misma melodía perfecta y se-ductora que había oído en mi sueño, que nos llamaba con un susurro. Había un sendero serpenteante que salía de nuestro edificio y se internaba en el bosque, hacia profundidades que no alcanzábamos a ver, donde se perdía en la oscuridad.

En la entrada del bosque había un poste torcido de madera que señalaba el camino. Entorné los ojos para leer lo que decía, pero no logré distinguir las letras.

La música que permanecía en el aire me hacía temblar las manos, y surgió en mí un impulso repentino. Tomé la mano de Woferl.

—¡Sigámoslo! —susurré.

Woferl obedeció sin vacilar. Movimos los pies con rapidez. Quité el cerrojo a la puerta de casa, la abrí y salí a toda prisa con mi hermano. El camisón se me adhirió a los muslos al correr, y el suelo invernal me adormeció los pies descalzos. Bajé corriendo la escalera y crucé las arcadas, el tercer piso, el segundo, descendiendo más y más, hasta detenerme en la entrada con forma de arco que daba a la calle.

Parpadeé, sorprendida.

El bosque, las lunas, los árboles invertidos, el sendero, el cartel. La música. Todo había desaparecido. La Getreidegasse había vuelto a la normalidad: la panadería, el local de vinos y los bares, con los carteles de hierro forjado colgados sobre las puertas, los postigos cerrados y las banderas hacia el cielo. A lo lejos se divisaba la silueta negra y familiar de la Fortaleza de Hohensalzburg, y más allá, la curva de plata del río Salzach. Me quedé allí, temblando de frío, sujetando el borde de mi camisón, ansiosa por oír más de aquella melodía que provenía de aquel otro mundo.

Woferl llegó jadeando detrás de mí. Lo detuve justo cuando salió corriendo a la calle y lo sujeté contra mi costado. Parecía tan sorprendido como yo.

—¿A dónde se ha ido? —preguntó. Su aliento se elevó como una nube.

Sentí un malestar en el estómago. No me entusiasmaba la idea de ver el rostro de mi padre cuando descubriera que faltaba el cuaderno. Pensaría que lo había perdido yo y menearía la cabeza con decepción. A mi lado, mi hermano advirtió mi expresión abatida y se puso serio de inmediato, aflojó los hombros y bajó la mirada.

—Woferl. ¡*Nannerl!*

La voz familiar me sobresaltó. Los dos nos volvimos al mismo tiempo. Era Madre, con su cabello recogido bajo una cofia de dormir, que bajaba la escalera a toda prisa hacia nosotros. Se aferraba los bordes del abrigo con las manos. La imagen de nuestra madre parecía muy real, y las líneas de su rostro, muy definidas en comparación con el halo de luz que había rodeado al muchacho. De pronto, sentí la solidez del suelo bajo mis pies, el frío del aire. Me miró con el ceño fruncido. *Le temo al frío*, me había dicho antes mi madre, y bajé los ojos, avergonzada por haberla obligado a salir en una noche otoñal.

—Nannerl, ¿se puede saber qué estáis haciendo aquí abajo? —Se estremeció, y su aliento se elevó como una nube—. ¿Has perdido la cabeza?

Empecé a explicarle lo que habíamos visto. Pero cuando señalé nuestras ventanas, donde el chico se había lanzado hacia la calle, vi que los cristales habían vuelto a su estado normal. No había nada roto.

Mis palabras se apagaron en mis labios. Incluso Woferl se quedó callado.

—Lo siento, Madre —dije por fin—. Estábamos soñando.

Nuestra madre me miró, luego a mi hermano y otra vez a mí. Hubo un asomo de sonrisa en sus labios hasta que volvió a desaparecer tras su ceño fruncido. Había una pregunta en sus ojos, cierta curiosidad más allá de su mirada severa, que se cuestionaba qué habría sido realmente lo que nos había traído a la calle.

Después de una pausa, Madre meneó la cabeza y extendió una mano a cada uno de nosotros. Las tomamos, y nos condujo de nuevo escaleras arriba.

—Menuda idea —murmuró, con el ceño fruncido al sentir nuestras manos frías en las suyas, tibias—. No te habría creído capaz de semejante travesura, Nannerl. Salir aquí con tu hermano en mitad de la noche. ¡Y con este frío! Gracias al cielo, tu padre tiene el sueño muy pesado; si no, nunca os lo perdonaría.

La miré.

—¿No oíste el ruido en la sala de música, Madre? —le pregunté.

Nuestra madre alzó una ceja fina.

—Nada de eso.

Volví a callar. Mientras volvíamos a entrar en el edificio, vi de reojo la tienda de abalorios al final de la Getreidegasse. Recordé las últimas palabras del muchacho. Me pregunté qué ocurriría si me lo encontraba allí.

Cuando miré a Woferl, parecía a punto de decirle algo a Madre, pero un instante después cerró la boca formando una línea y bajó la cabeza. No se volvió a hablar del tema.

EL PRÍNCIPE
EN LA GRUTA

A la mañana siguiente, Padre descubrió que faltaba mi cuaderno. Él no gritaba cuando se enfadaba. En lugar de eso, su voz bajaba como una tormenta en el horizonte, tanto que yo tenía que hacer un esfuerzo para oír lo que decía.

Descuidada. Qué descuidada eres, Nannerl.

Cada una de sus palabras fue como un latigazo para mí. Las soporté con la cabeza gacha y los ojos fijos en el bordado de nuestra alfombra. Era una escena de caza con tres hermanos que cabalgaban por un claro en un bosque, salpicado de sol; sus sabuesos permanecían congelados para siempre en el frenesí de despedazar a una cierva.

—¿Y bien? —preguntó mi padre—. ¿Qué puedes decir a tu favor, ahora que debemos comprarte otro cuaderno?

Conté los sabuesos y los caballos mientras intentaba serenar mis pensamientos.

—Lo siento, Padre —respondí.

—Lo siento —repitió, incrédulo; luego meneó la cabeza y apartó la mirada.

A su lado, Madre nos miró brevemente y carraspeó.

—Aún son niños, Leopold —intervino, al tiempo que apoyaba una mano en el brazo de nuestro padre—. Tú eres adulto, y aun así,

¿cuántas veces te he regañado porque no encuentras tus plumas y tus gafas?

Padre no cambió su expresión enfadada.

—Las señoritas deben ser más responsables —insistió, volviendo a mirarme—. ¿Cómo vas a ocuparte de un marido si ni siquiera eres capaz de cuidar tus cosas?

La palabra me horadó la mente. *Un marido, un marido,* repetía en un susurro que pronto llegó a ser un rugido. *Te olvidarán,* decía. Observé a mi madre, que seguía acariciando la manga de mi padre. *Algún día desaparecerás.*

No supe defenderme. ¿Cómo puede una hija explicarle semejante cosa a su padre? Ni siquiera yo misma estaba segura de lo que había ocurrido. El sueño ya había desdibujado el recuerdo de la noche. ¿Podía ser verdad que alguien había estado en nuestra casa, de pie junto al clavecín? ¿Y nos había atraído a la calle?

No, seguramente mi padre tenía razón. Lo había perdido yo. Lo de anoche había sido un sueño, nada más. Sin embargo, no aparté la mirada de la alfombra, observé los ojos muy abiertos de la cierva mientras mi madre intentaba convencer a Padre con palabras suaves.

Entonces, cuando mi padre empezó a regañarme otra vez, Woferl se levantó de la mesa. Se acercó al clavecín, trepó al taburete y apoyó las manos en las teclas.

—No te enfades, Padre —dijo, por encima de su pequeño hombro—. Yo recuerdo las páginas. Podemos volver a escribirlas.

Por supuesto que no podía. Era otro más de sus caprichos. Me quedé allí y casi quise sonreír ante aquel intento de defenderme, de apartar de mí la sombra de mi padre.

Padre suavizó los ojos, divertido.

—Conque sí, ¿eh? —dijo.

Woferl permaneció serio. Volvió a girar en el taburete y empezó a tocar.

Al principio, se equivocó de nota, y tocó varias incorrectas hasta que meneó la cabeza y se detuvo. Se suponía que la pieza era un minueto en do. Lo vi fruncir el ceño, supe que acababa de pensar eso mismo, y lo observé volver a empezar.

Esta vez, Woferl tocó la nota correcta. Luego otra, y otra, y otra más. Se le resbaló un dedo, pero ese fue el último error. Logró tocar dieciséis compases, todos correctos, del minueto, y aunque el ritmo sonaba descompasado porque tenía que pensar en cada compás, lo recordó entero.

Mi padre se quedó observándolo; todo rastro de su enfado desapareció por completo. Miré a mi hermano sin poder creerlo. Ninguno se atrevía a mover un solo músculo, como si lo que acabábamos de presenciar fuera solo fruto de nuestra imaginación y, si perturbábamos el momento, la ilusión se desvanecería.

Mi hermano apenas tenía edad para leer. Lo que acababa de hacer era imposible.

Miré a nuestro padre. Su sonrisa había desaparecido, pero en sus ojos se había encendido un brillo. No dijo nada. No necesitaba hacerlo, ya que incluso entonces, vi en su mente el pensamiento que le había iluminado el rostro.

Aquel era el canto de Dios que él ansiaba, y había salido de las manitas de su hijo.

Entonces mi afecto por Woferl flaqueó, y de pronto volví a sentir esa punzada fría en el pecho. La misma que había sentido al permitirle tocar el clavecín a mi lado, al ver que él recordaba con tanta facilidad lo que yo había tocado. ¡A mí me había llevado una semana memorizar la misma pieza! No era posible que él hubiera aprendido tanto en tan poco tiempo. De pronto me pregunté si no habría sido Woferl quien me había escondido el cuaderno.

Mi hermano bajó del taburete y me miró. En sus ojos solo había curiosidad, y su rostro reflejaba esa sonrisa inocente y perpetua. Esperaba que lo felicitara. Vacilé, pues no estaba segura de lo que podía llegar a decir.

Varios minutos más tarde, Padre salió de nuestro apartamento con mucha prisa para ver a Herr Schachtner. Se marchó tan precipitadamente que tuvo que volver a buscar su sombrero, pues se le había olvidado por completo.

Yo seguí callada mientras Woferl y yo nos preparábamos para acompañar a Sebastian a la Getreidegasse para comprar pan y carne. Mi hermano tarareaba la melodía por lo bajo mientras yo lo ayudaba a ponerse el abrigo. Al prestarle atención, me di cuenta de que conocía más notas de la pieza de las que había tocado.

—¿Cuándo aprendiste la primera página? —le pregunté por fin, mientras salíamos del edificio. Era una mañana ajetreada, rebosante de la música de los carruajes y las conversaciones.

Woferl me hizo inclinarme para oír su respuesta, de modo que seguí caminando con el cuerpo ladeado de forma incómoda.

—Cuando vimos las flores. —No apartaba los ojos de la espalda de Sebastian—. Mientras crecían en la primera página. ¿Te gustó? —añadió, con voz esperanzada.

Aquello era imposible, y me causó tanta gracia que reí. Las flores de Edelweiss en mi cuaderno habían sido una ensoñación.

—¿Quieres decir que recordaste las notas de ayer?

—Sí.

—¿Tan solo por el momento en que lo tuve abierto en esa página? Woferl parecía confundido por mi asombro.

—Sí —repitió.

Lo miré otra vez.

—Woferl —le dije—, es imposible que memorizaras la pieza entera en nuestra sesión de ayer. ¿Cómo podrías? Era demasiado larga. Ahora dime la verdad, Woferl; no se lo contaré a nadie, si no quieres. ¿Me robaste el cuaderno y lo escondiste?

Meneó la cabeza, y sus rizos se sacudieron.

—No era demasiado larga —insistió. Me miró con frustración—. No me hace falta robarte el cuaderno para recordar la música.

Lo que Woferl afirmaba no podía ser verdad. Tenía que haber practicado en otro momento, cuando no había nadie. Aunque no me hubiera robado el cuaderno, tenía que haberle echado un vistazo sin que me diera cuenta. Pero sus palabras parecían tan sinceras, tan alejadas de su picardía habitual, que supe que no mentía.

Resopló. Su aliento ascendió flotando hasta desvanecerse.

—Además —arguyó—, los dos sabemos quién lo robó.

Pensé una vez más en las luciérnagas que habían flotado en la oscuridad de nuestra casa, y luego en el sueño del muchacho en la sala de música a medianoche. Me había hablado con toda claridad. Lo había visto colocarse el cuaderno bajo el brazo y lanzarse por la ventana a un bosque. Incluso Woferl lo recordaba.

Se me erizó la piel de la nuca. Lo de la noche anterior, por supuesto, había sido una tontería. Pero esta vez no me hizo reír.

—Tienes mucho talento, Woferl —le dije, tras una larga pausa.

Eso era lo que él había esperado oírme decir toda la mañana. Se alegró de inmediato y olvidó toda la frustración que le había producido nuestra charla. Me apretó la mano con la suya. Con mi mano libre, acaricié el colgante de cristal que llevaba en el bolsillo de mi enagua. Me asustaba menos reconocer el talento musical de mi hermano que pensar que lo de la noche anterior había sido más que un sueño.

Aquel día, la Getreidegasse seguía mojada por el trabajo de limpieza, y el aire se encontraba cargado de olores: a sopas, carruajes, caballos y humo. La Fortaleza de Hohensalzburg se alzaba por encima de los tejados barrocos de la ciudad, como una visión velada por la neblina. Más allá, donde las calles llegaban a orillas del Salzach, se oía el chapoteo de los carniceros que, inclinados detrás de sus locales, lavaban en el río el ganado recién faenado. Nos rodeaba el trajín de lo familiar y lo corriente. Woferl y yo exhalábamos hacia el cielo y observábamos cómo nuestro aliento tibio se convertía en nubes de vapor. Las nubes grises anunciaban nieve. Pasaron varias damas con los rostros medio ocultos por sus capotas y cintas. Una de ellas llevaba contra su cadera a un niño de mejillas sonrosadas envuelto en telas.

La observé e intenté imaginarme haciendo lo mismo, sosteniendo a un niño en mis brazos y siguiendo a un marido sin rostro por aquellas aceras irregulares. Quizá el peso de cargar a un niño afectaría a mis dedos delicados, y mi música sonaría tosca y ordinaria.

Llegamos a la panadería. Sebastian bajó la cabeza para pasar por debajo del cartel de hierro fundido, saludó al panadero con afecto y desapareció dentro del local. Mientras tanto, yo desvié la atención hacia el final de la calle y entorné los ojos para ver a través de la neblina el lugar donde se encontraba la tienda de abalorios. Casi esperaba ver allí una figura en sombras, una criatura alta y delgada de ojos brillantes, con mi cuaderno bajo el brazo.

—Vamos —susurré a Woferl, mientras le tiraba de la mano. No fue necesario insistir: me soltó la mano y se encaminó hacia allí dando saltitos; sus zapatos rechinaron sobre la calzada.

Conocíamos bien la tienda de abalorios. Woferl y yo solíamos detenernos allí a admirar las extrañas colecciones de estatuillas que había en sus escaparates. A veces inventábamos historias sobre ellas, si estaban alegres o tristes, qué edad tenían. Herr Colas, el anciano vidriero dueño de la tienda, nos seguía el juego. Algunos de sus artículos tenían miles de años, nos decía, y alguna vez habían pertenecido a las hadas.

Woferl exhaló contra el cristal del escaparate y dejó un círculo empañado que empezó a reducirse de inmediato.

—Woferl —lo regañé, con el ceño fruncido. Me miró con los ojos muy abiertos.

—¿Ves al muchacho ahí dentro? —susurró, como si temiera que aquel lo oyera.

Me incliné para examinar los artículos expuestos. Algunos estaban pintados: platos de un rojo profundo y mariposas con bordes de oro, colgantes azules de cristal como el mío, cruces, la Virgen María. Otros carecían de color. Eran, simplemente, de cristal y reflejaban los colores que los rodeaban, como las luces de las hadas que habíamos visto en casa. Luego miré hacia el interior de la tienda.

—No veo a nadie —respondí, y volví a concentrarme en los abalorios.

Entonces algo escarlata me llamó la atención. Me volví para mirarlo y reparé en una escultura diminuta que nunca había visto.

—Woferl —susurré, y lo atraje hacia mí. Señalé a través del cristal—. Mira.

Era una estatuilla de tres flores de Edelweiss, blancas, perfectas, congeladas en porcelana, con sus centros dorados y sus pétalos aterciopelados brillando bajo la luz. A una de las flores le faltaba un trazo de pintura blanca.

Acudió a mi mente la imagen de la flor en mi cuaderno de música.

—¿Le gusta esa, Fräulein?

Los dos nos sobresaltamos. Herr Colas estaba al lado de la puerta de la tienda, mirándonos con los ojos entornados. Llevaba la mano que sujetaba el marco de la puerta envuelta con finas vendas blancas. Mientras nos observaba, vi cómo se le arrugaban las profundas marcas de viruela del rostro. A veces me preguntaba qué aspecto habría tenido antes de que la viruela causara estragos en su piel, si alguna vez había sido joven y de piel lisa.

Pellizqué a Woferl en el brazo antes de que pudiera decir nada, y luego saludé a Herr Colas con una reverencia.

—Buenos días, Herr —le dije—. Esa estatuilla es muy bonita.

Sonrió y nos hizo una seña con la mano vendada para que entráramos.

—Venid, niños, venid —dijo—. Entrad a mirar, que hace frío. —Me observó durante un instante—. Ha crecido desde la última vez que la vi, Fräulein. Su padre no hace más que elogiar su talento musical. Yo me entero de todo, ya lo ve. ¡La niña que posee el oído de un músico de la corte!

Me señaló los dedos, ahora enfundados en guantes.

El Herr estaría al tanto de todo lo que se hablaba en las calles, pero nunca había oído las palabras hirientes que decía mi padre en casa, ni había visto la decepción en sus ojos. Padre jamás menospreciaría mi habilidad en público. Al fin y al cabo, sería una vergüenza para él. Aun así, las palabras del Herr me reconfortaron, y sentí que me ruborizaba mientras le daba las gracias.

—¿De dónde es esta estatuilla, Herr Colas? —preguntó Woferl al entrar, sin apartar los ojos de la escultura de las flores de Edelweiss en el escaparate.

El anciano se rascó la piel floja bajo el mentón.

—De Viena, creo. —Se inclinó hacia nosotros y sonrió con aire conspirador. A la luz, uno de sus ojos brilló y me pareció ver un destello azul. Señaló con un dedo, no la estatuilla sino todo el escaparate, y una vez más pensé en el chico extraño que había hecho añicos nuestra ventana—. Pero ¿quién sabe, en realidad? Tal vez ni siquiera sea de nuestro mundo.

Se me erizó la piel al oír esas palabras. Quería preguntarle qué había querido decir, pero ya se había retirado mascullando a su pequeño mostrador en el rincón de la tienda.

Había una especie de bruma en el interior; la luz que se filtraba por los escaparates iluminaba el polvo que flotaba en el aire. Los abalorios colmaban los estantes: cajitas de música de porcelana pintada y extrañas criaturas de marfil amarillento, con los labios torcidos en sonrisas casi humanas. En el local reinaba el aroma rancio de lo antiguo. Mientras Woferl se dirigía a un rincón decorado con carillones, yo desvié la mirada hacia un sector oscuro de la tienda, escondido por estanterías y cajas. En las sombras se veía una franja de luz. Una puerta.

—Herr Colas —lo llamé con amabilidad—. ¿Tiene más abalorios en la trastienda?

No respondió. Solo oí un rumor leve.

Volqué mi atención en la puerta. Ahora el rumor me resultaba conocido, una voz tan perfectamente afinada que me estrujaba el pecho y me invitaba a acercarme. Mis pies empezaron a moverse con voluntad propia. Sabía que no debería entrar allí sin el permiso de Herr Colas, y una parte de mí quería retroceder, pero al acercarme, el temor fue disipándose hasta que me encontré justo delante de la puerta.

La voz provenía del interior, bella e insistente.

Empujé la puerta con manos lentas y firmes y entré.

Al principio no vi nada. Oscuridad. La puerta se abrió poco a poco sin emitir sonido alguno, y percibí un soplo de aire fresco. Allí el aroma era distinto del de la calle: no olía a invierno, especias ni antigüedades, sino a algo verde y vivo.

Al entrar pisé musgo, y la humedad se filtró en el dobladillo de mi enagua. A mis pies se congregó un leve resplandor, una bruma inquieta de luces de hadas, de movimientos asustadizos. La oscuridad fue retrocediendo a medida que yo avanzaba, hasta que pude vislumbrar el suelo con claridad sin inclinarme, y por primera vez caí en la cuenta de que estaba caminando por un túnel; las paredes se encontraban recubiertas de musgo y hiedra, helechos y arroyos diminutos. De la hiedra pendían frutos extraños, húmedos, de un azul vivo y redondeados como huevos de aves, y sus formas se asemejaban a las notas musicales. Seguramente comer uno sería una invitación a envenenarme, pero en ese momento sentí un deseo tan intenso de probarlos que estiré la mano sin poder evitarlo y arranqué un solo fruto de su tallo. Mi movimiento sacudió la hiedra hacia delante y hacia atrás, y de ella cayeron gotas de agua como una lluvia.

Me llevé el fruto a la boca y lo mordí hasta que se le abrió la cáscara. Mi boca se inundó de un sabor dulce, cítrico y de alguna especia de otro mundo. Cerré los ojos para saborearlo.

Alargué la mano para arrancar otro y hundí los dedos en la vegetación blanda. Rocé algo familiar: una superficie suave y aterciopelada. Miré al lugar donde había estado mi mano.

Algunas plantas de Edelweiss crecían en la pared, con sus pétalos aterciopelados resplandecientes por el rocío, y cuando parpadeé,
aparecieron varias más entre el musgo de la pared; crecían de costado y sus flores se inclinaban hacia el suelo.

Resultaba, en verdad, imposible ver una flor de las montañas
en un sitio como aquel. Pero nada de lo que allí había parecía real.

Algunas notas musicales me llamaron la atención. Instintiva-
mente, me volví hacia el sonido, buscándolo. Provenía de más adelante, donde el túnel terminaba en un círculo de luz; sonaba como
un secreto aislado del resto del mundo. Mi corazón ansiaba llegar a
esos sonidos. *¿La música de mi cuaderno?* Me recogí las faldas y apreté el paso. Delante de mí, el túnel se hizo más ancho y empinado,
hasta que terminó de pronto en una cala circular.

El techo parecía formado por hojas y frutas entrecruzadas. El
suelo se encontraba salpicado por la luz plateada de la luna, y estaba tapizado por una alfombra blanca de Edelweiss. El musgo y el
follaje cubrían todas las paredes. Y allí, en el centro de aquel espacio extraño, se hallaba el clavecín más hermoso que hubiera visto,
cubierto de arte barroco y envuelto en tiras de hiedra.

No había nadie en el taburete, aunque en el almohadón de terciopelo se veía la marca de alguien que acababa de levantarse.
Cuando contemplé el atril, comprobé con alegría que allí estaba mi
cuaderno, esperándome.

—¡Está aquí! —exclamé hacia el túnel, con la esperanza de que
Woferl me oyera desde la tienda. Observé el clavecín, extasiada.
Las teclas tenían terminaciones redondeadas que brillaban bajo la
luz como florines pulidos, y todo el instrumento parecía tallado no
en madera, sino en mármol. Deslicé los dedos sobre su superficie,
buscando las marcas donde el cuerpo del instrumento debía estar
unido a las patas, donde los goznes de la tapa debían estar atorni-
llados. Pero no las había. El clavecín entero estaba tallado en un
bloque continuo de mármol, como si siempre hubiera tenido esa
forma.

Deslicé la mano sobre el clavecín, temerosa de tocarlo pero incapaz de reprimirme. ¿Cómo era posible que algo tan bello fuera real? ¿Cómo sonaría? Vacilé allí un instante, indecisa, hasta que finalmente adelanté el taburete para poder sentarme. Las patas rozaron el musgo del suelo.

Mi cuaderno se encontraba abierto en un minueto en do, la última pieza que había compuesto mi padre y la misma que Woferl y yo habíamos estado tocando la primera vez que vimos las flores de Edelweiss en el pergamino. La misma pieza que Woferl había memorizado en una sola sesión. Me bastó mirar las notas escritas para que mi mente se llenara de su música. Pude oír con toda claridad los compases del minueto como si estuviera practicándolo durante mis lecciones.

Acerqué los dedos a las teclas y toqué su superficie reluciente. Estaban frías como el hielo. Aparté las manos al instante, pero sentí el ardor como nieve en la lengua, peligrosa y atractiva. Volví a poner los dedos en posición, disfrutando del extraño frío del instrumento. Esta vez probé a tocar algunas notas. El sonido flotó en el aire y me rodeó, más sonoro que el de cualquier clavecín que hubiera tocado antes. Cerré los ojos. Me di cuenta de que había empezado a tararear, intentando seguir de forma instintiva aquella melodía perfecta que me rodeaba. Mi corazón se estremeció con la emoción de aquella música.

Oí una risa despreocupada a mis espaldas.

—Te lo devuelvo, Fräulein.

Dejé de tocar y me volví con rapidez para ver quién hablaba.

Entre las sombras y el musgo húmedo, emergió una figura. De inmediato reconocí al chico de la sala de música, la misma silueta que había visto caminando a orillas del mar en mi primer sueño. Bajo aquella nueva luz, su piel pálida adquiría un tono azulado. Poseía una sonrisa fácil y desenfadada, y su expresión era de lo más parecida a la de un muchacho humano.

En ese momento, me di cuenta de que tal vez aquel primer sueño no había sido un sueño. Tampoco las flores de Edelweiss que habían brotado de mi cuaderno, ni la aparición de ese chico en mi sala de música. Quizá incluso ese momento era real. El mundo que me rodeaba parecía tan claro y vivo que resultaba imposible pensar que no lo fuera.

—Te lo devuelvo —repitió, con su voz perfecta—. Ya he terminado con él.

—¿Quién eres? ¿De dónde vienes? —murmuré.

El muchacho se acercó al clavecín y dio un saltito. Se sentó encima del instrumento, y luego me miró con la cabeza apoyada en una mano, con aire pensativo. Sus uñas tamborilearon sobre la superficie de mármol del clavecín.

—De un lugar muy lejano —respondió—, que está muy cerca.

Lo miré ladeando la cabeza.

—Eso no me dice nada.

—¿No? Tú sabes dónde está. Ya lo has visto. Has estado allí.

Las lunas gemelas, plateadas, en el cielo. Las conchas azules que salpicaban una playa blanca. Entonces me invadió una sensación de nostalgia, como si estuviera recordando un lugar que había conocido. Le miré los pies, esperando ver arena entre sus dedos.

—¿De dónde salió, entonces —insistí—, ese lugar que está tan cerca y tan lejos?

—Existe desde mucho antes que tú o yo. Todos lo han visto de alguna manera, ¿sabes? Aunque la mayoría no lo recuerde.

Un intenso anhelo se alojó en mi garganta.

—¿Podré volver allí?

—Tal vez. Oí tu deseo —dijo, repitiendo lo que me había dicho en la sala de música—. Quieres ser digna de que te recuerden. Tu padre, y aquellos a quienes él tiene en alta estima. El mundo. Te asusta que te olviden. —Me observó con curiosidad—. Es un deseo muy grande para una Fräulein. ¿Por qué tienes tanto miedo?

Pensé en mi padre, en cómo apartaba la vista con desinterés si yo no tocaba bien. En sus charlas con mi madre, en el susurro que me siguió por la Getreidegasse. *Un marido, un marido.* Pensé en desaparecer en la luz de forma tan silenciosa que tal vez mi padre nunca se diera cuenta. Si pudiera llenar las arcas de mi familia... Si pudiera crear con la voz de Dios con la que se me había bendecido, mi padre no olvidaría mi existencia.

La voz de Dios. Pensé en las hermosas palabras de aquel muchacho, en la música de su voz que temblaba en el aire de mi sueño, en aquel lugar extraño y vibrante. Era eso: el sonido perfecto.

Por fin, lo miré a los ojos.

—Padre me dijo una vez que, si nadie te recuerda cuando ya no estás, es como si nunca hubieras vivido.

Al oír eso, su sonrisa se ensanchó. Parecía haber escuchado cada uno de mis pensamientos.

—Entonces, lo que buscas es la inmortalidad —observó—. Ardes de ambición por dejar tu voz en el mundo. Temes que tu padre te olvide si no eres capaz de hacerlo. Durante toda tu vida, has anhelado ser vista. —Bajó del clavecín de un salto y se sentó a mi lado en el taburete. Allí, se inclinó hacia mí, extendió el brazo y me tocó el mentón con sus fríos y finos dedos. De sus labios emergió un suspiro—. ¡Oh, Nannerl! Sí que eres interesante.

—¿Interesante? ¿Por qué?

—Por tu deseo de dejar un recuerdo de ti mucho después de tu partida. El deseo es lo que te impulsa, y el talento es la flor a la que da vida. —Me miró de reojo mientras buscaba con las manos las teclas del clavecín. Empezó a tocar una melodía que no reconocí. Era tan bella que, sin pensarlo, me llevé la mano al pecho, como para no tambalearme por aquel sonido—. Puedo ayudarte... pero primero, debemos jugar un poco.

Su sonrisa se hizo más ancha, con un deleite infantil. Al oír sus palabras, mi corazón se aceleró con entusiasmo.

—¿Jugar a qué?

—Tú tienes tus deseos, y yo, los míos. —Acercó su cabeza a mí—. Tú quieres la inmortalidad. Y yo, mi trono.

Al fin respondía a mi pregunta.

—¿Eso eres, entonces? ¿Un rey?

Las hadas flotaron a su alrededor, y su luz se reflejó en nosotros al besar su piel. *Un príncipe, un príncipe*, susurraron, y el aire se llenó de sus palabras. *Príncipe del bosque.*

—Me llamo Jacinto —dijo él.

Recordé que las hadas lo habían llamado así la noche anterior. Y, sin duda, el azul de sus ojos era como el de la flor. *Jacintos.* Mi madre me los había señalado una vez en el mercado, y yo había acariciado sus racimos florales. *Los jacintos son los heraldos de la primavera y de la vida.*

—¿Qué pasó con tu trono? —le pregunté.

El chico llamado Jacinto ignoró mi pregunta. De pronto, su expresión había pasado de traviesa y misteriosa a trágica; hubo un asomo de tristeza en medio de su picardía. Desapareció con la misma rapidez con que había llegado, pero permaneció como una sombra en su rostro y me atrajo hacia él.

Miré mi cuaderno.

—¿Y por qué te llevaste esto? —pregunté.

Empezó a tocar otra vez. Inhalé profundamente al oír la música.

—Pediste un deseo, Nannerl, y por eso he venido a ti. Descubrirás que ahora tu cuaderno te servirá para más que las simples lecciones de clavecín. Úsalo para llegar a mí. Siempre encontrarás el camino, Nannerl, si me hablas a través de tu música.

Si me hablas a través de tu música. Imaginé a aquel muchacho escuchando los secretos de mi corazón, contemplándome entre el bosque enmarañado. Agarrándome de la mano y guiándome por un sendero encantado del bosque.

—¿Cuál es ese camino? —le pregunté.

—Pues, el que lleva a mi reino, por supuesto —respondió.

Las palabras de Jacinto me recordaron la pregunta de mi hermano de la noche anterior.

—Dices que buscas tu trono. ¿Eres el guardián del reino, entonces? —susurré.

Se volvió hacia mí con su sonrisa secreta. Sus ojos resplande-
cían contra su piel.

—Soy *tu* guardián, Nannerl. Dime lo que quieres, y encontraré
la manera de dártelo.

Dime lo que quieres.

Nunca me habían dicho esas palabras. Un frío empezó a subir
lentamente por mis dedos, hasta que sentí los brazos pesados y ate-
ridos. Los ojos de aquel joven me hipnotizaban.

—Pero ten cuidado con lo que deseas —agregó—. Los deseos
suelen sorprender a quienes los piden.

Cerré los ojos y tragué con fuerza. El frío siguió ascendiendo
por mis brazos hasta mis hombros.

Cuando volví a abrir los ojos, había desaparecido.

Miré alrededor, perpleja por la ausencia repentina. Estaba
sola en aquella gruta extraña, y mi cuaderno seguía en el atril del
clavecín. En un acceso de pánico, recogí el cuaderno antes de que
desapareciera de nuevo, y luego me levanté del taburete y me volví hacia el túnel. Llamé a Woferl, pero solo me respondió el silencio. Me dio un vuelco el estómago. Seguramente aún estaba en la
tienda; tenía que volver con él. Sebastian ya habría venido a bus-
carnos.

—¡Woferl! —grité, corriendo más y más rápido—. ¡Woferl, res-
póndeme! ¿Dónde estás?

Y entonces, de forma tan repentina como había entrado a la
gruta, crucé la puerta y salí a la tienda.

Todo parecía estar igual que lo había dejado: el aire como una
bruma dorada por el sol, las estanterías de la tienda cargadas de
abalorios. Pero ya no percibía en el ambiente el rumor de susurros y
música. Percibía un aroma a madera vieja, y desde la calle llegaban
los sonidos del trajín cotidiano. Permanecí inmóvil un instante, intentando recuperar la orientación.

Woferl me miró desde donde estaba, cerca de los escaparates.

—Ah, ahí estás —dijo.

Me froté los ojos y eché un vistazo hacia atrás. El túnel había desaparecido, y solo quedaba un armario diminuto, lleno de cajas vacías.

Tal vez el polvo de la tienda me había dado sueño, y mi mente había tejido una trama de ilusión. Las teclas heladas del clavecín, los brillantes ojos azules de Jacinto...

—¿Estás bien? —me preguntó Woferl, mirándome con preocupación—. Te veo pálida.

Meneé la cabeza.

—Estoy bien —respondí.

Desvió los ojos hacia el cuaderno que yo slujetaba en la mano.

—¡Ah! ¡Lo has encontrado! —exclamó.

Una vez más, me sorprendió descubrir que lo tenía conmigo. ¿Acaso lo llevaba en la mano unos segundos antes? ¿Había sido realmente todo un sueño?

—¿Ha sido el muchacho? —me preguntó enseguida—. ¿Lo has visto?

Sebastian acudió en mi rescate antes de que alcanzara a responder. Agachó la cabeza por debajo del cartel del panadero, nos vio y asintió.

—Fräulein. Señorito. Ya nos hemos demorado bastante.

Woferl dejó la pregunta en suspenso, pues se distrajo momentáneamente para conseguir un dulce de los bolsillos de Sebastian, y yo, aliviada, lo dejé marchar. Pero seguí dándole vueltas a sus preguntas, de modo que el regreso a casa me pasó casi inadvertido.

En cuanto salimos al entorno familiar de la Getreidegasse, todo lo relativo a la gruta me pareció muy lejano. Pero aunque hubiera sido un sueño, era un sueño que persistía, el mismo mundo que volvía a mí día tras día, año tras año.

Mientras Woferl saltaba en torno a Sebastian, intentando hacerlo reír y que le diera otro dulce, volví a mirar mi cuaderno. Cerré los dedos con fuerza en torno a las páginas. Había salido sin nada de casa, y regresaba con él en la mano.

Aún oía en mi mente la voz musical del príncipe Jacinto. Era posible que la gruta formara parte de aquel sueño continuo... o, tal vez, también era posible que todo aquello fuese real.

Por la mañana, Padre ya había hablado con Herr Schachtner acerca del talento recién descubierto de Woferl. Pocos meses después, como si el mismo príncipe del bosque las hubiera enviado, comenzaron a llegar cartas desde Viena. La corte real quería oírnos tocar.

CAMINO
A VIENA

Padre esperó hasta que hubiera pasado lo peor del invierno para comenzar los preparativos de nuestro primer viaje. Los días fríos transcurrían lentamente, uno tras otro. Fuera, caía la nieve de Navidad. El Oso, la Bruja y el Gigante recorrían la Getreidegasse, y los niños huían de ellos con chillidos de deleite. A veces, mientras los observaba desde la ventana, me parecía divisar a Jacinto caminando entre ellos y alzando sus ojos azules hacia mí. Enseguida desaparecía, y a mí me daba la sensación de haberlo imaginado todo.

Durante aquellos cortos días invernales, Padre se sentaba al clavecín con Woferl durante horas, alabando su memoria y su precisión, aplaudiendo cada vez que mi hermano memorizaba otra pieza o agregaba sus propias variaciones a un compás. Woferl casi no necesitaba instrucción. Un día, al entrar a la sala de música, vi a mi hermano con el violín de Padre; sus hombros apenas eran lo bastante anchos para el instrumento. No solo estaba aprendiendo las cuerdas por sí solo, mientras pulsaba cada una y descubría las notas, sino que además estaba *inventando* una melodía. Ya estaba componiendo.

Yo había oído a mi padre hablar de prodigios musicales, pero siempre en referencia a varones adolescentes o veinteañeros. Mi hermano era apenas un niño. Me quedé paralizada, observándolo. Tenía los ojos cerrados y movía los dedos como en trance.

Padre se volvió más serio conmigo también: prolongaba mis lecciones, me señalaba cada error y asentía con aprobación cada vez que tocaba sin equivocarme. Yo disfrutaba cada instante de su atención. Incluso cuando no estaba sentada al clavecín, tenía mi cuaderno sobre la falda y examinaba las páginas en busca de la magia que Jacinto le había imbuido.

No veía ningún cambio visible en estas, pero sí percibía algo diferente. Cada vez que rozaba el papel con las yemas de los dedos, lo sentía vibrar.

Un día, mientras la nieve se derretía en los árboles, Woferl y yo estábamos de pie frente al arco que formaba la entrada a nuestro edificio, observando a Sebastian y a nuestro cochero, que cargaban baúles llenos de ropa hasta el otro lado de la calzada adoquinada y los arrojaban sin miramientos sobre nuestro carruaje. Mientras trabajaban, mi madre conversaba con Padre. La vi cruzarse de brazos una y otra vez, sin poder disimular la ansiedad. No quería irse de casa.

Sus Majestades el emperador Francisco I y la emperatriz María Teresa. Con las manos plegadas sobre la falda, yo repetía sus nombres en silencio. *La corte real de Viena.* Madre me había dicho que a los reyes y a las reinas se los recuerda. Tal vez sucedería lo mismo si la realeza recordaba a alguien.

A mi lado, Woferl trasladaba su peso de un pie al otro, intentando en vano contener su entusiasmo. Sus ojos brillaban con expectación, y sus rizos castaños le rozaban las mejillas encendidas.

—¿Qué vamos a hacer durante dos semanas en un carruaje? —me preguntó.

Me incliné hacia él y alcé una ceja.

—Que no tengamos clavecín durante el viaje no quiere decir que puedas hacer travesuras. Padre y Madre no lo tolerarán, ¿me oyes?

Woferl hizo un mohín, y yo le di una palmadita en la cabeza.

—Ya encontraremos algo para pasar el tiempo. Veremos hermosos paisajes, y pronto recuperarás tus instrumentos.

—¿Crees que tendrán oído para la música? —me preguntó con curiosidad—. ¿El emperador y la emperatriz?

Su audacia me provocó una sonrisa.

—Mejor no preguntes eso en la corte, Woferl.

Puso su mano en la mía y se recostó contra mí. Observé lo largos y delgados que ya me parecían sus dedos. Sus manitas iban perdiendo rápidamente la blandura de la infancia.

—Herr Schachtner dijo que al emperador le gustan los espectáculos —comentó.

Pues bien, le daríamos uno. El progreso de Woferl en el clavecín había ido acelerándose con cada semana que pasaba. Padre se había visto obligado a encargar un violín diminuto para él. Antes de Woferl, era inaudito que un niño de su edad tocara el violín a ese nivel. Esa calidad de instrumento no existía en las tiendas. Ahora nuestros nombres circulaban con regularidad por la Getreidegasse, los curiosos y escépticos comentaban entre susurros que los dos hijos de Herr Leopold Mozart eran, en efecto, prodigios musicales. Primero mencionaban mi nombre, porque hacía más tiempo que tocaba. Pero guardaban el nombre de Woferl para el final por tratarse de un niño tan pequeño.

Yo intentaba dominar mi inquietud. Me despertaba temprano cada día de invierno para practicar, y seguía sentada al clavecín mucho después de que Padre saliera. Tocaba y tocaba hasta que Woferl me tiraba de la manga y me rogaba que lo dejara practicar. Cuando no estaba tocando el clavecín, tamborileaba con los dedos sobre las páginas de mi cuaderno y tarareaba por lo bajo. Pasaba mis días inmersa en la música, absorta en sus secretos. Cuando soñaba, lo hacía con claves y compases nuevos, composiciones que jamás me atrevería a escribir.

Al fin y al cabo, yo no era mi hermano.

A veces, durante el largo invierno, también soñaba que Jacinto me susurraba al oído. *El deseo es lo que te impulsa, y el talento es la flor a la que da vida.* Despertaba y tocaba su minueto en el clavecín, la melodía que había oído en la gruta, preguntándome si así lo llamaría otra vez. Quizá estaba observándonos en aquel preciso instante en que permanecíamos frente a nuestro hogar, con su cuerpo pálido entibiado por la luz. Por instinto, alcé la vista hacia nuestras ventanas, segura de que vería su rostro allí, detrás de los cristales.

—Nannerl.

Bajé la mirada y vi que Padre se acercaba, y me enderecé para alisarme la falda. Apoyó una mano sobre los rizos rebeldes de Woferl.

—Hora de subir al carruaje —anunció con suavidad.

Woferl me soltó y corrió a abrazar a nuestra madre, parloteando todo el tiempo con palabras cariñosas.

Padre me tocó el hombro y me llevó hasta la esquina de nuestro edificio, de manera que quedamos parcialmente a la sombra de la pared. Lo miré a los ojos. Era algo que no hacía con frecuencia; los ojos de mi padre eran muy oscuros y su ceño fruncido solía ensombrecerlos. Era una mirada que me secaba la garganta hasta el punto de impedirme hablar.

—Nannerl —dijo—, será un largo viaje. Necesitaré que seas consciente y te comportes como una señorita. ¿Entiendes?

Asentí en silencio.

Padre miró un instante por encima de mi hombro hacia el carruaje.

—La salud de Woferl se ha resentido últimamente. Este aire invernal. —Volví a asentir. No era necesario que me lo dijera; yo siempre había sabido lo delicada que era la salud de mi hermano—. Puede que se canse mucho con dos semanas en el carruaje. Intenta que no se enfríe. El emperador solicitó su presencia de manera específica, y si queremos volver a tocar en Europa, será imprescindible que la reputación de Woferl nos preceda. —Apoyó una mano en mi hombro—. Cuida a tu hermano.

Esperé a que me dijera que yo también me cuidara, pero no lo hizo. Rocé con las manos los bordes de mi enagua. Algunas motas de polvo habían apagado el color claro de la tela.

—Lo haré, Padre.

Retiró la mano. Su expresión cambió, y empezó a apartarse.

—El carruaje está casi listo. Vamos, Nannerl.

Mientras seguía a mi padre, observé a Woferl tirando del brazo de nuestra madre. No alcancé a oírlas, pero sus palabras lograron arrancarle una lágrima, y ella lo alzó en sus brazos.

Años más tarde, me enteré de que Woferl le había preguntado: *Madre, ¿te pondrás triste cuando yo crezca?*

Viajamos por las estribaciones superiores de los Alpes, donde el terreno daba paso a colinas suaves y tramos boscosos. Padre y Madre conversaban juntos en un lado del carruaje, mientras yo iba con Woferl en el otro lado. El coche se sacudía tanto que tenía que presionar a mi hermano contra el costado del habitáculo para que no se resbalara por el asiento.

Mientras nuestros padres dormitaban, yo pasaba el tiempo observando el paisaje cambiante. Se veían pocas casas, y el sol fue subiendo hasta entrar por la ventanilla y bañarnos en luz. Sonreí al sentir su tibieza, me asomé y entorné los ojos. Las colinas fueron transformándose en una corriente de colores, dorado, melocotón y naranja, como capas brumosas de seda al viento. Veía desdibujarse los troncos de los árboles al pasar.

A mi lado, Woferl había entrecerrado los ojos, y sus pestañas albergaban un brillo blanco bajo el sol. Sus finos deditos bailaban, componiendo tal como lo había visto hacer aquella mañana con el violín de Padre.

—¿En qué piensas, Woferl? —le pregunté en un susurro.

Abrió los ojos.

—Estoy escribiendo un concierto —respondió.

Le di un golpecito cariñoso con el codo.

—Tonto, ¿cómo puedes estar escribiendo un concierto, sin papel?

—Puedo escribirlo en mi cabeza y recordarlo. —Alzó la mirada, pensativo, y luego volvió a mirarme—. Estoy imaginando el reino.

Su mención de aquel mundo de fantasía me despertó un entusiasmo ya conocido. Durante meses, después del incidente en la tienda de abalorios, Woferl me había preguntado por lo que había visto aquel día. Yo le había hablado del clavecín y del cuaderno, de la gruta y del príncipe. Solo había omitido la conversación entre Jacinto y yo. Me había parecido un secreto del que nadie más tenía por qué enterarse.

—Conque sí, ¿eh? —dije—. ¿Y cómo suena un concierto sobre el reino?

Me miró con sus grandes ojos.

—¿Quieres oírlo? —preguntó, entusiasmado.

Vacilé apenas un segundo.

—Claro que sí —respondí.

Carraspeó y tarareó algunos compases. Era una melodía clara y ligera, no como la música perfecta de mi sueño o de la gruta sino, más bien, como el paisaje que estábamos atravesando. En cierto modo, sentí alivio al comprobar lo diferente que era. Quizá solo yo comprendía de verdad la música del otro mundo. Por un momento, mi mente regresó al túnel cubierto de musgo, a los ojos brillantes de Jacinto y a sus uñas pulidas. De vez en cuando, me parecía ver pasar un árbol invertido por la ventanilla, aunque nunca lograba verlo con claridad.

—Me gusta —le dije, cuando volvió a guardar silencio.

—Deberíamos ponerle nombre al reino —anunció Woferl. Le di un leve empujón, al tiempo que señalaba con la mirada a nuestro padre, que dormía—. Un *nombre* —repitió, en un susurro.

—De acuerdo. Un nombre. ¿Cómo quieres llamarlo?

Woferl cerró los ojos. Observé cómo sus pestañas bañadas por el sol se apoyaban en sus mejillas y, por un momento, me pregunté si se había dormido. Luego volvió a abrir los ojos y me miró con una gran sonrisa.

—Llamémoslo Reino del Revés —decidió.

—Qué nombre tan curioso —susurré—. ¿Por qué?

Woferl parecía muy complacido consigo mismo.

—Porque todo está al revés, ¿no? —respondió—. Los árboles crecen cabeza abajo, hay lunas donde debería estar el sol…

Ahora la agitación empezaba a ponerlo juguetón.

—¿Y eso significa que la gente también está al revés? —bromeé. Allí, en el carruaje bajo el sol, el reino parecía solo algo que habíamos soñado, y Jacinto, un recuerdo fugaz—. ¿Estábamos al revés?

Rio.

—Todos están al revés —respondió; simuló una mueca de enfado, imitación de una sonrisa al revés, e intentó darles la vuelta a las sílabas de su nombre. Quedó una palabra tan confusa que me cubrí la boca para contener la risa.

Se acercó a la ventanilla.

—Al revés —repitió para sí—. Lo añadiré a mi concierto.

—¿Vas a escribirlo cuando lleguemos a Viena?

—Sí.

—¿Todo el concierto?

—Casi he terminado el primer movimiento.

Lo miré y meneé la cabeza con incredulidad; luego lo palmeé en la rodilla.

—Es imposible que recuerdes todo eso. Yo no podría memorizar una pieza tan larga.

Woferl se encogió de hombros.

—Yo sí.

Luego suspiró satisfecho y apoyó la cabeza en mi hombro. Al hacerlo, tarareó por lo bajo, de manera tan suave que apenas podía oírlo. Pero lo oí. Y esta vez, el sonido me conmovió profundamente. Reconocí el reino en su melodía: dulce y bella a la vez, nueva, en un tono menor que daba la sensación de un lugar que cambiaba todo el tiempo.

Al principio, oí los ecos de la enseñanza rígida de nuestro padre. Pero reconocí también las partes que mi hermano había tomado de mi propia manera de tocar, las pausas y los crescendos en sus compases. Distinguí el modo en que convertía mi inspiración, el sonido de mi anhelo, en suyos. Cómo, en cierto modo, se había basado en lo que yo podía hacer y lo había mejorado.

Qué tonta había sido al pensar, siquiera por un instante, que Woferl no era capaz de crear algo de belleza equiparable al reino. Cerré los ojos, aturdida, con envidia y deseo de escuchar más. Aquella no era una composición infantil. Contenía la sabiduría de un alma antigua, no la inocencia de un niño. Ningún niño podía crear semejante pieza y guardarla completa en su mente.

Mientras pensaba en ello, mientras escuchaba con admiración el esbozo del concierto de mi hermano, volvió a mí el recuerdo de Jacinto con tanta fuerza que abrí los ojos y me estremecí, segura de que lo encontraría sentado en el carruaje con nosotros.

Pero no estaba allí. Padre seguía sentado frente a nosotros, dormitando con el mentón apoyado en la mano, mientras Madre se balanceaba dormida, recostada en el hombro de él. Sin embargo, sentí una vibración extraña en el aire, la sensación embriagadora de una nueva presencia. Por la ventana, vi un destello pálido entre los árboles. Unos ojos brillantes.

En un instante, el reino y el príncipe ya no me parecían un sueño lejano. Eran muy reales, y estaban allí.

De pronto, el carruaje dio un tumbo hacia un costado. Madre ahogó una exclamación. Padre se despertó sobresaltado, mascullando una palabrota. Yo grité, y extendí las manos hacia la pared del carruaje para no caer hacia delante. Con el movimiento brusco, nuestros baúles se zafaron de las correas y se precipitaron con un estruendo sobre el camino de tierra. Finalmente nos detuvimos en medio de una nube de polvo.

Padre fue el primero en ponerse de pie. Con dificultad por la inclinación del suelo del carruaje, logró salir por la puerta suspendida y luego ayudó a mi madre a bajar.

Tomé la mano de Woferl. Estaba llorando. Se frotaba la cabeza, y entre sus dedos le vi una marca rosada en la frente, donde se había golpeado contra el borde de la ventanilla. Cuando lo llamé, se estiró con obediencia hacia mí, y lo alcé para acercarlo a las manos extendidas de mi padre. Juntos, lo ayudamos a salir. Yo fui la última.

Nos encontrábamos en la linde de un denso bosque de robles y abetos, de follaje tan espeso que casi no llegaba luz al suelo. Miré alrededor un momento, parpadeando por el polvo que flotaba en el aire. El camino por el que viajábamos trazaba un fino arco, y los árboles que lo bordeaban se perdían en la neblina; delante de nosotros, se extendía por igual. En mitad del camino se encontraba una de las ruedas de nuestro carruaje, que por algún motivo se había salido por completo de su eje. Atrás, unas líneas finas en la tierra señalaban el paso de nuestro carruaje.

Temblé. Busqué con la mirada una figura ágil agazapada entre los árboles.

Mientras mi padre recogía la rueda y ayudaba al cochero a levantar el carruaje para volver a colocarla, observé la maraña de árboles que nos rodeaba, y por impulso, alcé la mirada hacia la espesura de su follaje. A mi lado, Woferl se agachó para recoger algo que había en la tierra.

—Nannerl, mira —dijo, enseñándome el objeto.

Cuando me acerqué para mirarlo, vi que sujetaba en la mano una piedra azul que resplandecía como iluminada desde su interior; tenía surcos extraños, como los de una concha. Volqué mi atención a las otras piedras que había en el camino, y al hacerlo, advertí que bajo la capa de polvo que las recubría se vislumbraban unos vivos tonos azules, toda una gama de fragmentos brillantes que habían detenido nuestro viaje. A primera vista, se los veía esparcidos como al azar, solo unas piedras aquí y allá, mezcladas con ramas y hojas caídas.

Pero al mirarlos con más detenimiento, me di cuenta de que las huellas que había dejado nuestro carruaje parecían dos juegos de líneas largas en la tierra, que recordaban de manera inconfundible a las que componen un pentagrama. Las piedras azules estaban ubicadas sobre esas líneas, como notas redondas que titilaban a la luz de la tarde. Separé los labios. Sin darme cuenta, empecé a tararear la melodía que había en el suelo. Las notas que cubrían el camino se convertían en música en mi boca, y luego se desvanecían en el aire. Woferl escuchaba maravillado, con los ojos fijos en aquella vista.

Miré por encima del hombro hacia el bosque. Una sensación de inquietud me invadió el pecho, recubrió mis entrañas y me empujó las costillas hasta el punto de dificultarme la respiración. ¿Acaso había sido solo una casualidad que se saliese la rueda del lado de Woferl? ¿Que aquello hubiese ocurrido justo cuando yo había presentido la presencia de Jacinto entre nosotros, después de que Woferl tarareara su composición?

Mi hermano seguía frotándose la frente lastimada, aunque no volvió a mencionarla. En las profundidades del bosque, el viento soplaba una canción sin melodía entre las hojas, y en ella me pareció oír fragmentos de una voz que reconocí muy bien. Algo se movió en el extremo de mi campo visual, una figura borrosa. Sabía que, si intentaba volverme hacia allí, desaparecería.

Tomé la mano de Woferl y lo obligué a soltar la piedra azul. Él protestó y me miró con los ojos muy abiertos.

—Quedémonos cerca del carruaje —le dije, y lo llevé hacia donde estaba Madre—. Ya están terminando.

Y, en efecto, habían terminado. Empezamos a subir de nuevo al carruaje y, cuando volví a mirar las piedras, las vi marrones, normales y corrientes. Las líneas marcadas en la tierra parecían simples huellas. Solo quedaba el susurro entre las hojas. Aunque lo rehuí, el sonido me llamaba, tiraba de mi vestido con una canción irresistible, con palabras casi comprensibles pero, a la vez, completamente ajenas. Como pronunciadas al revés.

No te has olvidado de mí. Y yo no me he olvidado de ti.

LA PÁGINA
SECRETA

D os semanas después, llegamos por fin a Viena, en una tarde de
miércoles tormentosa, mientras la lluvia caía a raudales por los
costados de nuestro carruaje. Tomé la mano de Woferl y esperamos
en el asiento mientras nuestros padres ayudaban al cochero a entrar
los baúles a la posada. Mi aliento formaba nubes en el aire y flotaba
en el exterior lluvioso.

—¿Tienes calor, Woferl? —le pregunté, al tiempo que le apoyaba
una mano en la frente. Tenía las mejillas pálidas, pero al menos no
parecía afiebrado.

Sin responder, mi hermano siguió observando la posada.

—Qué casa tan pequeña tiene el emperador —declaró.

Nos alojamos los cuatro en una habitación: Padre y Madre en
la cama grande, y Woferl y yo, en la pequeña. Padre había pedido que nos llevaran un clavecín a la habitación, para que pudiéramos practicar durante varios días antes de ver al emperador.
Oímos a nuestros padres hablar sobre cómo debíamos avisar al
palacio de que habíamos llegado a la ciudad, de cómo debían
presentarnos a Woferl y a mí. Era nuestra primera presentación
fuera de Salzburgo, y nuestra reputación —como también la de
Herr Schachtner, que lo había organizado todo— dependía de cómo
saliera ese concierto.

Y nuestra fortuna dependía de nuestra reputación. Todo tenía que desarrollarse a la perfección.

—Woferl necesita zapatos nuevos —observó Padre.

—Nannerl necesita una enagua nueva —añadió Madre.

Cuanto más los oía hablar, menos podía dejar de pensar. Esa noche dormí mal. Tuve una pesadilla tras otra, visiones de un clavecín sin teclas, en un salón sin público. De mis manos, agrietadas y cubiertas de cicatrices, sin poder danzar con la música de mi mente. Aplausos en otra sala, lejos de donde yo estaba tocando.

El clavecín llegó a la mañana siguiente. Era pequeño y estaba muy gastado, pero Woferl aplaudió con alegría y de inmediato le pidió a Padre partituras en blanco para poder escribir el concierto que albergaba en su cabeza. Pasó el resto del día inclinado sobre las páginas esparcidas sobre el instrumento, garabateando y tocando. Cuando Madre tuvo que apartarlo para que comiera algo, a Woferl se le llenaron los ojos de lágrimas.

—Mira a este niño, Anna —dijo Padre a mi madre—. Es como si estuvieras arrancándole el corazón.

Al ver el papel, yo también sentí la tentación. Tal vez podría componer mi propia variación de las melodías que poblaban mis sueños y mis días... pero, por supuesto, no podía pedir tal cosa. Por eso, opté por ignorar a Woferl mientras garabateaba sus notas y manchaba la página de tinta con la base de la mano. Cuando fue a tocarlas en el clavecín, reconocí las armonías que me había tarareado en el carruaje. Eran idénticas, los mismos compases.

Mi hermano me había dicho la verdad: la recordaba completa.

Padre lo observó con un brillo en los ojos. Parecía incapaz de hablar, por temor a interrumpir la genialidad de su joven hijo. Si yo hubiera abandonado la habitación para adentrarme en las calles, creo que no se habría dado cuenta.

Finalmente, al cabo de varias horas, Padre salió hacia el palacio para asegurarse de que todo estuviera dispuesto. Madre había llevado a Woferl a ver el mercado que se extendía en las calles cerca de nuestra posada. Yo me quedé a solas con el clavecín, que permanecía en silencio.

Me senté. El taburete emitió un fuerte crujido. Las teclas estaban amarillentas y raspadas, la pintura negra casi había desaparecido, y al pasar mis manos sobre ellas, observé que varias notas se encontraban horriblemente desafinadas. El mi más alto sonaba muy mal. Pero aun así, se trataba de un clavecín y era mejor que tamborilear con los dedos en la pared de madera del carruaje. Abrí mi cuaderno, lo coloqué en el atril y empecé a tocar.

Arranqué con mis escalas y arpegios, y luego pasé a un minueto. Cerré los ojos y me permití por fin hundirme en aquel lugar seguro. En la oscuridad apareció una línea que subía y volvía a bajar como el pincel de un artista, lisa, viva y líquida, como el rastro de unas notas que ascendían al cielo despejado. Mis sentidos se impregnaron de su dulzura.

Tardé un momento en darme cuenta de que ya no estaba tocando mi minueto, sino la melodía que había visto esparcida en el camino de nuestro carruaje, en el bosque.

Me detuve en seco. Abrí los ojos. Entonces me invadió un anhelo repentino, y miré la pluma que había dejado Woferl en el borde del clavecín, lista para seguir componiendo.

Se me encogió el corazón de miedo y confusión.

Componer era cosa de hombres. Todo el mundo lo sabía. Era el mundo de Herr Handel y Herr Bach, de mi padre y los *kapellmeisters* de Europa. Era el mundo que Woferl ya estaba descubriendo. Yo nunca había cuestionado esa regla antes de oír el reino en mis sueños o la voz perfecta del príncipe. No me correspondía componer, y mi padre nunca había sugerido lo contrario.

Entonces, ¿por qué no podía apartar la vista de la pluma que esperaba sobre el clavecín?

Oía la música en mi mente, la canción del reino que iba cambiando cuanto más pensaba en ella. Se me secó la garganta y me temblaban las manos. Cuando Jacinto había dicho que me ayudaría, ¿habría sido esa su intención? ¿Concederme ese deseo?

Padre no lo aprobaría, si me viera. ¿Qué haría? Me quitaría el cuaderno, tal vez. Incluso podría prohibirme tocar en público y hacer que Woferl se presentara solo. Pero lo más probable era que destruyera mi composición como castigo por mi desobediencia. ¿Una hija que iba más allá de las lecciones de su padre, que se adentraba en un reino al que él nunca le había dado permiso para entrar? Se avergonzaría de mi descaro y se enfadaría por mi rebelión. Lo imaginaba arrojando la partitura al fuego, y a nosotros dos observando cómo el delicado papel se convertía en cenizas.

Crear algo, solo para verlo destruido. La idea de ese riesgo era lo que más me dolía. Aparté la mirada de la pluma, dispuesta a darme por vencida.

Pero la melodía del bosque seguía en mis oídos, bella e incitante, invitándome a seguir adelante. Sentí ese anhelo con la misma intensidad que la noche de mi primer sueño, cuando había despertado con la mano extendida, deseosa de ser parte de aquel mundo. La lluvia golpeteaba un ritmo apagado contra el techo, el pulso justo antes de iniciarse una canción.

¿Qué diría Jacinto? El brillo de sus ojos me transmitía que me alentaría. ¿Y Woferl? Aplaudiría con deleite y pediría oír la melodía. Muy lentamente, la amenaza del castigo de mi padre empezó a perder fuerza contra el deseo insistente de escribirla.

Por fin, en un gesto audaz, tomé la pluma y la sumergí en el tintero. Mis manos subieron como con voluntad propia hacia mi cuaderno. Pasé las páginas hasta llegar casi al final y me detuve en una página en blanco que a nadie se le ocurriría mirar.

Por un momento, vacilé. *Ya he terminado con él*, me había dicho Jacinto al devolverme el cuaderno. *Úsalo para llegar a mí.*

¿Qué le había hecho? En la página en blanco no había nada que llamara la atención. Sin embargo, cuanto más la miraba, más me daba la sensación de que la página me contemplaba a su vez, como si el príncipe hubiera tocado el papel con sus dedos y hubiera impregnado las fibras con su esencia sobrenatural. Estaba observándome, esperando.

Dime lo que quieres, había dicho.

Entonces comencé a escribir.

La habitación permanecía en silencio, salvo por el roce de la pluma contra el pergamino y el rugido de la música en mi mente. Los trazos de la tinta temblaban ligeramente sobre la página, pero me obligué a afianzar los dedos. Tenía las palmas de las manos húmedas por el sudor. No faltaba mucho para que oyera que alguien subía la escalera hasta nuestra habitación.

Pero era incapaz de parar. Por debajo de mi manto de miedo vibraba una alegría desenfrenada. Aquel momento era fugaz... y mío.

La melodía del camino bajo el carruaje me observaba desde el papel, convertida de pronto en realidad. Seguí escribiendo tan rápida y silenciosamente como pude, plasmando la melodía, sabiendo que en cualquier momento oiría que alguien subía la escalera hasta nuestra habitación. Cuando dejé por fin la pluma y pasé el dedo por la página para comprobar si la tinta se había secado, noté que el papel estaba tibio. Mi respiración se había vuelto superficial y rápida.

Me apresuré a dejar la pluma y cerré el cuaderno con cuidado, para que no se abriera en mi página. Mi corazón latía acelerado por la emoción de aquel secreto. El aire, la luz, *algo* cambió en la habitación. Era como si el príncipe estuviera observándome por medio del papel que nos conectaba.

Nunca había desobedecido a mi padre. En adelante, ese momento dividiría mi vida en un antes y un después.

Cuando Madre llegó con Woferl, yo ya había retomado mis lecciones habituales. Me escucharon tocar un rato. De reojo, yo veía la enorme sonrisa de Woferl, como si no pudiera contener la alegría, y el rostro de mi madre, como una pintura apacible, que sonreía y asentía mientras me oía tocar. A su lado, en el suelo, Woferl se movía, inclinado sobre sus papeles, escribiendo.

Tuve la sensación de que él ya conocía mi secreto, de que en cualquier momento saltaría, pasaría las hojas en blanco de mi cuaderno y dejaría al descubierto mi melodía. Oí su risa familiar en mi mente. Pero permaneció junto a mi madre. Seguí tocando. Pasó un largo rato.

Finalmente, cuando terminé y llegó el turno de Woferl de sentarse al clavecín, apareció Padre con una peluca empolvada arrugada y un torbellino de palabras; apenas era capaz de contener el entusiasmo.

—Anna —dijo sin aliento, con una seña a mi madre.

Lo miré desde la cama, donde estaba sentada. Solo mi hermano siguió tocando, como si no percibiera lo que lo rodeaba.

Madre rio.

—Estás agitado, Leopold.

—Ha corrido la voz por toda la ciudad —respondió Padre. Yo no recordaba haber visto sus ojos tan iluminados—. En la calle, en la plaza del palacio. Todo el mundo quiere saber más sobre nuestra llegada. Dicen que los niños son milagros. Todos hablan de nosotros.

Woferl y yo nos miramos brevemente. Madre aplaudió, complacida.

—Me dicen los centinelas que la emperatriz está enferma —prosiguió, y enseguida añadió—: ¡Solo un resfrío, nada de lo que preocuparse! Woferl y Nannerl deben tocar para ellos dentro de tres días, en el Palacio de Schönbrunn, a mediodía.

Y así se decidió nuestra primera presentación. Woferl levantó la vista y anunció que pondría a su concierto el nombre de la emperatriz. Pensé en mi página secreta y esperé a que mi padre volviera la vista hacia mí y la viera grabada en mi mirada.

¿Qué travesura has estado haciendo, Nannerl?, me preguntaría.

Pero no fue así. Siguió hablando sobre el entusiasmo que nuestro concierto había despertado en la corte y la reacción de la gente en la calle. Los ojos se le arrugaron de placer. Me quedé donde estaba y observé el modo en que tomaba las manos de mi madre entre las suyas. Él no lo sabía. Mi secreto vibraba en el fondo de mi garganta.

Desde alguna parte, en el aire, invisible, Jacinto me observaba y sonreía con aprobación.

Yo sabía que me había oído tocar. Y me pregunté qué haría entonces.

A la mañana siguiente, Madre nos despertó a los dos temprano. Desperté sobresaltada; había estado soñando que caminaba por un sendero oscuro entre los árboles invertidos. Woferl se sentó en la cama y se frotó los ojos, adormilado. Por la ventana entreabierta se oían ya los sonidos de las calles de Viena, que recibían el día.

—Daos prisa, niños —dijo, al tiempo que nos palmeaba las mejillas y nos guiñaba un ojo—. Tenéis que estar presentables para el concierto.

Tomamos un desayuno rápido de fiambres y pan con semillas de amapola; luego me coloqué mi cofia blanca y salí de la posada con Madre, Padre y Woferl. En comparación con Salzburgo, las calles eran más anchas y tenían adoquines más nuevos. Aún era temprano, y el aire húmedo me enfriaba las mejillas. Percibí el aroma a miel y trigo de las panaderías. Había grupos de mercaderes otomanos con varias capas de abrigos y lazos de color en la cintura, reunidos cerca de la cafetería del Fleischmarkt, conversando en turco. Los hombres pregonaban sus nueces y sus cintas de colores en las esquinas.

Yo llevaba a Woferl de la mano. Padre caminaba al otro lado de mi hermano, distraído y mirándolo todo, y cuando apretaba demasiado el paso, yo me recogía las faldas y corría tras él. Para los vieneses, resultaría obvio que no vivíamos allí. Nerviosa, aparté la mirada de varios transeúntes curiosos. Me pareció que pasó mucho tiempo hasta que por fin llegamos al local de ropa masculina y femenina, adornado con un cartel que decía: DAS FEINE BENEHMEN.

—Bienvenidos, bienvenidos —dijo el hombre que nos abrió la puerta. Parpadeó al desviar su mirada azul hacia mi padre—. ¿Puedo preguntarle su nombre, Herr?

Eché un vistazo a la tienda por detrás de él. Estaba muy ordenada, poseía gran cantidad de modelos de tocados muy elaborados y zapatos de cuero, corsés ballenados y petos con bordes de seda trenzada, rollos y más rollos de tela de todos los colores y diseños, enaguas y vestidos con hermosos bordados. En un rincón había un vestido de estilo mantua cortado a la última moda, confeccionado con una seda amarilla de estampado complejo que formaba una curva elegante en las caderas. Admiré sus imágenes florales, el modo en que se fruncía y luego caía recto en la parte trasera. Era la clase de vestido que se usaba en presencia de la realeza. Lo que *yo* me pondría muy pronto.

Padre estrechó la mano del hombre.

—Herr Leopold Mozart —se presentó, con una leve inclinación de la cabeza.

Alcancé a ver los ojos de mi padre, y en ellos vi un asomo de placer. Esperaba que el sastre reconociera su nombre. Para su satisfacción, la sonrisa del hombre se extendió más.

—¡Ah, Herr Mozart, de Salzburgo! —exclamó, al tiempo que tomaba la mano de mi padre entre las suyas—. Me han hablado mucho de su llegada a la ciudad, amigo. Sus hijos pronto tocarán en el palacio, ¿verdad?

Cuando Padre asintió, el sastre abrió los ojos como platos. Lo observé con detenimiento. Más y más, me recordaba a Jacinto: un matiz azulado en su piel cada vez que se movía; los ojos ligeramente sesgados, por efecto de la luz; un destello de sus dientes brillantes. Me pregunté si habría entrado en el cuerpo de un hombre para prepararnos para nuestro debut. Sus ojos oscilaron entre Woferl y yo.

—Tranquilos, niños, que saldréis de aquí vestidos como la realeza.

La sonrisa del hombre se había hecho ya tan grande que temí que se le desprendiera de la cara.

—Gracias, señor —respondió Padre—. No repare en gastos. Quiero lo mejor para ellos.

Miré un instante a nuestro padre. Madre lo regañaría más tarde, si se enteraba de lo mucho que estaba dispuesto a gastarse en nuestra ropa. Ya podía imaginarla con los brazos cruzados y los labios apretados.

El hombre se inclinó.

—Iré a buscar a varios ayudantes. Comenzaremos de inmediato.

Dicho eso, se retiró a toda prisa. Woferl se dispuso a seguirlo, pero lo sujeté del brazo y lo reprendí con severidad. No quería que mi padre pensara que era incapaz de vigilarlo.

El hombre volvió enseguida con sus ayudantes. Dos modistas, un sastre y un ayudante. Se me acercaron con una prenda nueva, y alcé los brazos para que pudieran ajustarme el corsé a la cintura; las ballenas me apretaban las costillas. El vestido en sí era de satén azul intenso, liso, suave y frío al tacto, abierto por delante para dejar al descubierto las capas de enaguas que quedaban sepultadas debajo. El cuello era alto y ocultaba la piel de mis clavículas y mi garganta. Presioné con una mano el colgante azul, en el fondo del bolsillo de mi enagua.

Observé mi reflejo mientras las modistas y el sastre trabajaban; tenía la mirada fija en el espejo de delante. Mis mejillas estaban sonrojadas por el frío de la calle.

A mi lado, veía a mi hermano, que no podía estarse quieto mientras le probaban la ropa. En un momento dado, bajó de su tarima de un salto y corrió hacia nuestro padre para enseñarle sus gemelos relucientes, con lo cual obligó a su sastre a correr detrás de él. Yo lo miraba en silencio, sin poder contenerlo. La estructura rígida de mi vestido se me clavaba en el cuerpo y me constreñía. Aunque quisiera, era incapaz de mover los brazos con la misma libertad que Woferl.

¿Así tendría que tocar ante la realeza? ¿Casi sin poder moverme?

Cuando terminaron, Padre me llevó al local de pelucas cercano. Allí, los fabricantes de pelucas me peinaron hacia atrás para apartarme el cabello de la cara y me colocaron una peluca rizada que se elevaba por lo alto de mi cabeza y luego caía sobre mis hombros como una cascada. A continuación, con palmadas leves, me cubrieron el pelo con polvo blanco hasta que a nuestro alrededor quedó flotando una nube del fino polvo. Su olor rancio me hizo fruncir la nariz. El peso me obligaba a mantener la cabeza y el cuello siempre en un ángulo recto. Intenté dilucidar cómo conseguiría inclinarme sobre la música mientras tocaba, con todo aquello en la cabeza.

Se acercaba el mediodía, y terminamos por fin las pruebas. Mientras le dábamos las gracias al sastre y salíamos, eché un último vistazo por encima del hombro. El sastre me sonrió, y su alta figura proyectó una sombra larga en el suelo. Sus dientes eran muy blancos, y sus ojos, tan azules que parecían resplandecer.

—Hasta pronto, Nannerl —dijo. Miré a mi padre para observar su reacción, pero no parecía haberse dado cuenta de nada. Solo Woferl me apretó la mano. Intenté recordarme que lo más probable era que aquello fuera parte del plan de Jacinto. Para poder realizar una buena actuación, tenía que estar presentable.

El resto del día transcurrió entre prácticas, igual que el siguiente.

La noche anterior a nuestra presentación, me desvelé. Contemplé el techo en silencio, sumida en mis pensamientos. El colgante de cristal estaba bajo mi almohada, y sentía el leve bulto debajo de la cabeza. Su presencia me reconfortaba. Era un recordatorio de mi deseo.

—¿Nannerl?

Me volví hacia mi hermano. Me observaba en la oscuridad. Me apoyé en un codo y le sonreí.

—Debes descansar —susurré.

—Tú también —protestó—, pero no lo haces.

Echó un vistazo hacia donde dormía nuestro padre, temeroso de despertarlo.

No se me había ocurrido que Woferl estuviera también nervioso. Extendí la mano y tomé la suya. Yo era menuda para mi edad, pero incluso en la palma de mi mano, sus dedos eran diminutos.

—No tienes nada que temer —le aseguré con suavidad—. Toda Austria está ansiosa por oírte. El emperador en persona solicitó tu presencia. No vas a decepcionar a nadie.

Woferl cerró sus deditos en torno a uno de los míos.

—No tengo miedo —dijo.

Volví a sonreír.

—Entonces, ¿por qué estás despierto?

Woferl se acercó más a mí, hundió la cabeza en mi almohada y señaló el clavecín. Miré hacia donde señalaba hasta que mis ojos dieron con mi cuaderno. Estaba cerrado.

—¿Qué ocurre? —le pregunté.

—El cuaderno está cantando —susurró—. No puedo dormir.

De inmediato, volví la cabeza hacia el clavecín. Guardamos silencio. Oí el sonido de un carruaje que pasaba por la calle, el murmullo del viento, el suave ronquido de nuestro padre, un goteo de agua desde algún lugar misterioso. No oí la música.

—¿Estás seguro? —susurré a Woferl—. ¿Cómo que está cantando?

Me miró frunciendo la nariz.

—¡Nannerl! —exclamó por lo bajo—. Está cantando ahora mismo, ¿no lo oyes? Canta muy alto.

Tiene que ser Jacinto. Le habrá hecho algo a mi cuaderno. Está aquí.

Esperé un momento, obligando a mi respiración a no acelerarse, hasta que Woferl empezó a impacientarse. Entonces bajé las piernas por el costado de la cama, apoyé los pies en el suelo y me acerqué lentamente al clavecín. Seguía sin oír nada. El suelo me adormecía los pies. Me esforcé por no temblar.

Debería estar en la cama, pensé. *Nuestra presentación.*

Cuando me acerqué lo suficiente, recogí mi cuaderno del atril del clavecín y me lo apreté contra el pecho. Con sigilo, volví a la cama.

Woferl se incorporó, ansioso por verlo.

—Repite siempre las mismas líneas —insistió—. Una y otra vez.

Se me erizó la piel. Los dos permanecimos inmóviles un instante cuando Padre se movió. No aparté los ojos de él hasta que nos dio la espalda; entonces aflojé los hombros. Abrí el cuaderno en silencio.

—¿Cómo suena? —susurré.

Woferl vaciló un momento.

—Así.

Tarareó algunas notas en la voz más baja que pudo.

Tragué en seco. Mi entusiasmo inicial, mis súbitos pensamientos sobre el príncipe, todo se desvaneció. Woferl debía de haber descubierto mi composición secreta, pensé, los compases que había escrito varios días atrás. Sentí un arranque de ira.

—Te lo estás inventando —le reproché en un susurro áspero—. El cuaderno no canta. Eres tú.

A Woferl le dio un ataque de risa. Se arrojó boca abajo contra la almohada. Cerré el cuaderno, decepcionada, y lo escondí bajo nuestras cobijas. Me dolió su risa apenas contenida.

—El cuaderno es mío, Woferl. No debes tomar lo que no es tuyo. No se lo dirás a Padre, ¿verdad?

Su risa se apagó. Me miró muy serio.

—Pero ¿por qué lo escondes? Es precioso.

Lo dijo tan en serio, con tanta franqueza, que mi enfado se disipó.

—Las jovencitas no deben componer —le expliqué.

Meneó la cabeza.

—¿Por qué?

Lo tomé de las manos y se las apreté con cariño. Cuánto, y qué poco, entendía él sobre mi vida.

—Por favor, Woferl, que sea nuestro secreto. Prométeme que no se lo dirás a nadie.

Esta vez fue mi hermano quien se enfadó.

—Pero entonces, ¿quién lo va a escuchar? —susurró, horrorizado—. No pensarás dejarlo allí para siempre, ¿verdad?

—Sí, eso es lo que haré. —Lo miré con firmeza—. Si me quieres, prométemelo.

Woferl me contempló durante un buen rato. Cuando se convenció de que no podía hacerme cambiar de idea con su desafío, volvió a dejarse caer en la cama.

—Sí, te quiero —declaró a su pesar—. Y te prometo que nunca se lo diré a nadie.

Me recosté en la cama. Permanecimos en silencio, pero la broma de Woferl me había recordado aquel temor, la emoción contenida que había sentido al escribir la música. ¿Qué se proponía Jacinto al llevarme a hacer eso? Dios me castigaría por haberle ocultado algo semejante a Padre. Significaría que yo era la clase de hija que desobedecía a su padre, y que más tarde desobedecería a otros hombres, a su esposo. Ya corrían tantos rumores sobre nosotros... ¿Qué ocurriría si esta historia empezaba a difundirse?

Dirían que era la clase de muchacha que no hacía caso. Con ideas propias.

Tiré de las cobijas hasta que me llegaron al mentón, y luego imaginé al príncipe volviendo la cabeza de un lado a otro, mientras me observaba desde el otro extremo de la habitación con ojos brillantes. Esperaba que así fuera.

Me apreté más el cuaderno contra el pecho y seguí escudriñando la oscuridad, hasta que me dormí con la imagen aún grabada en mis pensamientos.

EL PRÍNCIPE
EN EL PALACIO

El día siguiente amaneció con un revuelo de actividad.

Me obligué a probar un poco de pan mientras Woferl jugaba con los fiambres que tenía en el plato. Tras nuestro desayuno apresurado, nos dirigimos de inmediato al local del sastre para recoger nuestras prendas nuevas. Inhalé profundamente mientras mi madre me ayudaba a ceñirme el corsé ballenado de mi vestido hasta casi no poder respirar. Cuando terminó, mi cintura se veía delgada y recta en el espejo.

A mi lado, Woferl se puso su chaqueta y sus zapatos nuevos. Nuestro aspecto era cada vez menos el de los hermanos que habían llegado a la tienda de la mano y hablando entre susurros, y cada vez más el del rumor que había circulado sobre nosotros por la ciudad. Era el aspecto de los niños Mozart, prodigios musicales. Aptos para tocar ante un rey.

Cuando llegamos al Palacio de Schönbrunn, yo temblaba un poco por los nervios y tenía las manos húmedas de sudor. El palacio parecía extenderse varios kilómetros en cada dirección, blanco y dorado, con innumerables hileras de ventanas y columnas de piedra. Nos recibió un guardia en la explanada del frente. Yo caminaba con cuidado para no estropear mi vestido nuevo, pero Woferl iba por delante como un pajarillo inquieto, conversaba con el guardia, preguntándole su nombre y cuánto tiempo llevaba trabajando en el palacio, hasta que Padre me dirigió una mirada severa y me apresuré a traer a mi hermano a mi lado. Recorrimos salones con columnas inmensas, balaustradas pulidas y paredes recubiertas por láminas de oro. Todos los techos estaban pintados, y en cada salón me daba la sensación de que Dios me observaba desde arriba, dejando al descubierto la página secreta que yo había escrito. Mantuve la cabeza gacha y caminé con prisa. El taconeo de mis zapatos de cuero resonaba sobre el mármol, y eso me hacía sentir extrañamente incómoda. Mis pasos no sonaban elegantes. Hundí por un momento la mano en el bolsillo de mi enagua, donde había guardado el colgante. Mis dedos hallaron su superficie lisa. Intenté tranquilizarme al sentirlo en mi mano.

Por fin, en la última puerta, nos detuvimos y dejamos que el guardia siguiera avanzando. Se inclinó ante alguien a quien no alcancé a ver.

—Majestad —dijo—. Os presento a Herr Leopold Mozart y Frau Anna Maria Mozart, y a sus hijos, Herr Wolfgang Amadeus Mozart y Fräulein Maria Anna Mozart.

Lo primero que vi al entrar fue el clavecín.

Más grande que el que poseíamos en Salzburgo, y mucho más que el de la posada, tenía teclas blancas en lugar de oscuras y estaba cubierto de arte barroco. Se parecía al clavecín que había visto en la tienda de abalorios, rodeado por una caverna de musgo. Al verlo, me quedé tan estupefacta que casi di un salto cuando anunciaron mi nombre.

Recorrí el salón con la mirada. El suelo de mármol se encontraba decorado con gruesas alfombras, y la media docena de hombres que conformaban el consejo del emperador permanecían sentados de frente al clavecín, con el emperador y la emperatriz en persona en el centro.

Al vernos, el emperador se puso de pie con agilidad.

—¡Ah! ¡Herr Mozart! ¡Frau Mozart! —exclamó. A su lado, la emperatriz María Teresa nos dedicó una cálida sonrisa.

—Majestades —respondió Padre, con una profunda reverencia. Era lo que correspondía, claro, pero me sorprendió presenciarlo; siempre había visto a mi padre con la cabeza en alto, como el amo y señor de nuestra familia. Jamás se me había ocurrido que pudiera comportarse de otro modo ante aquellos con mayor poder.

Madre lo acompañó con la reverencia, y Woferl y yo los imitamos a medida que nos presentaban al emperador y la emperatriz, y luego, a sus hijos.

Solo en lo más profundo de mi reverencia reparé en la forma de casco que tenían los zapatos del emperador. Parpadeé, sorprendida. Cuando volví a mirar, los vi normales. Contemplé de inmediato al resto de los presentes. Por un instante, me dio la sensación de que uno de los hombres que estaban sentados parecía delgado, esbelto y azul.

Intenté observarlo mejor, pero en ese momento el emperador se arrodilló para mirar a mi hermano. Mi atención se desvió hacia ellos.

—¡Y esto! ¡Ah! —exclamó el emperador—. ¡Este debe de ser el niño del que tanto hemos oído hablar! ¿Cuántos años tiene, Herr Mozart?

—Cinco, Majestad —respondió en voz alta. Aunque su habilidad era de por sí impactante, Padre le había dicho que se quitara dos años.

—¡Cinco! —exclamó el emperador, frotándose el mentón con gesto sabio—. Supongo que será muy pequeño para tocar el clavecín, *ja?*

Al oír eso, Woferl se infló con aire desafiante.

—No es así, Majestad —declaró—. Alcanzo todas las teclas, y si estoy de pie, llego al pedal. Y también sé tocar el violín.

Detrás del emperador, los demás rieron. Miré a la hija menor del emperador, la princesa María Antonia, que me sonrió. Cuando posó los ojos en Woferl, se sonrojó y apartó la mirada.

El emperador rio con ganas.

—Ya habéis oído al muchacho. ¡Sabe tocar el clavecín! ¡Y el violín también! —Luego se volvió hacia mí—. Y usted debe de ser Fräulein Mozart —dijo.

—Majestad —respondí, con otra profunda reverencia.

—Levante la cabeza, Fräulein, para que podamos verla mejor.

Obedecí... y me encontré cara a cara con los ojos de Jacinto.

No supe qué fue lo que impidió que me apartara de un salto por la conmoción, pero allí me quedé, embelesada por el bello rostro del muchacho. ¿Acaso los demás no lo veían? Ya no iba vestido con su variedad de hojas y ramitas brillantes. Tenía el cabello recogido en una coleta baja sobre la nuca, atado con una cinta blanca, y varias capas de encaje en la pechera de su camisa. La chaqueta real blanca y dorada que llevaba puesta hacía que el tono de su piel se viera más pálido aún.

—Hola, Fräulein —me saludó Jacinto, y la música de su voz me resultó inconfundible. Bajé la mirada, aterrada y llena de júbilo por ser, quizá, la única que lo veía. Desde arriba me llegó su risa—. Herr Mozart —dijo a mi padre—. ¿Está seguro de que su hija no es un ángel robado del cielo?

Padre y Madre se inclinaron en agradecimiento. No veían otra cosa que al emperador. Sin decir nada, hice otra reverencia. Miré un instante a mi hermano, pero estaba de espaldas a mí, con la mirada ya puesta de forma ansiosa en el clavecín. No parecía haber visto a Jacinto.

—Escucharemos primero al joven Herr Mozart —declaró Jacinto, y se puso de pie.

Me volví para reunirme con mis padres, que ahora se encontraban en la primera fila de asientos; mi madre, junto a la mismísima emperatriz. Me senté con ellas. Mi padre permaneció de pie, tal vez demasiado nervioso para sentarse; tenía la mirada fija en Woferl como si no hubiera nadie más en el salón. Apoyé las manos sobre la falda.

Jacinto me había dicho que el cuaderno sería la conexión entre mi mundo y el suyo, y por eso yo había escrito mi música en él, en la página secreta. Era probable que lo hubiera llamado al hacerlo.

Woferl trepó con cierta dificultad al taburete del clavecín, pero una vez allí, no necesitó nada más. *¿Qué habrá visto?*, me pregunté. Yo observaba sus mangas rojas mientras tocaba. Agregaba florituras, y sus dedos danzaban sobre las teclas sin esfuerzo, ágiles y rápidos. En los rincones del salón, había empezado a formarse una ligera neblina, que fue extendiéndose por el suelo hasta parecer que estábamos envueltos en un sueño.

No podía dejar de mover las manos sobre mi falda; anhelaba sujetar mi colgante en el bolsillo. Intenté predecir cómo saldría mi presentación, si podría maravillar tanto con mi música como lo estaba haciendo Woferl con la suya. ¿Alguien querría oírme cuando mi hermano terminara? ¿O sucedería como la primera vez que había tocado para Herr Schachtner, que apenas me había prestado atención? ¿Complacería a Jacinto verme tocar? ¿Acaso había venido a presenciar lo que yo podía hacer, para empezar a trabajar en mi deseo? ¿Sería una prueba de mi talento para ver si en verdad lo merecía?

Woferl tocó una pieza, y luego otra. Padre se adelantó y cubrió las teclas con un paño, y Woferl continuó tocando con la misma facilidad que antes. Nuestro público quedó asombrado.

Hasta que, demasiado pronto, Woferl terminó, y entonces solo oí exclamaciones y aplausos a mi alrededor, y el taconeo de los zapatos al incorporarse sus dueños. Yo también aplaudí. Woferl bajó del taburete de un salto, se inclinó ante su público y luego me dedicó una gran sonrisa. Regresó a su silla a toda prisa. En ningún momento miró al emperador —a Jacinto— y empecé a preguntarme si esta vez el príncipe no querría que mi hermano lo viera. Tal vez había venido solo por mí.

Mi corazón se empezó a acelerar cuando la atención de todos los presentes se concentró en mí. El emperador asintió para indicarme que me adelantara.

—Fräulein Mozart —dijo.

Me puse de pie, aturdida, y caminé hasta el clavecín. Allí, me acomodé en el taburete y apoyé las manos en las teclas. Había memorizado mi música durante aquellos largos ejercicios matutinos y lecciones nocturnas. De esa manera, era más fácil ver las notas como yo quería verlas, sin los papeles delante. Pero allí, con la neblina fantasma que me rodeaba los pies, comencé a dudar de poder ver algo. La niebla pareció rozar los límites de mi mente, me tranquilizó hasta darme la sensación de que yo ni siquiera formaba parte de mi cuerpo. Hasta que el mundo a mi alrededor me pareció un sueño.

En el rincón, el príncipe estaba sentado en la silla del emperador y me observaba con la cabeza ladeada, en un gesto de curiosidad.

Mi aliento parecía flotar en el aire. Intenté acallar mi mente. Curvé los dedos sobre las teclas y empecé a tocar.

Las notas que surgieron del clavecín no parecían música del mundo real, como lo eran mis minuetos cuando los practicaba en casa. Esta vez, sonaban como lo que había oído en la gruta escondida, como la voz de Jacinto en el viento, suspendida en la brisa. Sonaban como las oía yo en mi cabeza, perfectas y completamente formadas, tal como parecían justo antes de que salieran al mundo defectuosas y distorsionadas. Mientras tocaba, flotaba sobre mí misma, inmersa en aquel sueño, embriagada, sin querer abandonarlo.

No tocaba para los demás. Sino para mí. Y lentamente, poco a poco, el salón que me rodeaba comenzó a cambiar.

Las columnas de mármol se convirtieron en madera. De los brazos de los candelabros y las arañas brotaron hojas. La hiedra fue extendiéndose entre las sillas de los espectadores como espirales largas y firmes, y cubrieron el suelo hasta llegar a mi clavecín. La luz que se filtraba por las ventanas se atenuó, se volvió fría y azulada. La neblina se hizo más densa y se mezcló con el sonido de las notas en el aire. Casi no sentía las manos, pues parecían moverse con voluntad propia. Me incliné hacia el clavecín, movida por la música.

Jacinto se levantó de su asiento y empezó a caminar hacia mí. Los demás no parecieron reaccionar a esto, y cuando eché un vistazo a mi padre y a Woferl, me di cuenta de que se encontraban inmóviles en sus sillas, como si el tiempo hubiera decidido paralizarlos por completo.

Terminé el minueto y enseguida empecé otro. Desde la profundidad de las notas, surgió el remolino de una brisa, las ondas de lluvia en una laguna, el gorjeo agudo de un pájaro. Las golondrinas se movían por encima, acomodándose en las ramas de la densa espesura de un bosque que había crecido sobre las pinturas del techo y los candelabros. El viento se arremolinaba en torno a mí y me levantaba los bordes de la peluca. Sentí la frescura de la lluvia en las mejillas.

Por fin, Jacinto llegó hasta mí. Se sentó a mi lado en el taburete y observó la danza de mis manos. El brillo de sus ojos otorgaba a su rostro un resplandor azulado.

—Muy bien, Nannerl —dijo, con la voz llena de aprobación—. Toca otro.

Obedecí. *¿Por qué estás aquí?*, le pregunté a Jacinto. Seguramente pronuncié las palabras en mi mente, pues las oí apagadas, y mis labios permanecieron cerrados.

De todos modos, él me oyó. Jacinto sonrió y se quedó a mi lado, y fue acercándose poco a poco mientras yo tocaba. Su rostro de niño estaba iluminado por la alegría. Luego se puso de pie, me abrazó y cubrió con sus manos jóvenes y finas las mías. Movió los dedos conmigo, y la música se transformó en algo nuevo, con notas tan claras y limpias como la lluvia contra el cristal.

—Estoy aquí porque tú lo deseaste —respondió—. La música que escribiste en tu cuaderno me llamó. ¿No es así?

Y asentí, porque así era. Nuestros dedos danzaban sobre las teclas en una escala perfecta.

—Te he traído a esta presentación, y mírate, deslumbrándolos a todos con tu verdadero talento. La corte te recordará. —Se inclinó más hacia mí—. Ahora que te he ayudado, te toca a ti ayudarme. ¿Estás lista?

Volví a asentir. Yo no tocaba en un salón vacío, sin público, como en mis pesadillas. Sino ante la corte real, que me escuchaba embelesada, sin poder articular una sola palabra. La audacia que había sentido al componer mi página secreta, al formular mi deseo secreto… ahora la sentía tan intensa en mi mente que era embriagadora. ¿Qué más podría depararme el futuro? ¿Hasta dónde podríamos llegar, si ayudaba a Jacinto a cambio de aquello?

Estoy lista, le respondí.

Los dedos del príncipe saltaron sobre las teclas.

—Regresa a Salzburgo. Espérame allí. Iré a buscarte. Lleva a tu hermano contigo. —Me sonrió, con sus dientes perfectos y afilados—. Ha llegado la hora de dar el siguiente paso, Nannerl.

Lleva a tu hermano contigo. Al instante me pregunté para qué necesitaría Jacinto a Woferl. Pero no le pregunté qué había querido decir. Era lógico, supuse, pues yo no habría podido actuar allí sin la compañía de mi hermano. De modo que lo mismo sucedería en el reino. Volví a concentrarme en la música, agradecida por la presencia de Jacinto y temerosa de lo que diría si me negaba.

Y luego, finalmente, terminé.

Así, sin más, el mundo se desvaneció con el fin de mi presentación. La hiedra y el musgo, los pájaros y la luz azul, la neblina en el suelo. Jacinto. Mi trance onírico. Parpadeé, sorprendida, y todo desapareció, y en su lugar quedaron el salón del palacio, las columnas de mármol, las pinturas que adornaban el techo, el emperador y la emperatriz, mis padres, mi hermano.

Por un momento, hubo un silencio absoluto. Luego el emperador se puso de pie con la emperatriz y aplaudió con entusiasmo. Las princesas y los príncipes hicieron lo propio, seguidos por el consejo real. En medio de la ovación, se oían elogios, palabras como *espléndida, prodigiosa* y *etérea*. Me puse de pie, aturdida, y me incliné en una reverencia. Madre aplaudía feliz, y a su lado, Woferl aplaudía tanto que casi no podía contenerse. Mi padre me sonrió con aprobación, con el rostro lleno de orgullo y sorpresa. Nunca me había oído tocar así. Se me infló el pecho de alegría.

Al incorporarme de mi reverencia, eché otro vistazo hacia el emperador. Jacinto había desaparecido. En su lugar se encontraba el emperador, no un muchacho joven y ágil, sino el alegre caballero que nos había recibido. No quedaba rastro alguno de Jacinto, y empecé a dudar de que realmente hubiera estado allí. Pero su magia aún flotaba en el aire, en los aplausos, en los ecos de la música que él me había inspirado.

Me estremecí al sentirla, al recordar sus dedos contra los míos, danzando sobre el clavecín. Él me había dado aquello, y yo le había prometido algo a cambio. El colgante de cristal parecía muy pesado en el bolsillo de mi enagua.

—¿Cuánto tiempo os quedaréis? —le preguntó la emperatriz a mi padre.

—Una o dos semanas más, Majestad —respondió Padre—. Tocaremos para algunos de los nobles antes de regresar a Salzburgo.

Luego ella nos contempló a Woferl y a mí. Sus ojos eran bondadosos, y sus pestañas, muy pálidas.

—Herr Mozart —le dijo a mi hermano—. Sus manos producen notas muy limpias y claras, y con gran elegancia. Gracias, pequeño, por honrar a mi corte con su presencia. —Me miró—. Y a usted, Fräulein Mozart. Tanto usted como su hermano demuestran un talento muy superior a vuestra edad. Mañana os enviaré a ambos un obsequio, como muestra de mi agradecimiento.

Woferl, sin poder resistirse a las palabras amables de la emperatriz, saltó y le dio un abrazo y un beso sonoro en la mejilla. Antes de que la emperatriz pudiera reaccionar, se volvió hacia la princesa María Antonia, la niñita que se había ruborizado antes al mirarlo, y le preguntó si se casaría con él.

Los demás rieron con ganas ante esa demostración de afecto.

A menudo recuerdo ese momento. A veces me pregunto si fue entonces cuando el príncipe comenzó a obrar su magia en Woferl, y si terminó por afectar también a la princesita. Años más tarde, María Antonia llegaría a ser la gota que colmó el vaso para un pueblo hastiado: la joven reina de Francia, María Antonieta.

LA FLOR
DE LA NOCHE

El emperador y la emperatriz, complacidos con nosotros, nos colmaron de regalos. La emperatriz María Teresa obsequió a Woferl con un traje de color lila oscuro que una vez había usado un joven archiduque, con adornos de trenzas, botones y puños dorados. Yo recibí un vestido de tafetán violeta con bordados de flores y capullos plateados, adornado con encaje del color de la nieve. Luego llegaron cajas de rapé de regalo, cuatro de ellas, además de trescientos ducados, casi lo que mi padre ganaba en un año en la orquesta del arzobispo.

Era más de lo que mi padre había esperado. Me di cuenta porque lo oí tararear mientras guardaba los obsequios en nuestro equipaje, y las comisuras de sus ojos se fruncieron con la posibilidad de lo que podía depararnos el futuro. Madre me apretó los hombros con cariño y nos sonrió a Woferl y a mí con orgullo. El sueldo de todo un año, en el lapso de un día. Padre podría comprarse una chaqueta nueva. Y Madre tendría un nuevo juego de porcelana. Nos visitaría gente respetable y ocuparíamos nuestro lugar en las cenas con la frente bien alta.

Cuando Padre nos dijo a Woferl y a mí que habíamos tocado muy bien, mi hermano bufó.

—El emperador carece de oído para la música —replicó—. Padre, ni siquiera se dio cuenta de que una de las cuerdas de mi violín estaba desafinada. Y me dijo que tocaba con mucha precisión.

Padre echó la cabeza hacia atrás y rio.

—Bueno, sabe reconocer el talento cuando lo oye —repuso, con un guiño. Luego me miró. Todo en mí se iluminó al ver la aprobación en sus ojos—. ¿No es cierto, Nannerl? El emperador dijo que contabas con la bendición de Dios.

Aún mejor que los obsequios reales eran las menciones de nuestros nombres en las calles, en las conversaciones; todos murmuraban sobre *Herr Mozart y sus asombrosos hijos*. Los oíamos por todas partes mientras nos preparábamos para el regreso. Los rumores mantuvieron a Padre de buen talante durante todo el viaje, a pesar de la nieve que encontramos.

Al llegar a casa, nos topamos con numerosas invitaciones. La noticia de nuestra presentación en Viena ya se había difundido por Salzburgo y más allá. Toda la nobleza de Austria y Alemania quería estar al tanto de la última novedad, y eso éramos nosotros.

Padre llevó a cabo los arreglos oportunos con rostro decidido.

—Vas a agotar a los niños —le advirtió Madre una noche, mientras examinaba la programación que había preparado para nosotros.

—Los niños no podrán actuar para siempre —replicó él—. Esto es apenas el comienzo, Anna. No hay tiempo que perder. Debemos tocar para las cortes reales de toda Europa. —Entonces se volvió hacia mí y Woferl—. De todos modos, a vosotros os encanta tocar, ¿no es así?

Asentí, porque así era. A mi lado, mi hermano aplaudió al pensar en viajar más allá de las fronteras de Austria.

Mi padre sonrió al ver la reacción de Woferl.

—Milagros de Dios —dijo—. Y mientras podáis, es vuestro deber realizar la obra de Dios.

Woferl se iluminó como una estrella y asimiló con avidez las palabras de Padre. *Milagros de Dios.* Tomé las palabras, las plegué con cuidado y las apoyé en mi pecho, saboreando el recuerdo de la expresión complacida de mi padre al mirarme.

Ese era mi valor. Sin él, no era más que una simple niña. Con él, sería lo que Jacinto me había prometido.

Inmortal.

Pasaron varias semanas. Empecé a pensar que tal vez Jacinto no volvería, que no me tenía preparada ninguna tarea como pago por su ayuda. Una parte de mí se sentía aliviada. Otra parte lo echaba de menos y anhelaba oír la canción salvaje de su voz.

Por fin, mi espera terminó en una noche fría de finales de abril. Los alféizares de las ventanas estaban cubiertos de nieve. Woferl dormía profundamente a mi lado, pero a mí, el frío me mantenía despierta. Me froté los dedos de los pies para calentarlos y dejé que mis ojos vagaran por la habitación hasta que se posaron en el espacio bajo la puerta. Cada noche, casi esperaba ver de nuevo la luz de las luciérnagas, como cuando Jacinto había aparecido por primera vez.

—¿En el Reino del Revés también será invierno? —murmuró Woferl.

Lo miré, sorprendida de verlo despierto. Parpadeó como para sacudirse el sueño y se acurrucó contra mí.

—Seguramente —susurré—. Ahora duerme. —La hora tardía y el aire frío me habían puesto de mal humor.

A Woferl no pareció importarle. Suspiró y se cruzó de brazos bajo las cobijas, y luego contempló el techo.

—Seguro que, en el Reino del Revés, el invierno es diferente del de nuestro mundo, ¿no? —dijo—. Apuesto a que no hace tanto frío, y la nieve es más bonita.

—Woferl, por favor. —Lo miré con el ceño fruncido—. ¿Quieres que mañana Padre te regañe por no tocar bien en tu práctica? Vuelve a dormir.

—Pero tú no estás durmiendo. —Woferl sonrió—. Siempre inventas tú las historias sobre el reino. Esta vez lo haré yo, y tú escucharás.

Suspiré. No habría manera de hacerlo callar.

—Muy bien, entonces. Cuéntame algo que aún no sepamos sobre el Reino del Revés.

Woferl carraspeó y luego frunció la frente en gesto de concentración. Lo observé sin pronunciar palabra. Era la misma expresión que adoptaba cuando tocaba en público. De pronto me pregunté si él también veía el reino de la misma manera que yo, como partituras en su mente, todo un mundo expuesto en forma de compases y notas redondas en un papel. Me pregunté si él oía lo mismo que yo cuando tocaba, si teníamos acceso al mismo mundo secreto.

—En el Reino del Revés —comenzó—, la nieve cubre el bosque de blanco, como los pasteles de la panadería. Y el mar nunca se congela. El agua permanece tibia incluso en invierno.

—Sí —susurré, escuchándolo sin mucha atención. Su vocecita infantil había empezado a darme sueño—. Como es natural.

—Y el mar también tiene un guardián, así como el resto del reino tiene al príncipe. —Woferl hizo una pausa para pensar—. Una reina hada de la noche, atrapada en una cueva bajo el mar.

Mientras él proseguía, me fui adormeciendo. La habitación se desdibujó, me hundí sin protestar en la niebla inicial del sueño, y mientras yo soñaba, Woferl continuaba con su cuento de hadas. Me pareció ver luz debajo de nuestra puerta y oír algo similar a la música de un clavecín. *Mi* música.

—Woferl —susurré, al tiempo que sacudía a mi hermano.

Interrumpió su relato.

—¿Qué sucede? —preguntó.

Antes de llegar a responderle, lo vi incorporarse y enfocar su atención en la puerta. Él también lo oyó.

—Viene de la sala de música —susurró. De forma automática, buscó con su mano la mía.

—Es mi música —dije; y de pronto sentí temor—. De mi cuaderno. La reconoces, ¿verdad?

—Claro que sí.

Woferl bajó las piernas por el costado de la cama e inclinó la cabeza para escuchar con más claridad.

Permanecimos así durante un buen rato, en silencio, mientras la música continuaba. Me estremecí.

—Se está acercando —susurró Woferl.

Dirigí las manos al candelero que estaba sobre nuestra cómoda. Encendí la vela y la sostuve frente a nosotros.

La puerta chirrió y se abrió apenas una rendija. Los dos nos paralizamos, y sentí que el rostro me ardía de miedo. Sabía que no eran nuestros padres, ni Sebastian.

Era Jacinto.

El príncipe venía acompañado, como siempre, por el tenue resplandor azul de las hadas que revoloteaban a su alrededor como puntitos de luz. Contempló el interior de nuestro dormitorio y miró alrededor hasta que fijó los ojos en nosotros. En mí.

—Nannerl —dijo. Su voz me envolvió como un abrazo—. Me alegro de volver a verte. —Y antes de que yo pudiera preguntarme si se había hecho visible también para Woferl, se volvió hacia mi hermano y le ofreció una sonrisa—. El pequeño sigue despierto, a la espera de una aventura.

Woferl esbozó una amplia sonrisa, muy contento.

—¡Eres tú! —exclamó.

—Sí, eso parece —respondió Jacinto.

—¿Has venido a robar otra cosa? —le preguntó Woferl.

Tragué en seco al oír sus palabras, por temor a que el príncipe se enfadara, y le di a mi hermano un codazo en las costillas.

Jacinto rio. El sonido me perforó los oídos. Pensé que, sin duda, despertaría a Sebastian o a nuestros padres. Cuando se detuvo, miró a Woferl.

—He venido a pediros un favor, a los dos —respondió—. Pero primero debéis seguirme. Daos prisa. —Frunció el ceño al ver la vela que yo sujetaba en la mano. Observé que rehuía su calor, como si, aun de lejos, pudiera quemarlo—. Deja eso. En el reino no necesitarás su luz.

Y sin decir una palabra más, desapareció de la puerta.

Woferl fue el primero en levantarse.

—Vamos —susurró con ansiedad. Antes de que yo pudiera negarme, se levantó y corrió hacia la puerta.

—Woferl, espera… —empecé a decir, pero fue demasiado tarde. Él ya había salido.

Me puse un par de zapatillas y me dirigí a nuestra sala, salí por la puerta de casa, y lo seguí escaleras abajo hasta la calle.

La nieve crujió bajo mis pies. Me sorprendió tanto que grité y me detuve en seco.

Me encontraba en medio de la Getreidegasse bajo un cielo estrellado, iluminado por el brillo de dos lunas, una en cada extremo de la calle. La ciudad estaba desierta, y las tenues luces callejeras se perdían en la oscuridad que nos rodeaba. La nieve tenía un aspecto diferente a como yo recordaba haberla visto antes, sucia de lodo y hielo, concentrada en montículos sobre las aceras. Esta nieve estaba limpia y blanca, intacta. Alcé los ojos. Todos los alféizares se hallaban cubiertos por esta nieve pura, tan blanda que me pareció que tocarla sería como tocar una manta suave. Bajé la mano y la apoyé en su superficie. Se deshizo bajo mis dedos.

La nieve cubre el bosque de blanco, como los pasteles de la panadería.

Oí la voz de Woferl desde algún lugar frente a mí. Cuando miré en esa dirección, me di cuenta de que al final de la Getreidegasse había vuelto a aparecer el sendero sinuoso que había visto una vez desde nuestra ventana. Se alejaba de los edificios hacia el bosque oscuro de árboles invertidos, y en la entrada del bosque se alzaba el mismo letrero que había visto la última vez, solo que esta vez alcancé a leer lo que decía.

—Al Reino del Revés —susurré.

Junto al cartel estaba Woferl. Me saludó con la mano desde lejos. Detrás de él, en alguna parte del bosque, divisé la figura delgada de

Jacinto internándose en la espesura. Me recogí la falda del camisón, me sacudí la nieve de las zapatillas y corrí al encuentro de mi hermano.

Caminamos en silencio. El sendero empezaba adoquinado, pero a medida que avanzábamos, los adoquines fueron disminuyendo hasta que nos encontramos caminando sobre tierra con sendos mantos de nieve a los costados. Al pasar junto a los árboles, Woferl se acercó más a mí. Las raíces se extendían hacia las estrellas y fragmentaban el cielo. Al pie de cada árbol se curvaban sus hojas; en ellas había charcos de agua negra, inmóvil, y no se alcanzaba a ver el fondo.

Recordé mi propia advertencia sobre los charcos y nos aparté de sus orillas, por temor a que cayéramos en ellos. El paisaje que nos rodeaba se había vuelto tan oscuro que apenas divisaba el sendero. Intenté no mirar atrás. Al no haber luz que trazara los contornos, las sombras invadían cada grieta y daban vida a cosas que no debían existir.

—¿Tienes miedo? —le pregunté a Woferl.

Sus pequeños hombros temblaron.

—No —mintió—. ¿A dónde crees que llevará este sendero?

—Bueno, no lo sé con seguridad —respondí, intentando tranquilizarlo—. Te toca a ti contarme un cuento, ¿te acuerdas? Dime, ¿a dónde querrías que llevara este sendero?

Woferl sonrió.

—¡A la costa! —exclamó por lo bajo—. A la arena blanca y al mar tibio.

Mientras él hablaba, me llamaron la atención unos puntitos de luz. Volaban rápidamente de árbol en árbol, en grupos que irradiaban un resplandor azul: las mismas hadas diminutas que habían aparecido en nuestra sala de música la primera noche. Con ellas llegó la curiosa sensación de que Jacinto debía de estar cerca. En efecto, una de las luces vino a posarse en mi mano. La sentí como una pluma.

Por aquí, exclamaba. *Por aquí.*

Y con la luz de las hadas y la de las dos lunas, nuestro camino se iluminó lo suficiente para verlo internarse más en el bosque.

Caminamos durante mucho tiempo, hasta que el bosque se tornó más y más oscuro, y los árboles, más y más densos. Me pregunté si tal vez se me había escapado alguna bifurcación del sendero y si Jacinto habría tomado otra dirección. Las haditas también habían desaparecido y nos habían dejado vagando solos por un mundo sin color.

Finalmente, cuando me disponía a volver atrás, la oscuridad del bosque empezó a ceder y vi que en los troncos de los árboles aparecía una extraña luz azul.

—¿Ves eso, Woferl? —le dije—. Parece que estamos llegando.

No respondió. Pero no me molestó: no quería que volviera a preguntarme si sabía o no a dónde conducía aquel sendero.

El final del bosque fue tan repentino que tropecé con mis zapatillas. Ahora estábamos junto al último de los árboles invertidos, y ante nosotros se extendía una playa de arena blanca que abrazaba la orilla de un mar azul zafiro cuyo color solo se interrumpía por los reflejos plateados de las lunas.

Al verlo, contuve el aliento. Era el mar de mi primer sueño.

Había decenas de conchas azules que titilaban sobre la arena blanca. Woferl me vio admirar su color y, por impulso, recogió una y se la guardó en el bolsillo.

Jacinto nos esperaba en la orilla. Esa noche, más que nunca, parecía un niño, con su cuerpo alto y delgado cubierto de hojas secas y el cabello despeinado. Sus ojos reflejaban el mar.

—¿Tienes frío? —me preguntó.

Meneé la cabeza. Allí no existía el frío invernal que se nos había adherido en la Getreidegasse y en el sendero del bosque, y el mar permanecía inmóvil y liso como la superficie de un espejo.

—Bien. —El príncipe asintió, mirándonos—. Tengo una tarea para los dos.

—¿Cuál es? —le pregunté.

Jacinto me sonrió de costado y señaló hacia el agua.

—Necesito una flor de la noche —respondió—. Podréis encontrarlas en el fondo del mar, dentro de una caverna oculta. Yo no puedo llegar hasta allí. Es que no sé nadar bien.

—¿Esas flores crecen en una caverna bajo el mar? —pregunté.

—Sí —respondió—. Es una hermosa gruta, y en ella vive una vieja bruja, de manos arrugadas y largo cabello blanco. Hace mucho tiempo la encerré en esa cueva con la crecida de las aguas, y allí está desde entonces. De hecho, lleva encerrada tanto tiempo que sus pies han llegado a formar parte del suelo de la caverna. Es incapaz de moverse, y sus poderes, aunque terribles, se debilitan cuando las dos lunas no están alineadas. Aun así, debéis tener cuidado. Puede convocar un gran fuego dorado con las manos y envolveros en sus llamas. Se alimenta de las flores de la noche que crecen en las paredes de la cueva, y de cualquier otra cosa que logre alcanzar.

Era la visión de Woferl de la guardiana del océano, pensé. De pronto, me invadió una gran tristeza.

—Debe de sentirse muy sola —observé.

Jacinto me miró.

—No sientas pena por ella. Intentará atraeros con una dulce canción, la música más bella que hayáis oído jamás, tan potente que a veces los marinos la oyen a muchos mares de distancia. La llaman la Reina de la Noche. —Se nos acercó un poco más—. No os acerquéis a ella. No la miréis a los ojos. No habléis con ella. No es lo que parece.

Tragué en seco, perturbada por su cercanía, y le prometí que no lo haríamos.

Se apartó de nosotros y señaló las aguas en calma. No muy lejos de la costa había una serie de formaciones rocosas, talladas en piedra caliza, y cuando las miré desde un ángulo diferente, las vi plateadas por el reflejo de la luna.

—La gruta se encuentra debajo del agua, entre aquellas rocas —dijo—. Ahora la marea está baja, de modo que tú y tu hermano dispondréis un poco de tiempo para conseguir la flor. No os dejéis engañar por este mar sereno. Se elevará tan rápido que no os daréis cuenta hasta que sea demasiado tarde.

Woferl lo escuchó con expresión decidida.

—Somos muy valientes —aseguró, mirándome—. Yo no tengo miedo.

El príncipe le sonrió y volvió a mirar hacia las rocas.

—Por eso os elegí para esta tarea. Ahora debéis daros prisa.

Yo no me sentía muy valiente, pero Jacinto parecía tan tranquilo, y Woferl, tan dispuesto, que asentí y empecé a caminar hacia el agua. El eco de los aplausos por mi presentación en Viena, el orgullo en los ojos de mi padre... los evoqué en ese momento y me inundaron de recuerdos dichosos. Mi mente se concentró en la flor de la noche que necesitábamos conseguir.

Me quité las zapatillas. Luego entré al agua con cuidado, conteniendo la respiración en espera del agua fría del mar. Pero apenas hundimos los pies en ella, me di cuenta de que estaba tibia como el agua de una bañera, tal como había dicho Woferl. Sonreí, sorprendida. Woferl rio al sentir la tibieza y empezó a chapotear, con lo cual me mojó todo el camisón. Cuando el agua nos llegó a la cintura, me volví hacia la orilla. Jacinto nos observaba sentado en la arena, con sus largas piernas cruzadas.

Nadamos hasta encontrarnos muy cerca de las rocas, tanto que distinguíamos sus bordes irregulares y el musgo que crecía sobre ellas. Cuando llegamos a tocarlas, me enjugué el agua marina de la cara y contemplé el fondo. El agua parecía iluminada desde abajo, con un tono azul vivo. Inhalé profundamente y me sumergí para ver mejor.

No muy lejos de la superficie vislumbré una grieta en la roca.

Volví a subir.

—Woferl —dije, agitada—. He encontrado la entrada de la gruta.

Jacinto tenía razón. El mar aún no se había elevado y las aguas estaban bajas. No fue necesario bucear muy lejos para llegar a la entrada de la gruta. La grieta parecía sumida en la oscuridad, pero a medida que nos adentramos fue aumentando la claridad, la misma extraña luz azul que habíamos visto al llegar a la playa de arena blanca. Cuando salimos a la superficie dentro de la caverna, respiré muy hondo. El agua tenía un sabor dulce, como de miel diluida.

En la gruta no oí nada salvo los sonidos que producíamos nosotros: el chapoteo del agua, nuestra respiración. La luz provenía de cientos de flores que crecían en las paredes de piedra caliza, de color negro y violeta, cada una con un punto de luz azul brillante en el centro. La roca en sí se veía mojada y cristalina, casi clara. Vi que Woferl lo contemplaba todo maravillado. Unas guirnaldas de flores muy aromáticas pendían del techo, tan bajas que podía tocarlas.

Entonces la vimos. Se encontraba de pie en un rincón de la gruta donde las luces de las flores eran más brillantes; tenía la cabeza inclinada contra un arpa plateada, y lloraba en silencio. Un vestido blanco y dorado, largo y raído, envolvía su delgada figura. Su cabello era blanco como la nieve, como había dicho Jacinto, y estaba salpicado de diminutas flores negras. Su piel parecía delicada, y sus cejas se unían en un nudo fino y oscuro. Me había dado miedo verla, pues la imaginaba como un hada anciana, huesuda, con aspecto de bruja, pero ahora me sentía atraída por aquella pobre criatura. Las arrugas de su piel, suaves a la luz azulada, le daban un aspecto frágil. Sus pies se confundían con el suelo de la cueva, hasta el punto de que no se distinguía dónde terminaban sus piernas y empezaba la roca.

Sin decir nada, Woferl señaló sus hombros. Allí, vi que sus alas estaban gastadas y rotas, y pendían flojas sobre su espalda. Seguramente se había esforzado mucho por escapar de aquella gruta.

Woferl adivinó mis pensamientos.

—No es lo que parece —susurró, repitiendo la advertencia de Jacinto.

No la miréis. No habléis con ella.

Aparté la mirada con el corazón acelerado. Al hacerlo, reparé en la hiedra negra que recubría la pared de la caverna detrás de ella. Las flores de la noche que allí florecían eran mucho más grandes que las demás, y sus tallos estaban recubiertos por espinas afiladas. Esas eran las flores que Jacinto nos había enviado a buscar.

La bruja también oyó el susurro de Woferl. Alzó la cabeza y miró alrededor, confundida, hasta posar la mirada en nosotros.

Me paralicé. Debía de haber sido muy hermosa en su juventud, e incluso ahora sus ojos grandes y líquidos se asemejaban a los de una cierva, enmarcados por largas pestañas oscuras y ojeras tristes. Dejó de llorar.

—Hola —saludó. Su voz se oyó muy débil.

No habléis con ella.

Fue como si la advertencia de Jacinto resonara en la caverna. Pero los ojos de la bruja estaban tan tristes, tan enfocados en mí, que me oí responder:

—Hola. —A mi lado, Woferl se sorprendió por mi desobediencia. Salimos del agua y subimos al suelo de roca—. Perdón por molestarla.

El hada nos sonrió.

—No es ninguna molestia, querida niña —respondió—. Acercaos, por favor. Me robaron a mis hijos y me encerraron en esta cueva. He estado muy sola aquí, atrapada durante siglos sin nadie que me haga compañía. ¡Oh! Dime, pequeña, ¿qué aspecto tienen las lunas gemelas allá afuera?

Tragué con fuerza. Las palabras brotaron de mis labios como impulsadas por una fuerza mágica.

—Brillantes como monedas —le dije—, y se encuentran en extremos opuestos del cielo.

La bruja meneó la cabeza.

—Ah, con razón estoy tan débil. Cuando estén alineadas, recuperaré mi magia y podré volver a casa. ¿Habéis venido a liberarme?

Lo preguntó con una voz tan esperanzada que de inmediato sentí vergüenza.

—Lo siento —respondí. Woferl me apretó la mano—. No hemos venido a liberarla.

La sonrisa de la bruja se hizo más amplia.

—No importa. Echaba de menos el sonido de otra voz. Venid aquí, niños. —Tendió los brazos hacia nosotros—. Venid, así podré veros mejor.

Woferl me miró con carita de susto.

—Es una bruja —susurró—. ¿Te acuerdas de lo que dijo el príncipe?

Lo miré a modo de advertencia. El hada nos miró, sorprendida, y luego rio. Poseía una voz extrañamente encantadora, como si fuera más joven de lo que parecía.

—No temas, pequeño —dijo a mi hermano—. No os haré daño. Sé que no os quedaréis mucho tiempo, pero solo quiero veros las caritas más de cerca, tocar la mano de otra persona antes de volver a mi encierro.

Mis pensamientos se arremolinaron. No sabía cómo íbamos a cortar una de las flores que estaban detrás de la bruja. Uno de nosotros tendría que distraerla y el otro tendría que ocuparse de la flor. Sentí una punzada en el pecho al pensar en robarle a aquella criatura solitaria. Aún recordaba las advertencias de Jacinto, pero empezaban a apagarse.

Woferl y yo nos miramos. Luego le solté la mano y empecé a acercarme a la bruja. Ella sonrió.

—¿Cómo te llamas, niña? —me preguntó. Sus palabras habían empezado a sonar como notas musicales, como si cantara cada oración.

—Maria Anna Mozart —respondí—. Me llaman Nannerl.

—Nannerl —repitió la bruja—. Qué niña tan hermosa eres. Me recuerdas mucho a mi hija.

Por el rabillo del ojo, vi que Woferl caminaba a mi lado, pero a cada paso se apartaba un poco más. Iba a robar la flor de la noche. Yo mantuve los ojos fijos en la bruja.

—Gracias. —Quería que no dejara de concentrarse en mí—. ¿Y usted, cómo se llama?

—Yo ya no tengo nombre —dijo. Su voz me acarició con sus pliegues, llena de dulces melodías y violines apagados—. Temo que llevo aquí tanto tiempo que ya no lo recuerdo.

Las notas de su voz se volvieron trágicas, y me dolió el corazón ante tanta tristeza. Intenté conservar la calma.

—Pareces joven y fuerte, niña —prosiguió. No reparó en que Woferl iba apartándose de mí; estaba demasiado interesada en mantener mi atención—. Podrías ayudarme a escapar.

—¿Cómo? —le pregunté—. Está adherida al suelo de esta gruta.

—Lo único que tendrías que hacer es recoger un poco de agua —explicó, señalando hacia el lugar por donde habíamos entrado— y verterla sobre mis pies. Eso los separará de la roca.

Desvió la mirada un segundo hacia Woferl, que se detuvo en seco, fingiendo inocencia. La bruja le sonrió, y yo suspiré.

Sería difícil escabullirnos.

—No tenemos nada con qué recoger el agua —repuso Woferl—. Yo solo he traído el pijama. No llevamos zapatos, ni delantales gruesos que podamos usar como recipientes.

La bruja frunció el ceño un momento al oír aquello.

—Tal vez podamos usar una de las flores de la noche que hay detrás de usted —sugerí, y las señalé—. Son muy grandes. Quizá podamos cargar en ellas suficiente agua.

Los ojos de la bruja se iluminaron.

—Sí —dijo—. Tienes razón, ¡qué niña tan inteligente!

Se volvió sin mover los pies, se inclinó hacia la pared que se encontraba a su espalda y arrancó una de las flores. En su mano, el brillo de la flor aumentó, tal vez por miedo, y vi que su tallo espinoso se movía lentamente. Woferl la observó con las pupilas dilatadas.

Empecé a avanzar hacia ella. Ahora veía con más claridad sus arrugas, sus ojeras, sus pliegues, la fragilidad de su piel. Siguió sonriéndome.

—Nannerl —susurró mientras me acercaba. La flor resplandecía en su mano—. Ayúdame a escapar de esta gruta, y te recompensaré como no te imaginas. Te concederé tu deseo. Puedo evitar que te olviden, como a mí.

Tragué con fuerza.

—¿Cómo sabe lo de mi deseo? —le pregunté. Miré de inmediato a Woferl.

—Tu hermano no me oye, Nannerl —dijo la bruja—. Solo tú puedes oírme. Sé quién eres, y sé lo que quieres. Si me liberas, te ayudaré.

Me encontraba tan cerca de ella que la fría luz azul de la flor se reflejaba en mi piel. Los ojos de la bruja horadaban los míos.

—¿Se lo ha contado Jacinto? —le pregunté—. Seguramente lo mencionó.

Curvó los labios hacia abajo en un gesto amenazador.

—Parece que le tienes mucho aprecio.

Vacilé, sin saber muy bien si responderle o no.

—¿Y por qué le tienes tanto aprecio? —añadió. Los dulces violines de su voz se volvieron amargos, y la nostalgia se convirtió en un recuerdo oscuro.

—¿Acaso no debería? —le pregunté. Había sembrado en mi mente una semilla de duda contra Jacinto. *Cuidado con lo que te diga*, me recordé, alarmada.

—Eso no es algo que yo pueda responder. ¿Confías en él?

—No lo sé.

Me ofreció la flor.

—Harías bien si confiaras en mí, Nannerl.

Respiré hondo. Detrás de mí, Woferl permanecía inmóvil al borde del agua. Me volví hacia el hada, alargué la mano y tomé la flor de la noche.

El contacto con su mano, más frío que el viento en una noche de invierno, me paralizó. Quise gritar, pero fui incapaz. Seguí mirándola, abrumada por el sonido de la música que surgía del fondo de su garganta. La melodía fluyó por su cuerpo y pasó a mi mano, me envolvió la piel y se negó a soltarla. Cerré los ojos, sin poder apartarme.

Anhelaba formar parte de aquella música, deseaba que me tragara. Parecía provenir desde todas partes: de su garganta, del aire, del fondo de mi ser. Pero el hielo de su mano se convirtió en fuego. Amenazaba con quemarme desde dentro, hasta que no quedaran de mí más que cenizas en las paredes.

Oí la voz de Woferl a lo lejos, desde otro tiempo y otro lugar.

—¡Nannerl! —me pareció que decía. No podía moverme. La música rugía en mis oídos.

El blanco de los ojos de la bruja se había cubierto por completo de negrura. Ya no sonreía. La música que fluía hacia mí se volvió ensordecedora e hizo que me temblaran las piernas. Sentí un dolor en el pecho. Era demasiado.

Entonces una mano tibia sujetó la mía y me apartó. Respiré agitada. Mi otra mano seguía cerrada en torno a la flor de la noche. Miré alrededor, aturdida, y me di cuenta de que Woferl había logrado que la bruja me soltara y corría conmigo hacia el agua.

Detrás de nosotros, la bruja chilló.

—¡Ayudadme! —gritó—. ¡Llenad la flor con agua y echadla sobre mis pies! ¡Liberadme!

Había tanta angustia en su voz que una parte de mí ansiaba volver a la música que fluía por ella. Mi corazón luchaba contra su magia. *No.* Me resistí, y luego, con todas mis fuerzas, me obligué a apartarme. La bruja intentó lanzarse hacia nosotros, pero ya estábamos demasiado lejos. Nos zambullimos en el agua, donde no podía alcanzarnos, donde sus pies inmovilizados le impedían seguirnos. La tibieza del agua se llevó lo que quedaba de su magia helada.

En el instante en que nos zambullimos, solté sin querer la flor. Woferl se dio cuenta y la recogió. Nadamos alejándonos de la gruta y salimos por la grieta, donde ya no podíamos oír los gritos de la bruja. Nos apartamos de las rocas y regresamos hacia donde el mar azul se tornaba menos profundo y abrazaba la arena blanca de la playa, lejos de la caverna de las flores de la noche.

Jacinto estaba de pie, exactamente en el mismo lugar donde lo habíamos dejado. Temblé cuando se nos acercó. De mis ojos y mi rostro caían gotas de agua. A mi lado, Woferl se estremeció, con la flor apretada contra el pecho. Cuando el príncipe vio la flor de la noche en las manos de mi hermano, se le iluminaron los ojos y rio con alegría.

—¡Espléndido! —exclamó. Con mucho cuidado, tomó la flor de entre las manos de Woferl y luego le palmeó dos veces las mejillas con afecto—. Os habéis portado muy bien.

Woferl esbozó una sonrisa radiante, complacido por el elogio, y se envolvió en sus propios brazos con orgullo.

—¿Para qué necesitas la flor? —pregunté a Jacinto.

Me miró un instante, luego se inclinó muy cerca de mí y me dio un beso en la mejilla. Su sonrisa era dulce y estaba llena de gratitud.

—Es parte de lo que necesito para recuperar mi trono en este reino —respondió—. Pronto lo veréis.

Fruncí el ceño.

—No lo entiendo.

Pero Jacinto ya se había apartado y nos hacía señas para que lo siguiéramos de nuevo al bosque. Volví a mirar a Woferl. Parecía cansado, y de sus largas pestañas caían gotas de agua. Tenía un poco de sangre en el pulgar. Se había pinchado el dedo con las espinas de la flor.

Desperté sobresaltada. El mar había desaparecido, así como el hada reina y la flor de la noche. También el príncipe. Me encontré en mi cama, con Woferl respirando con suavidad a mi lado, moviendo muy levemente los ojos por debajo de los párpados. Tenía uno de sus pulgares en la boca, una costumbre que recuperaba cada vez que soñaba. Contemplé el techo.

Un sueño. Las palabras resonaron en mi mente. Pero todo había parecido muy real. La orilla era tan blanca; las conchas, tan azules, y el agua, tan tibia. Los ojos de la bruja, tan oscuros. Pero tenía que haber sido un sueño. *No podía* haber sido real. ¿Para qué había dicho Jacinto que necesitaba la flor? No lo recordaba. Tampoco recordaba lo que habíamos hecho al salir del agua. Jacinto nos había felicitado, ¿verdad?

Volví a mirar a Woferl y le quité con suavidad el pulgar de la boca. Allí, en la yema, tenía un corte y una gota de sangre. Seguramente se había mordido el dedo con mucha fuerza durante la noche, pensé.

Pero no había olvidado la visión de las espinas de la flor y la sonrisa de Jacinto. Seguí observando a mi hermano hasta que la habitación empezó a desdibujarse de nuevo, y me hundí en un sueño sin sueños.

EL CASTILLO
EN LA COLINA

A la mañana siguiente, Woferl estaba más callado que de costumbre. Se encontraba a mi lado en la cama, con sus mejillas redondas encendidas y los ojos aún empañados por el sueño, escuchando sin decir ni una palabra mientras yo le contaba mi sueño.

—Íbamos juntos a la playa de arena blanca —dije—. Vimos a la Reina de la Noche, una bruja atrapada en una cueva submarina. Nos daba mucho miedo.

Woferl murmuró algo, maravillado, cuando le conté cómo escapábamos de la gruta y le entregábamos la flor de la noche a Jacinto. Pero su asombro parecía apagado, y su atención, dispersa. Sus ojos adormilados tenían un brillo febril.

—¿Te encuentras bien, Woferl? —le pregunté cuando terminé mi relato.

Se encogió de hombros y se acurrucó más en la cama. Divisé una pequeña cicatriz en su pulgar, que se había mordido mientras dormía.

—Solo tengo la garganta un poco seca —respondió, y volvió a dormirse.

Padre siempre salía temprano y no regresaba hasta más tarde, cuando Woferl dejaba de practicar con el violín y pasaba al clavecín. Por eso, las horas de la mañana me pertenecían: podía tocar sin que nadie me molestara, sin que nadie entrara a verificar cuánto había mejorado ni cuántas veces había tocado un minueto sin equivocarme.

Madre había salido, de modo que esa mañana, la única persona que me acompañaba era Woferl. Ahora que estaba al tanto de mi composición, y que había logrado ocultársela a Padre, me sentía más segura con él; era alguien con quien podía compartir la carga de un secreto. Se sentó conmigo al clavecín, apoyó los codos en las teclas y me observó atentamente mientras yo tocaba mi escala.

Cuando me dispuse a pasar a otra pieza de mi cuaderno, me dijo, de sopetón:

—Ojalá compusieras más.

Me detuve y lo miré.

Woferl buscó la penúltima hoja de mi cuaderno y señaló los pocos compases que había escrito.

—No llegaste a terminar esta —dijo.

Lo único que yo oía era la voz de mi padre en mi cabeza, y las palabras que le había dicho a Madre durante la cena, el día anterior. *Nannerl es una excelente acompañante para Woferl. Juntos, su fama se duplica. ¿Te imaginas el espectáculo que podríamos crear si algún día Nannerl tocara las composiciones de Woferl?*

Madre lo había escuchado y había asentido. Por supuesto, sería un despropósito sugerir que yo compusiera mis propias piezas.

En efecto, yo resultaba una excelente acompañante. Pero no sería más que alguien que tocaba las composiciones de mi hermano. Si quería la inmortalidad, no la obtendría con mi propia música. Las palabras me sofocaron. La composición era cosa de hombres. Se trataba de una regla obvia. ¿Qué pensarían los demás de mi padre si supieran que yo componía a sus espaldas? ¿Que ni siquiera podía controlar a su propia hija? ¿Qué clase de hija avergonzaba a su padre llevando a cabo, en secreto, el trabajo de un hombre?

Pasó ante mis ojos la imagen de mis composiciones ardiendo en el fuego, los ojos severos de mi padre... Lo había visto arrojar cartas al fuego, lleno de furia, y recordaba cómo las brasas habían encendido los bordes de aquellos papeles. El recuerdo me sobrecogió. El mero hecho de ver mi pequeña melodía expuesta allí, en la página, me aceleraba el corazón. Nerviosa, eché un vistazo a la puerta, casi esperando que papá entrara en ese preciso momento, y luego pasé a otro minueto.

—No puedo —respondí a Woferl.

Frunció el ceño.

—¿Por qué no? —preguntó.

—Tengo miedo.

—Pero ¿no quieres?

—Por supuesto, pero para mí es diferente.

—La música es música. No importa demasiado de dónde viene.

Suspiré.

—Woferl —lo regañé, y tuvo el decoro de mirarme con aire culpable—. Yo no puedo hacer lo mismo que tú. Es algo que nunca entenderás.

Se enfurruñó por la frustración. Su lengua se había vuelto afilada en lo referente a la composición. *Cualquiera se cree músico*, se había quejado una vez. *Nadie respeta el alma de la música*. Lo había visto hacer que Padre enrojeciera de vergüenza una vez, por burlarse de la capacidad de un noble local que había, en sus propias palabras, querido *probar suerte* con la composición.

Charlatán, le había dicho Woferl en su propia cara. A mí me habrían reprendido de forma muy severa por decir algo así a un miembro de la nobleza, pero más tarde Padre se rio de ello.

Mi hermano no volvió a responder. Se alejó a toda prisa y yo volví a mis lecciones.

Minutos después, regresó con una pluma y un tintero.

—¡Woferl! —exclamé, y paré de tocar. Pero, en lugar de disculparse, acomodó las herramientas de escribir y colocó la pluma mirando hacia mí.

Al verla, empecé a temblar. Aquello no era obra de Woferl. Era Dios que me tentaba para que volviera a componer. O tal vez Jacinto, cuya voluntad asomaba por los dulces ojos de mi hermano. ¿Acaso estaba oyendo las palabras del príncipe de labios de Woferl?

—¿Lo harás? —me susurró con entusiasmo.

—Woferl, esto es de Padre —dije—. ¿Cómo vamos a explicárselo si no lo encuentra en su sitio?

Woferl se limitó a cerrar el cuaderno y señalar una hoja suelta que se encontraba apoyada en el atril del clavecín.

—Yo he empezado a componer —replicó—. Padre sabrá que la tinta está aquí porque la uso todos los días. ¿Cómo va a enterarse de lo que hagas tú?

Sentí calor en las mejillas al pensarlo.

—Pero, Woferl —protesté—. ¿Dónde voy a escribir las mías? No puedo seguir componiendo en mi cuaderno. Tarde o temprano, Padre se dará cuenta, y entonces se acabará todo.

—Escribe en hojas sueltas —sugirió—. Luego puedes plegarlas y esconderlas en nuestro dormitorio.

Mi música, mis compases, cada uno escrito de forma concienzuda, reducidos a cenizas en el fuego. El miedo seguía allí, deteniéndome. Pero mi hermano no apartaba su mirada de mí, y con ella, volví a sentir aquella ansia de componer; su aliento me impulsó.

Si Padre descubría que estaba componiendo, quizá quemara mi obra tal como había quemado las cartas que lo habían alterado.

Pero si nunca la encontraba, no podría hacerlo.

Finalmente, Woferl se impacientó por mi indecisión, se encogió de hombros y se fue a seguir con sus propias composiciones. Yo me quedé en el taburete, mirando la pluma en silencio, pensativa. La tinta que se había derramado por el costado del tintero había tocado el atril del clavecín y manchado las fibras del pergamino blanco.

Por las mañanas, yo encontraba la pluma y el tintero en el atril, junto con las partituras manchadas que Woferl había compuesto la tarde anterior. Padre las veía por las noches y me las mostraba muy alegremente, como si yo no supiera cómo sonaban.

Woferl estaba en lo cierto. Nuestro padre no tenía motivos para pensar que yo también componía. Cada mañana, cuando se marchaba y Madre salía a hacer recados, cuando solo Woferl y yo nos encontrábamos en la sala de música, yo tomaba la partitura doblada que guardaba en el fondo de los cajones de mi dormitorio y le añadía algunos compases.

Mis páginas no estaban tan limpias como las de Woferl. Con la orientación atenta de Padre, mi hermano escribía más que yo. De hecho, componía con tanta rapidez que, al final de cada día, había producido montones de partituras. Madre enviaba constantemente a Sebastian a comprar más hojas. Cuando contemplaba las partituras de mi hermano, me maravillaba ver lo poco que había cambiado, cómo lo tenía casi todo formado en la cabeza.

Mis ideas eran más variables. Yo escribía líneas enteras y después las tachaba. Tomaba un compás y cambiaba la armonía para ver cómo quedaba. Revisaba una misma página una y otra vez hasta que finalmente producía una copia terminada. Al final del día, mi obra tenía manchones de tinta, pensamientos entremezclados que, para mí, narraban cómo se había originado la música. Pasaba la mano sobre las notas secas y oía en mi mente las primeras versiones. Mi corazón latía al son de los altibajos de la melodía. En aquellos momentos, la habitación desaparecía a mi alrededor. Mi entorno se convertía en un mundo secreto de sonido y de paz. Yo despertaba de aquel ensueño de creación con lágrimas en los ojos.

A menudo, Woferl me observaba componer. A veces me hacía preguntas, pero sobre todo, se sentaba a mi lado en silencio, con el mentón apoyado en las manos, mientras yo trabajaba. Cuando él componía sus piezas, yo reconocía vestigios de mi propio estilo que se filtraban en el suyo, como la leche se incorpora al té.

La letra de Woferl, aunque infantil, se parecía mucho a la de nuestro padre, con sus finales enroscados. La mía, sin entrenamiento y sin refinar, no. De lo que mi hermano me contaba de sus lecciones con Padre, aprendí el formato apropiado para registrar mi trabajo. Con el tiempo, mi letra comenzó a ser tan pulida como la de mi hermano, casi idéntica a la suya.

Si Padre descubría las partituras en mi cajón, supondría que eran de Woferl. Y yo me libraría de la reprimenda.

Varias semanas después de mi sueño con la flor de la noche, Woferl enfermó.

Al principio, tosía un poco por la noche; no mucho, solo me despertaba un momento. Poco después, su piel se tornó más pálida que de costumbre. Una mañana fui al clavecín y encontré a Woferl dormido junto a la ventana; su aliento formaba un círculo que empañaba el cristal. La pequeña herida del pulgar aún no había desaparecido, y la piel que la rodeaba estaba enrojecida y caliente al tacto. Ni siquiera despertó cuando lo sacudí. Solo cuando empecé a tocar se incorporó por fin y miró alrededor, aturdido.

—Ah, Nannerl, eres tú —dijo al verme. Luego se volvió, con la mirada distante, y tocó el cristal de la ventana con sus deditos—. Jacinto estaba fuera.

Miré hacia la calle, casi esperando ver la sonrisa familiar del príncipe. Pero no había nadie. Se me erizó el vello de los brazos. Tal vez Jacinto se le estaba apareciendo solo a mi hermano, como hacía a veces conmigo. ¿Qué querría de él?

Al principio, mis padres no se preocuparon por la enfermedad de Woferl. Los niños eran propensos a enfermarse, sobre todo en aquellos meses más fríos, y Woferl siempre había sido un niño frágil.

Pero la enfermedad perduró. Y empeoró. Sus ojos oscuros se volvieron brillantes por la fiebre, al tiempo que su piel delicada relucía por el sudor y unas feas manchas rojas.

Padre no durmió las primeras noches que mi hermano presentó la erupción. Se quedó sentado en nuestro dormitorio, observándolo con rostro adusto mientras nuestra madre le aplicaba a Woferl un paño húmedo en la frente. Al ver que la enfermedad persistía, comenzó a caminar de un lado al otro.

—Ya he tenido que cancelar una presentación —le dijo a mi madre en voz baja—. Pronto cancelaremos una segunda, y nada menos que para el Director General de Correos, el conde Wenzel Paar.

—El conde puede esperar. —Esa noche, la voz de mi madre había perdido su suavidad—. Woferl se recuperará, y pronto podrás retomar la programación.

Padre frunció el ceño.

—El arzobispo ya me ha recortado el sueldo. ¡Cuatrocientos gulden! ¿Cómo va a vivir una familia con cuatrocientos gulden al año? No podemos cancelar tres presentaciones.

—Bueno, pues tendrás que esperar ¿no? —replicó Madre.

Padre se apartó de ella, ofuscado. A pasar junto a mí, se detuvo.

—Si Woferl no mejora la próxima semana —dijo—, tendrás que actuar tú sola.

—Sí, Padre —respondí.

Si estaba lo bastante molesto para levantarle la voz a mi madre, no me atrevía a empeorar su ánimo. *Tú sola.* Me asustaba la idea de tocar sin mi hermano. Pero en el fondo, despertó también una vocecita.

La atención será para ti sola.

Fui a la alcoba de Woferl, donde estaba mi madre, pues yo tampoco podía dormir, y observé a mi hermano afiebrado, dando vueltas en la cama. Cuando al fin ella se durmió de cansancio y Woferl se despertó, lo tomé de la mano y le conté más historias para que no llorara.

Finalmente, una noche, mis padres fueron en busca del médico. Me quedé sola con Woferl, haciendo girar mi colgante en la mano como para darle buena suerte a mi hermano.

Cuando despertó y me vio a su lado, entornó los ojos y se puso a llorar.

—Me quema la piel, Nannerl —murmuró. Alzó las manos para rascarse, pero se las bajé. Protestó débilmente—. Me duelen las rodillas y los codos.

Tenía las articulaciones hinchadas. Se las veía redondeadas. Daba tanta pena verlo que le apreté la mano e intenté sonreírle.

—Pronto pasará —le aseguré, mientras le enjugaba las lágrimas—. Y podrás volver al clavecín. Te lo prometo.

Woferl apartó la mirada y la fijó en la ventana.

—¿Crees que Jacinto nos observa? —preguntó.

Jacinto otra vez. Sentí un escalofrío. ¿Por qué Woferl pensaba tanto en él últimamente? Intenté recordar el sueño que había tenido aquella vez. La flor de la noche. La bruja. ¿Acaso Jacinto no le había dado algo a Woferl? La cicatriz del dedo había desaparecido, pero me descubrí tocando el punto donde había estado, intentando recordar. Se me erizó la nuca, como si hubiera alguien más en la habitación con nosotros.

¿Acaso Jacinto sabía que Woferl enfermaría? La idea me inquietó tanto que la descarté de inmediato.

Era posible, supuse. Pero tal vez fuera más probable que la fiebre de Woferl hubiera sido provocada por el viento y la lluvia.

—No lo sé —respondí por fin a mi hermano. Se volvió hacia mí, ansioso por que lo distrajera, de modo que eso hice—. Tal vez en este preciso momento esté sentado en el bosque del reino, en lo alto de las raíces de un árbol, observándonos por un espejo redondo.

—¿Crees que está triste, como yo? —preguntó Woferl.

—Muy triste —respondí, y extendí la mano para acariciarle el cabello húmedo—. Cuando Jacinto llora, sus lágrimas se acumulan al pie de los árboles. Así se forman los charcos.

—Tal vez ya no está en el bosque —sugirió Woferl—, sino que se encuentra camino a otro lugar que no hemos visto. A un castillo en las colinas.

Tuvo un acceso de tos que le llenó los ojos de lágrimas.

—Sí, a un castillo en las colinas —dije—. Tal vez era su antiguo hogar, el palacio donde vivía antes el príncipe.

Woferl asintió, malhumorado.

—¿Qué le pasó? Debe de haber sido muy trágico.

Trágico. Las palabras de Woferl me recordaron la expresión que había visto en el rostro de Jacinto en la gruta de la tienda de abalorios, un momento de tristeza pasajera. Pero me hizo pensar: ¿qué le había ocurrido al príncipe en el pasado?

—Hay un río que rodea toda la colina —proseguí, mientras pensaba—, y al pie, cerca del agua, la hierba crece abundante y verde, pero más arriba está seca, pues hace meses que no llueve. Para llegar al castillo, Jacinto tiene que cruzar el río, pero como no sabe nadar, es incapaz de hacer nada más que sentarse en la orilla y sentir nostalgia por su antiguo hogar.

—¿Por qué se habrá marchado de allí? —susurró Woferl.

Pensé en los pequeños Hansel y Gretel abandonados en el bosque, topándose con la casa de jengibre de la bruja. Pensé en el herrero de Oberarl, ofreciendo su hija al diablo a cambio de las aguas curativas del Valle de Gastein. Los cuentos de hadas se arremolinaban en mi mente mientras intentaba pensar cuál podía ser la historia de Jacinto.

Finalmente, se me ocurrió algo. Miré a Woferl. Mi relato brotó en voz baja, oscuro como las sombras que vacilaban en los rincones de la habitación.

—El castillo está en ruinas, pues hace mucho tiempo que nadie vive allí. Hace años, había un joven rey llamado Giovanni, que gobernaba con su bella reina, a quien amaba con todo su corazón. De hecho, todos amaban a la reina, incluso el gran Sol, que derramaba sobre ella su magia dorada de fuego para que la tierra prosperara bajo su tibieza. La luz y el calor relegaban a las hadas al bosque, donde su magia peligrosa no podía hacer daño. Todo marchó bien durante muchos años. Cuando la reina anunció por fin que tendría a su primogénito, los habitantes del reino se regocijaron y se sintieron muy afortunados. Todos esperaban con ansiedad el nacimiento.

Mientras yo hablaba, Woferl se quedó muy callado; por un momento, olvidó sus dolores, y lo único que se oyó en la habitación fue mi voz.

—Pero, ese mismo invierno, cuando llegaron las nieves, la reina enfermó. Sus mejillas sonrosadas perdieron su color, y su cabello brillante se volvió oscuro, laxo y húmedo por la fiebre persistente. Los médicos del rey hirvieron sus medicamentos y le dieron tés preparados con extrañas raíces exóticas. La reina empezó a sufrir unas pesadillas terribles. Durante el día, presenciaba visiones de muerte y sufrimiento, y por la noche, veía pasar unas extrañas figuras oscuras por sus ventanas y junto a su cama. Se volvió más pálida, mientras su hijo seguía creciendo en su vientre.

La historia fue desarrollándose y mi voz empezó a cambiar. Se tornó más salvaje y profunda, como si perteneciera a otra persona. Las palabras no coincidían del todo con los movimientos de mis labios. Me sentía lejana, no podía pensar con claridad. La vela fue consumiéndose. De reojo, vi cómo una sombra crecía en un rincón, hasta adoptar la forma danzante, delgada y grácil, de un príncipe.

—En la primavera de ese año, la reina tuvo mellizos: un varón y una niña. Aunque la enfermedad había hecho estragos en ella, no murió, pero se hundió en una locura permanente. El rey, por temor a que le ocurriera algo, le asignó al jefe de su guardia para que la protegiera. Pero de nada sirvió. Una mañana, la reina se levantó, tomó al niño en sus brazos y se internó en el bosque, murmurando algo acerca de que las hadas la llamaban.

—¿Y qué fue de ellos? —susurró Woferl.

—No lo sé —respondí, pero a pesar de la confusión de mi mente, oí que alguien continuaba el relato, como si la respuesta siempre hubiera existido—. Las hadas siempre buscan algo que devorar. Les atrae particularmente la tristeza de las almas, y cuando la encuentran, hacen todo lo posible para conseguirla.

Woferl estaba muy serio.

—Entonces, seguro que se la llevaron —concluyó.

Me estremecí al oír la seguridad de sus palabras, y proseguí.

—Al ver que la reina y su hijo no regresaban, el reino entero salió a buscarlos. Nadie los encontró nunca. El rey, dolorido, perdió la voluntad de vivir y dejó su castillo sin custodia y sin nadie que lo mantuviera, y fue así cómo empezó a deteriorarse. Ordenó que encerraran a su hija en la torre más alta del castillo, para que las hadas no pudieran llevársela también. Con el tiempo, perdió la memoria. Olvidó a su esposa y a sus dos hijos. El Sol, acongojado por la desaparición de la joven reina, abandonó el territorio, que quedó sumido en una noche eterna. Los cultivos se secaron. Cuando el rey murió al fin, la gente huyó hacia otras tierras y el castillo quedó vacío y solo.

—¿Y qué fue de la princesa?

—Nadie lo sabe, aunque hay quienes dicen que sigue encerrada en la torre más alta del castillo, esperando a que alguien la recuerde.

En ese momento, mis palabras me parecieron tan ciertas que me encontré pensando en la bruja atrapada en la caverna. Ella también me había dicho que se sentía muy sola.

Woferl lanzó un profundo suspiro y hundió la cabeza en las almohadas.

—Jacinto es el hijo que desapareció —añadió—. Cada mañana y cada noche, vuelve a la orilla del río y observa el castillo. Pero nunca puede llegar. No sabe nadar.

No sabe nadar. De pronto, recordé que Jacinto me había dicho eso en mi sueño de la flor de la noche. Woferl también lo sabía, de manera instintiva.

Vacilé un momento, sorprendida por el final de la historia. En los rincones, la sombra que había sido un príncipe se había reducido. Aún sentía en mi lengua el sabor de viento de su voz, como si él hubiera contado su historia a través de mí. Por primera vez, creí entender por qué Jacinto había decidido ser mi guardián.

A él también lo habían abandonado, lo habían dejado atrás como yo temía que me sucediera algún día, con una nostalgia eterna de un mundo al que no podía regresar.

—Eso es lo que les sucede a los niños cuando se los olvida, Woferl —concluí, y me incliné para darle un beso en la frente. Estaba exhausta, y de pronto el castillo se había vuelto demasiado real en mi mente. Cuando miré a mi hermano, vi con alivio que había vuelto a dormirse—. Se quedan atrapados para siempre —murmuré para mí—, y no son más que un recuerdo perdido.

Más tarde, vino el médico de Woferl, un hombre llamado Herr Anton von Bernhard, en un silencioso frenesí, para preparar una taza de medicina para mi hermano.

Examinó los ojos de Woferl, auscultó su corazón y sus pulmones, y revisó la fuerte erupción de su piel. A la luz de las velas, vi el rostro de mi madre. Ella quería decir algo, quizá hacerle algunas preguntas a Herr von Bernhard, pero cada vez que miraba a Woferl, volvía a cerrar la boca, como si se le hubiera olvidado lo que quería decir.

—Escarlatina, supongo —le dijo más tarde a mi padre Herr von Bernhard—. Vea lo roja que tiene la lengua. Que siga en la cama, y en una habitación con menos ventanas. —Se frotó las sienes como si fuera un tic nervioso—. Volveré mañana y le daré una dosis de angélica. Debe beber agua tibia, bien hervida.

A la mañana siguiente, trasladamos a Woferl a un dormitorio más pequeño, con una sola ventana y poca luz. Todas las noches, Herr von Bernhard venía a darle su medicina, y cada mañana Sebastian abría la ventana un momento para que saliera el aire de la enfermedad. A veces, Madre se quedaba con Woferl mientras yo me retiraba a tocar el clavecín; a mi lado, Padre corregía mis errores, distraído.

La interrupción de nuestras presentaciones se prolongó. El buen ánimo que tenía mi padre al volver de Viena desapareció. Toqué sola ante el Elector de Baviera. Sin mi hermano, la atención de la corte se concentró en mí, y cuando prorrumpieron en aplausos al terminar mi presentación, por un momento me sentí tan atónita que olvidé agradecérselo con una reverencia. Aún sentía un hormigueo en las yemas de los dedos por la emoción de mi música.

De manera automática, miré hacia el costado de mi padre, donde habría estado Woferl. Pero en su lugar había solo un funcionario de la corte. Detrás de él, me pareció ver una figura pálida y ágil que caminaba entre la gente, y sus ojos azules me contemplaron con aprobación. Volví a bajar la mirada al suelo. El recuerdo de mi hermano enfermo, confinado a la cama, contrastaba con el sonido de la ovación.

—Nannerl, escucha lo que dice el periódico —dijo mi padre varias noches después, cuando nos sentamos a cenar—: «La joven tocó las sonatas y los conciertos más difíciles con gran precisión, y con el mejor gusto». —Me sonrió. Era tan poco frecuente verlo sonreír que no fui lo bastante rápida como para sonreírle yo también. Se me llenó el corazón de júbilo—. No son de decir estas cosas a la ligera, Nannerl. Felicidades.

¡Un artículo en el periódico! ¡Y mi padre me había felicitado! Esa noche volví a leerlo en la cama, y repasé las palabras una y otra vez hasta que me dormí aún con el periódico en las manos. En mis sueños, me inclinaba para agradecer los aplausos en el teatro de la ópera, en un escenario cubierto de flores de la noche. Mis padres se encontraban en la primera fila. A mi hermano, no lo veía por ninguna parte. Arriba, en los palcos, estaba Jacinto recostado contra la barandilla, observándome con orgullo.

Desperté sobresaltada, con los ojos aún mirando en su dirección.

Pero Woferl seguía enfermo. Mi entusiasmo se apagaba cada vez que pasaba por su cuarto y lo veía en la cama, delirando de fiebre. Padre mascullaba con frecuencia por lo bajo. A veces lo oía hablar a mi madre en tono áspero en la habitación contigua, y luego bajar la voz pidiendo disculpas.

—Tu padre está asustado, Nannerl, eso es todo —me explicó mi madre cuando le pregunté al respecto—. Quiere mucho a Woferl, y se preocupa por nosotros.

—Tú también te preocupas por nosotros —repuse—, y nunca levantas la voz.

Madre sonrió un poco.

—Yo soy tu madre, querida. ¿De qué serviría eso?

Una noche, mientras mis padres se encontraban sentados conmigo junto a la cama de Woferl, vi que algo se movía en los rincones. La sombra se agitó, se volvió más y más definida, hasta que se materializó con la forma de Jacinto.

Estaba más alto y delgado que la última vez que lo había visto. Me había igualado en estatura y palidez, como si él también estuviera creciendo, dejando atrás la niñez y adquiriendo el cuerpo de un joven. Ante mis ojos, vino y se arrodilló a mi lado. Su mirada, seria y muda, se demoró en mi hermano.

—Sé lo que estás pensando, Fräulein —me dijo—. Crees que tal vez yo le provoqué esto cuando se pinchó el dedo con la flor de la noche.

—¿Y fue así? —pregunté por fin.

—Tu hermano se pinchó el dedo solo para que pudiera derramar una gota de su sangre en el reino —respondió—. Yo quería asegurarme de tener un vínculo con su sangre y su talento, así como tengo un vínculo contigo a través de tu cuaderno.

Me estremecí al pensar que la sangre de Woferl era su vínculo con el reino.

—¿Qué pasará la próxima vez que entremos en el reino? —pregunté—. ¿A qué otros peligros deberemos enfrentarnos? ¿Acaso el reino nos va a exigir más sangre?

Jacinto meneó la cabeza.

—La próxima vez que vengas, vendrás sola. Para la próxima tarea, solo te necesito a ti.

—¿Por qué?

—Porque, Fräulein —Jacinto me miró y sus ojos brillaron en la oscuridad—, tu deseo siempre tuvo que ver *contigo*.

Conmigo. Recordé mi nombre solo, impreso en el artículo del periódico, y el elogio de mi padre solo para mí. Todo había ocurrido después de conseguirle la flor de la noche a Jacinto.

Cuando no le respondí, Jacinto volcó su atención en Woferl y suspiró.

—Pobrecillo —dijo—. Mira el color de su cara, como si estuviera entre dos mundos.

Dos mundos: el del reino y el nuestro. En su voz musical hubo tanta nostalgia que sentí mucha pena por él. Pensé en su pasado, el que yo le había relatado a Woferl, en cómo los bosques del reino se habían apoderado de él y de la reina, y me pregunté si echaba de menos el hogar que le habían arrebatado. Tal vez por eso había decidido ayudarme. De un niño olvidado a otro.

—Entonces, ¿cuál será mi próxima tarea? —pregunté, y volví a mirarlo... pero Jacinto había desaparecido con la misma rapidez con que había llegado, y a mi lado no había nada más que un espacio vacío.

Parpadeé, desorientada al encontrarme sola de pronto. A mi lado, mis padres no se habían movido: seguían con la cabeza inclinada en oración.

Esperé, casi pensando que Jacinto volvería a aparecer en cualquier momento. ¿Había estado allí realmente? Ahora el aire parecía más frío, y al mirar por la ventana, vi pasar una figura fantasmal envuelta en colores oscuros.

¿Acaso la reina del Reino del Revés no había visto aquellas mismas figuras, sombras que flotaban en la niebla, fragmentos de sus sueños? ¿Acaso no habían rodeado el castillo de la colina y la habían buscado mientras estaba enferma?

Temblé al ver pasar a otra, y otra más. Luego sus formas se condensaron, se volvieron sólidas, y pude ver sus ojos rojos y sus capuchas negras, los dedos retorcidos en sus manos largas y ahusadas. Fueron haciéndose más grandes a medida que se consumía la vela en la mesita de noche de Woferl.

La reina no se había recuperado de las pesadillas y había caído en la locura. Volví a imaginarla, asustada y sola, perdida en un mundo que aquellos que la rodeaban no podían ver. Quizá también habían ahuyentado a Jacinto.

Me levanté, salí de la habitación y volví con otras dos velas. Cambié la que estaba a punto de apagarse y coloqué otra a su lado. Madre me observó en silencio.

—Estaba demasiado oscuro —le expliqué—. Así veremos mejor.

Al otro lado de la ventana, las figuras fueron desvaneciéndose al iluminarse el cuarto, hasta que solo quedó la bandera que golpeaba el cristal al ondear.

UNA FAMILIA
RESPETABLE

M i hermano pasó varias semanas más con fiebre, y contrajo
una segunda enfermedad hasta que por fin empezó a recuperarse.

Hacía casi dos meses que no tocaba el clavecín. Durante todo
ese tiempo, yo tampoco había compuesto nada, pues no habría podido explicar por qué estaban la pluma y el tintero junto al atril del
instrumento. Entonces pasé los meses practicando, mientras en mi
mente ardían las notas que no estaba escribiendo, ansiosas por tras-
ladarse al papel.

Una vez interrumpida la sucesión de presentaciones, fue difícil retomarla. Nos llegaban menos invitaciones. Yo seguía tocando
para públicos más reducidos. Aún me agradaba saber que los
aplausos me pertenecían. Pero los titulares del periódico distaban
mucho de las monedas. Mis presentaciones no atraían a la clase de
patrocinadores que necesitábamos, aquellos con los bolsillos llenos de oro.

Padre empezó a hablar más y más de dinero; a veces, no hablaba
de otra cosa. Yo misma había aprendido ya que trescientos cincuenta gulden al año por ser el vice *kapellmeister* de la corte de Salzburgo
no era un buen sueldo. Podíamos ganar más en una sola noche con
las presentaciones.

—Es una miseria para ese puesto —se quejaba mi padre—. Ya nadie respeta la creación musical, y mucho menos, el arzobispo.

—Podríamos prescindir de Sebastian por un tiempo —sugirió mi madre en voz baja, para que no la oyera Sebastian, que se encontraba ordenando el dormitorio de mis padres.

Padre bufó, irritado.

—¿Los Mozart y sus famosos hijos no pueden costearse un criado? Imagina si invitáramos a casa a un miembro de la corte y mi propia esposa le sirviera el té con pasteles. ¿Quién nos invitaría después de eso? —Agitó una mano en el aire—. No, no, haré que pinten sus retratos.

—¿Un retrato para cada uno? —Los ojos de mi madre vacilaron, y la vi calcular mentalmente el coste de aquello—. Leopold...

—¿Qué? ¿Acaso no somos una familia respetable? ¿Acaso nuestros hijos no merecen lo mejor? Que nuestros invitados vean lo jóvenes y educados que son, lo bien que nos va. ¿O pretendes ser el hazmerreír de Salzburgo, Anna?

Mi madre apoyó las manos unidas sobre su falda, como hacía siempre que sabía que no podría convencer a mi padre. Recordé cuando me había preguntado de qué serviría que levantara la voz.

—Claro que no —respondió, sin alterarse.

Mi padre siguió hablando y dijo que nos llevaría a Francia, a París. Ya había empezado a hacer averiguaciones, a pedir los nombres de los *kapellmeisters* de cada ciudad francesa por la que podríamos pasar, y a preguntar si a la gente del lugar le interesaban las representaciones musicales.

—No serán tan jóvenes siempre —concluyó Padre—. Cuanto más crezcan, menos impresionará su talento.

Luego se alejó, mascullando, hacia la puerta cerrada del dormitorio de Woferl. Entró y cerró la puerta.

En medio del silencio, mi madre me miró y reparó en mi expresión. Suspiró.

—Debes perdonarle esa angustia en momentos como este —me dijo—. Solo se preocupa por nuestro bienestar. Dice esas cosas porque está tremendamente orgulloso de ti y de tu hermano, y quiere asegurarse de que se hable bien de vosotros.

—¿De verdad la situación es tan mala? —pregunté—. ¿Por qué Padre está tan preocupado?

Madre me miró con severidad.

—Una jovencita no debe preguntar esas cosas. Concéntrate en lo que tu padre espera de ti, y en nada más.

Seguí el ejemplo de mi madre y no volví a hablar. Ninguna pregunta era nunca digna de una jovencita. Era inútil mencionar mis presentaciones, el hecho de que yo había estado sacándonos de apuro todo ese tiempo. Padre aún esperaba volver a oír a mi hermano. Y yo sentía que la mente de mi padre se alejaba del recuerdo de mi talento. Empezaba a retirarme a los rincones oscuros de su atención.

Pensé en Jacinto. Mis dedos ansiaban la oportunidad de volver a componer. Hacía mucho tiempo que no lo veía. Necesitaba que regresara, antes de que él también me olvidara.

Fue un alivio para mí que, poco a poco, Woferl comenzara a salir de la cama. Empezó a parlotear otra vez. Por las mañanas, lo encontraba en la sala de música, sentado al clavecín. Sus mejillas blancas recuperaron un tono sonrosado. Me alegró verlo regresar a nosotros, a todas las escenas familiares de las que había estado ausente durante un mes. Quizá mi preocupación por la participación de Jacinto en todo aquello fuera una simple tontería.

Hasta que una mañana volvieron a aparecer la pluma y el tintero: Woferl estaba componiendo de nuevo.

Mi corazón dio un brinco. Eso significaba que yo también podía volver a componer.

Padre pasaba más tiempo en el clavecín con Woferl que conmigo, para recuperar el tiempo que habíamos perdido. Lo hacía tocar hasta tan tarde por la noche que mi hermano era incapaz de concentrarse, y cuando veía que se le cerraban los ojos frente al clavecín, le daba una palmada en las manos.

Había presenciado muchas veces el temperamento de mi padre. Pero Woferl había sufrido mucho durante su última enfermedad, y yo me había preocupado tanto pensando que Jacinto le había hecho algo que ahora sentía la necesidad de defenderlo.

—Tal vez debería descansar, Padre —sugerí mientras Woferl se enjugaba las lágrimas. Tenía las ojeras marcadas, y sus pequeños hombros estaban caídos como una planta marchita—. Estoy segura de que tocará mejor por la mañana.

Padre no me miró. Observó a Woferl mientras empezaba una vez más a tocar el comienzo de una sonata. La música carecía de su alegría habitual, y Woferl era incapaz de tocar con su acostumbrada claridad. Al cabo de varios compases, Padre lo detuvo.

—A la cama, los dos —ordenó, cansado. Las sombras ocultaban sus ojos, de modo que no pude ver su expresión—. Ya he oído suficiente por hoy.

Esa noche, Woferl se acurrucó a mi lado y se durmió profundamente, agotado. Se había recuperado, pero aún no había recobrado todas sus fuerzas. Era extraño verlo tan callado. Lo rodeé con el brazo, le di un beso en la frente y lo dejé descansar.

Yo seguí componiendo en secreto. A esas alturas, ya había acumulado una pequeña pila de papeles en el fondo de los cajones de nuestro dormitorio, pequeñas sonatas y piezas orquestales alegres, y había empezado a guardarlas en distintos lugares para que no estuvieran todas juntas. Escribía en las raras ocasiones en que Woferl y yo disponíamos de un momento a solas.

Un día, Woferl, que estaba sentado cerca del clavecín observándome trabajar, volvió a hablar, lo que supuso un grato descanso de su silencio.

—Deberías mostrarle tu música a Padre —susurró.

Se levantó del alféizar de la ventana y vino a sentarse en el taburete del clavecín, presionando su cuerpecito tibio contra el mío. Cuando bajé la mirada, vi que sus pies aún no llegaban al suelo.

—A Padre no le gustará —respondí—. Ya te lo he dicho.

—Eso no lo sabes —replicó. Contempló la partitura que tenía delante, maravillado—. ¿Cómo podría no gustarle esto a alguien?

Suspiré.

—Woferl, me alegro de que te guste mi música, pero no eres nuestro padre. ¿Qué uso podría darle? Sin duda, no me permitirá publicarla, ni tocarla en público. Hasta puede prohibirme que siga componiendo. Pensará que estoy perdiendo el tiempo, cuando debería estar practicando para nuestras presentaciones.

—¿Por qué?

Siempre me desagradaba que me lo preguntara.

—Porque soy una dama. No está bien que haga eso —decidí responder—. Para arriesgarme a algo así, necesitaría tener tu fama, tu capacidad de atraer al público.

Woferl frunció el ceño. Yo nunca había hablado así de nuestras presentaciones, como si no tocáramos juntos.

—Pero sí tienes mi fama —repuso—. Tú también atraes al público.

Lo miré. Me di cuenta de que lo decía en serio, pero yo sabía que no era verdad. Aun así, lo rodeé con el brazo y le estreché el hombro una vez a modo de agradecimiento; luego me volví de nuevo hacia la partitura a medio escribir que tenía delante.

—Déjame terminar —le pedí—. Casi es tu turno de tocar.

Esa noche vi a Padre solo. Era muy tarde y Madre ya se había retirado a dormir. Yo acababa de llevar a Woferl, dormido, de la sala de música a nuestro dormitorio, y había vuelto a por una vela. De regreso, vi a Padre sentado solo a la mesa del comedor y me detuve.

Tenía los dos codos apoyados en la mesa, y la cabeza, en las manos. Lo observé un momento, medio escondida por el canto de la pared. Padre se había arremangado hasta los codos, de forma descuidada, y se había manchado una de las mangas. Madre tendría que lavarle la camisa por la mañana. Había dejado su peluca empolvada sobre una silla cercana. Vi su cabello oscuro ligeramente desgreñado, peinado con los dedos, con algunos mechones sueltos. No parecía la figura severa que solía colocarse junto al clavecín, sino un alma cansada, vulnerable y pequeña.

Con aquella luz, pude verlo como tal vez había sido de joven, inocente y de rostro liso, como lo había visto mi madre antes de que el peso de la familia y la fortuna le trazaran arrugas en la piel. Quizá él también había sido despreocupado en su juventud. Un Woferl adolescente.

Sin embargo, me costaba imaginar a mi padre haciendo bromas infantiles a sus compañeros, o riendo y aplaudiendo al oír un relato. Seguramente siempre había sido serio, incluso cuando era lo bastante apuesto y encantador como para convencer a mi madre de que se casara con él. Y había algo en la intensidad de su presencia, en la seriedad de su gesto, que me envalentonó.

¿Y si hacía lo que Woferl había sugerido y le hablaba de mis composiciones? ¿Lo alegraría saberlo? Sin duda, lo enorgullecería, aunque de modo fugaz, saber que su hija sabía componer tan bien como su hijo. Recordé las palabras de Woferl y luego las mías. Tal vez me permitiera tocar mis piezas, aunque fuera de vez en cuando, un pequeño espacio en medio de un concierto privado, algunas oportunidades antes de que alcanzara una edad en la que tendría que dejar de presentarme en público.

Entonces surgió en mí la necesidad urgente de contarle mi secreto a mi padre. De oír la aprobación en su voz. De pronto, el colgante se volvió muy pesado en mi bolsillo. Pensé en lo que diría Jacinto. ¿Querría que lo hiciera? Inhalé profundamente, pensando cómo podría planteárselo a Padre.

Estoy componiendo música. Es mía, de mi propia mano. La escribí para mí y quería compartirla contigo. ¿Me ves?

Padre debía de haberme oído respirar hondo. Levantó la cabeza y miró alrededor como aturdido, hasta que me vio. Por un momento, suavizó los ojos, como con culpa o tristeza. Parecía querer decirme algo. Esperé, con el corazón acelerado y todo el cuerpo inclinado hacia él.

Luego mi padre alzó un muro alrededor de su mirada. Mi coraje se debilitó. Contuve las palabras que tenía en la punta de la lengua.

—¿Hace mucho que estás ahí? —preguntó.

Meneé la cabeza en silencio.

Apartó la mirada y se pasó una mano por la cara.

—Por Dios, hija, vete a dormir. No es de buena educación quedarse en la puerta, espiando a los demás.

El momento pasó con la misma rapidez con que había llegado. Ya no recordaba lo que quería decir. ¿Cómo se me había ocurrido algo así? Segundos antes, había estado a punto de revelarle mis secretos; ahora me parecía absurdo siquiera mencionarle semejante idea. Él habría roto mis partituras en dos y las habría arrojado al fuego. Palidecí de tan solo pensarlo.

Murmuré una disculpa, me aparté de él y me encaminé hacia el dormitorio. Una luz plateada marcaba líneas en el suelo. Cuando pasé junto a las ventanas, me pareció vislumbrar las lunas gemelas del Reino del Revés flotando en el cielo, acercándose entre sí poco a poco, sin detenerse. De pronto, el agotamiento me pesaba en el pecho, y no quería hacer otra cosa más que acostarme y dormir. Por la mañana, olvidaría este momento. Y él, también.

Alguien me esperaba justo al otro lado de la puerta del dormitorio, tan silencioso que me sobresalté en la penumbra.

Era Jacinto.

Había crecido desde la última vez que lo vi, y su rostro poseía un aspecto más atractivo que nunca. Me había oído llamándolo a través de mi música, aunque de manera inconsciente. Lo miré, entre asustada y contenta de verlo.

No sé qué expresión se reflejó en mi rostro, pero lo hizo menear la cabeza con compasión.

—Te ha ido bien —dijo. Me rozó la mejilla con los dedos—. ¿Por qué estás triste, mi Fräulein?

Habló con palabras tan suaves y amables, y me miraba con tanta atención, que sentí ganas de llorar. Tragué, esperé que se me secaran los ojos y respondí:

—Mi padre está descontento. —Miré hacia la cama, donde se encontraba acurrucado mi hermano, ya dormido de cansancio—. Woferl ha estado muy enfermo. Se ha vuelto retraído y callado.

Los ojos brillantes de Jacinto recorrieron la habitación hasta detenerse en la ventana que daba a la Getreidegasse y lo que había más allá.

—Quizá pueda hacer algo para ayudar a tu familia —me dijo, al tiempo que me tomaba la mano—. Llegó el momento de tu siguiente tarea. ¿Estás lista?

Pensé en mi padre con la cabeza apoyada en las manos, en las ojeras de mi hermano. Pensé en mi madre, restregándose las manos con preocupación. Miré los dedos suaves y elegantes de Jacinto en torno a los míos, pensé en su presencia allí conmigo cuando otros no estaban.

—Sí —respondí.

EL OGRO
Y LA ESPADA

Esa noche, el ambiente era frío y enérgico en el Reino del Revés, como si todo aquel paisaje hubiera respirado hondo, hubiera despertado al regresar su príncipe. El viento del oeste nos acariciaba, feliz por la presencia de Jacinto, y este sonreía al sentirlo y alzaba el rostro para que el viento pudiera besarle los labios. Mientras lo seguía a través de los árboles, me envolví más en mis brazos, temblando bajo mi ropa de encaje y terciopelo. Arrastré los pies por el suelo, mientras se les adhería polvo y briznas de hierba.

¡Jacinto! ¡Jacinto!, lo llamaban las hadas mientras caminábamos, y danzaban entusiasmadas en círculos de luz azul alrededor de su príncipe. *¡Ya ha llegado!* Se acercaban a él y lo besaban con afecto en las mejillas, pero él las apartaba con la mano. Su aliento empañaba el aire de la medianoche.

—Hoy no, queridas mías —exclamó, y me tomó de la mano—. He traído a mi Fräulein.

No pude contener una sonrisa, complacida en secreto por su atención singular.

Las hadas protestaron con desaprobación; se dispersaron cuando Jacinto las ahuyentó pero volvieron y me tiraron con fuerza del cabello. Fruncí el ceño y las espanté con la mano.

—Debes ser firme con ellas —me dijo Jacinto; el brillo de sus ojos se reflejaba en su hombro—. A las hadas les cuesta comprender las sutilezas.

Nos detuvimos en medio de un claro en el bosque. Allí, quedé asombrada.

Las dos lunas del reino estaban en extremos opuestos del cielo del claro, donde las raíces de los árboles se extendían hacia la noche. Su luz iluminaba los tallos de las flores de Edelweiss que poblaban el campo, otorgándoles un resplandor blanco-plateado. Nunca había visto tantas flores. Eran como una alfombra que cubría todo el claro y lo transformaba en un paisaje nevado. En el cielo, el manto de estrellas brillaba tanto que era como si estuviera lloviendo polvo estelar.

Jacinto sonrió ante mi asombro.

—Míralas bien. Son preciosas, ¿no?

Al fijarme en las flores, me di cuenta de que su resplandor provenía, en efecto, de una fina capa de un brillante polvo blanco que las recubría. Cuando los rayos de luna atravesaron el bosque con la inclinación apropiada, lo vi: el brillo del polvo en el aire, flotando suavemente en millones de partículas, y al echarme un vistazo, me percaté de que mis brazos y mi vestido se encontraban salpicados por la luz de las estrellas.

Sonreí y, por impulso, me incliné para tocar las flores de Edelweiss que crecían alrededor. Cada vez que mis dedos rozaban sus pétalos, sonaba una nota, de modo que al pasar la mano por ellos se producía un sonido suave de campanillas. Cerré los ojos un instante para disfrutarlo.

Jacinto alzó el rostro hacia las estrellas. Estas parecieron acercársele como respuesta. *El príncipe*, llegó el susurro, que resonó a nuestro alrededor.

—¿Por qué estamos aquí? —murmuré, extasiada.

Jacinto me tomó de la mano, me atrajo hacia él y apoyó la mano en la base de mi espalda. Me ruboricé al sentir su piel tibia contra la mía.

—Porque voy a llevarte arriba a ver las estrellas —respondió.

Desde arriba se oyeron risas como campanas, y poco después cayeron del cielo un manojo de hebras. En sus extremos tenían unos ganchos de plata que titilaban en la noche, cada uno lo bastante grande como para que se sentara una persona.

Jacinto aferró el más cercano, tiró dos veces de él, y arriba, en el cielo, una estrella respondió con un guiño. Levantó un pie y lo apoyó en el gancho, como para probarlo. Luego tiró de mí para que subiera con él.

Empecé a abrir la boca, pero mis palabras se perdieron en el viento cuando, de pronto, el gancho dio una sacudida hacia arriba y empezamos a ascender por el aire frío en una línea brillante. El bosque se fue reduciendo a una masa de brazos diminutos allá abajo. Cerré los ojos con fuerza. Jacinto se rio de mí cuando me aferré a su cintura, presa del pánico.

Cuando al fin dejamos de movernos y me tranquilicé un poco, abrí los ojos, vacilante.

El bosque había desaparecido. La pradera había quedado muy lejos. Ahora nos encontrábamos de pie en un gancho suspendido en un mundo de nubes, briznas blancas que flotaban a nuestro alrededor como una neblina. Arriba, las estrellas que siempre había visto como puntos eran ahora unas brillantes bolas de fuego, azules, doradas y escarlatas, como un manto que se extendía hasta el infinito en todas las direcciones. Se las veía tan cerca que me pareció que podía estirarme y arrancarlas del cielo.

Las risas como campanas se oían desde arriba. Alcé la mirada y vi que la línea de la que pendía nuestro gancho desaparecía sobre una estrella brillante que flotaba justo sobre nosotros.

—Son estrellas pescadoras —explicó Jacinto—. Les gusta tentar a los crédulos, que siempre pican su anzuelo. Luego los suben al cielo y los dejan allí colgados durante semanas, burlándose de ellos, hasta que vuelven a bajarlos.

Sonrió al ver que me apartaba de los ganchos afilados.

—Pero no le harán daño al príncipe, ni a ti —aclaró. Aun así, observé que agachaba la cabeza de manera instintiva, como si temiera que las estrellas lo quemaran.

»Ven. —Bajó de un salto del gancho hasta la blanda alfombra de nubes y me tendió la mano. La acepté y bajé yo también. Fue como pisar musgo hecho del aire que se filtraba entre mis dedos—. Te he traído aquí arriba para que veas lo que necesito —agregó.

Nos acercamos al borde de las nubes. Allí, Jacinto se agachó como de costumbre, mientras que yo me tendí boca abajo para observar por encima del borde. Extendió una mano hacia el mundo.

Seguí su gesto con la mirada hasta el paisaje que se extendía debajo, donde el inmenso bosque parecía una alfombra oscura, interrumpida por una cinta de arena blanca y, más allá, el mar plateado. Reconocí la costa donde se encontraba la gruta de la bruja con las flores de la noche. Todos los campos y claros que se divisaban estaban cubiertos por Edelweiss, cuyas flores blancas como la nieve se hinchaban como velas al viento, como por arte de magia, a la luz de las lunas. Era una tierra virgen, absolutamente extraña, pero a la vez reconocible. Aquí y allá, vi la costa asomándose entre las nubes y me recordó a los límites de Europa que había visto en los mapas. Me sorprendió tanto que tiré de la mano de Jacinto.

—¡Allí! —exclamé.

—Aquí todo está al revés. —Sonrió—. El reino es un espejo de tu mundo.

Un espejo de nuestro mundo. Recorrí con los ojos aquella extensión de tierra. En las regiones nórdicas, vi fogatas que iluminaban los hogares de un pueblo hundido en la nieve, con menorás de oro en las ventanas. En el este, un inmenso ejército de soldados con uniformes azules y blancos marchaba por una llanura; su movimiento se asemejaba a la ondulación de una bandera. En otra parte, vi una hilera de mujeres jóvenes, atadas de pies y manos, de pie en el patíbulo mientras los guardias les acercaban sus antorchas a los pies. Y a lo lejos, donde la tierra daba paso a una extensión infinita de mar negro, había barcos pequeños como puntitos que zarpaban de las costas con rumbo al Nuevo Mundo.

—¿Por qué dices que es un espejo? —le pregunté.

—Cuando sostienes una imagen frente a un espejo, ves aumentado cada detalle de esa imagen, cosas que suceden a tu alrededor y que quizá ignoraste en tu vida diaria. —Señaló con la cabeza los barcos que cruzaban el océano Atlántico—. Si te fijas bien, Fräulein, el reino te mostrará todas las verdades que tu mundo no te muestra.

Sopló una nueva ráfaga de viento que me entumeció los dedos de las manos y de los pies. Volví a contemplar el mundo en espejo. Había manchas de sangre oscura en las cubiertas de los barcos, y la nieve se acumulaba contra los alféizares chamuscados de las casas del pueblo. El fuego consumía el patíbulo, y desde el campo de batalla llegaban gritos.

Todas las verdades. Tragué con fuerza, pero no aparté la mirada de la escena; estaba decidida a recordarla.

La mano de Jacinto se detuvo. Allí, el bosque terminaba abruptamente a orillas de un río que rodeaba por completo un castillo y las aldeas colindantes.

—El castillo en la colina —murmuré.

A ambos lados del río, crecía una inmensa jungla de espinas negras, impenetrable e implacable, como un muro que separaba al hombre y al bosque. En las aldeas no se veían luces. Se hallaban abandonadas y vacías. Sobre la colina se erguía el castillo; sus piedras oscuras estaban deterioradas, y tal como en la historia que le había relatado a Woferl mientras guardaba cama, unas figuras oscuras y fantasmales flotaban en torno a la torre más alta del castillo; incluso desde allí arriba se las alcanzaba a ver.

—Quería que vieras nuestro mundo en toda su extensión —explicó Jacinto cuando lo miré, expectante—. No siempre fue así. Hubo un tiempo en que el reino era próspero y se encontraba en armonía con las tierras que lo rodeaban. Pero tras la muerte de la reina, el rey ordenó que se cultivaran las espinas que bordean el río, para aislarlo del reino.

Bajé la vista y vi las torres de vigilancia, que salpicaban toda la longitud del río. Parecían abandonadas desde hacía mucho tiempo, al igual que las aldeas; sus torretas estaban recubiertas de espinas y hiedra negra. En el río nadaba algo enorme y siniestro, cuyas aletas asomaban en el agua oscura.

—Eres el príncipe perdido —dije, volviéndome hacia él.

Sus ojos adquirieron una expresión distante al contemplar el castillo.

—Con el tiempo, me crie con las hadas, y cada año que paso en su compañía, me parezco más a ellas.

—¿Y las espinas te impiden llegar al castillo?

—Las espinas y el río —respondió con tristeza—. Para eso necesito tu ayuda. Existe una vieja espada tan afilada que puede cortar las espinas que rodean el castillo. Esa espada se encuentra en la morada —hizo una pausa para señalar una cabaña que había en un claro del bosque, en forma de media luna— de un gran ogro. Va vestido siempre de negro, de modo que es difícil verlo en la oscuridad, y si te descubre robando la espada, te matará allí mismo.

Lo miré horrorizada.

—¿Un ogro? —pregunté—. ¿Esperas que logre vencer a semejante criatura?

—Sobreviviste a la Reina de la Noche, ¿no es así? —Jacinto me miró con sus ojos brillantes—. He intentado llegar a la espada, pero el ogro posee un olfato especial para aquellos que venimos del Reino del Revés. Detecta el viento y la noche en mí. Tú, en cambio, eres de otro mundo, y no puede reconocer en ti el aroma de ese mundo.

Volqué mi atención de nuevo en la cabaña del claro. Tenía las paredes recubiertas de hiedra, y de la chimenea salía una columna de humo. No se veía ni una sola luz por las ventanas. Intenté imaginar qué aspecto tendría el ogro cuando me mirara.

—Hicimos un trato —me recordó Jacinto, ladeando la cabeza—. ¿Puedo confiar en ti?

Asentí.

—Lo haré.

Me sonrió con calidez. Cuando lo hizo, se levantó una brisa que me peinó con sus delicados dedos antes de soplar hacia el hogar del ogro.

—El viento del oeste te llevará —me dijo—. El ogro tiene el sueño muy pesado, y si conservas la calma, encontrarás la espada sin despertarlo y podrás regresar a lomos del viento antes de que se dé cuenta.

Me sujeté el camisón con fuerza contra las piernas pues el viento empezó a soplar con mayor ímpetu; la brisa se convirtió en una ráfaga intensa que finalmente me levantó de las nubes. Quise gritar, pero no pude sino contemplar una vez a Jacinto antes de que el viento me alejara y me hiciera descender a través del paisaje nocturno.

El silencio envolvía la cabaña del ogro de tal forma que el viento que me depositó en el claro plateado me resultó ensordecedor. Avancé lentamente hacia la entrada, con el corazón acelerado. La puerta estaba entreabierta, como si el ogro supiera que nadie en todo el reino se atrevería a robarle. Aun así, permanecí allí un momento, sin decidirme a entrar. ¿Y si entraba y nunca volvía a salir? ¿Por qué Jacinto me había encomendado semejante tarea?

Pero luego recordé su sonrisa cálida, nuestra promesa. Si llevaba a cabo esta tarea, solo me quedaría una para cumplir con mi parte del trato, y estaría mucho más cerca de que Jacinto cumpliera mi deseo.

A mi alrededor, el mundo pareció volver a la vida en respuesta a mis dudas. Me volví de costado, logré atravesar la puerta entreabierta y desaparecí en la oscuridad de la cabaña.

Dentro reinaba el desorden. Había cosas rotas por toda la planta baja: el asiento de un taburete grande, un trozo de porcelana de lo que había sido una taza, una enorme mesa a la que le faltaba media pata, como si se la hubieran cortado de un hachazo. Las telarañas poblaban la chimenea, y los leños que allí había se encontraban cubiertos de polvo. Sobre la encimera de la cocina descansaba una hogaza de pan a medio comer. Incluso las ratas habían decidido que no valía la pena comerse ese pan, pues se veían algunos mordisquitos desganados en la corteza.

No vi rastro de ninguna espada.

Desde la planta de arriba llegó un ronquido suave que me hizo estremecer. Antes de levantar la vista, me apresuré a ocultarme en la oscuridad junto a la escalera. Los escalones eran el doble de altos que los que yo había visto en nuestro edificio de la Getreidegasse, y estaban combados en el centro, como acostumbrados a soportar mucho peso. Esperé hasta que los ronquidos se tornaron uniformes. Luego subí los escalones, uno a uno.

Conducían a una alcoba llena de ropa vieja desparramada, cajones abiertos y piezas de armadura.

No se veía casi nada en la oscuridad, salvo una masa sin forma acostada en la enorme cama con dosel, detrás de unas cortinas negras transparentes. Desde allí llegaban los ronquidos, tan fuertes que parecían hacer temblar las tablas del suelo.

La espada. Examiné cada pieza de armadura que había en el suelo. Un peto recubierto de mugre. Un guardabrazo abollado, un escudo con un magnífico sol ardiente grabado en su superficie oxidada. Un cinturón olvidado, y a su lado, la vaina vacía.

¿Y si Jacinto estaba equivocado y allí no había ninguna espada?

Un ronquido particularmente fuerte me sobresaltó, y yo me volví hacia la cama. La figura que dormía detrás de las cortinas se movió: se colocó de costado con un suspiro entre agitado y triste, un sonido cargado de lágrimas. La criatura era inmensa, una sombra temible en la noche que ocultaba la luna.

Cuando se movió, vi un destello metálico en la penumbra. Era la espada. El ogro sujetaba la empuñadura con sus enormes garras, y era evidente que seguía siendo lo bastante afilada como para hacer un corte en las sábanas.

El ogro lanzó una exclamación ahogada, y yo me agaché, segura de que se había despertado y me había visto allí agazapada. Formuló una pregunta que no entendí, y siguió mascullando para sí sin esperar respuesta.

Un sueño. Cuando volvió a moverse, lanzó otra exclamación estrangulada y suspiró.

—Llevo años buscándote —murmuró esta vez, con una voz teñida de aflicción que reflejaba algo parecido a la nostalgia del verano cuando ya se ha instalado el invierno—. ¿Dónde estás?

Jacinto temía a aquel ogro, y yo también, pero seguramente hasta los monstruos soñaban con sus temores y deseos, y la tristeza que oí en su voz me hizo acercarme un poco más. Alcancé a distinguir el contorno de su rostro en la oscuridad. Lo que había imaginado como la mandíbula saliente y los colmillos de marfil de una bestia no era otra cosa que una espesa barba, envejecida y descuidada.

—¿Dónde estás? —repitió.

Algo me dijo que debía responderle, y así lo hice.

—Aquí —susurré.

Permaneció inmóvil y volvió sus ojos cerrados hacia la ventana, hacia donde estaba yo. Me paralicé.

—Te he oído —dijo, con asombro. Curvó los labios, ocultos bajo aquella barba dura, en una sonrisa esperanzada—. ¡Ahí estás! ¿Te encuentras cerca de los árboles?

En silencio y lentamente, rodeé la cama hasta llegar al otro lado.

—Sí, cerca de los árboles —respondí.

—¡Ah! —exclamó, y otra vez se volvió hacia mí, aún dormido, y sus manos se movieron contra la empuñadura de la espada. Flexionó los dedos—. ¿Estás a salvo?

¿A quién estaría buscando? Carraspeé, y luego me atreví a acercarme un poquito más.

—Estoy a salvo —respondí—, ¡aunque hay una gran bestia, al otro lado del río! Préstame tu espada, para poder ahuyentarla.

La sonrisa desapareció, y el ogro frunció el ceño. Vaciló, aferrando aún la espada.

—Es muy pesada. ¿Podrás levantarla?

—Sí —dije, acercándome poco a poco. Ahora estaba justo al otro lado de las cortinas negras, con las manos cerca de las suyas. Desde allí, alcanzaba a ver todos los detalles de la espada, el pomo rojo y la inscripción con finas letras rojas grabada en la hoja—. Solo necesito que me la lances.

Volvió a murmurar, pero no alcancé a entender lo que decía. Luego, de pronto, aflojó los dedos en la empuñadura.

Ahora. Con una fuerza nacida del pánico, estiré las manos más allá de las cortinas hacia la empuñadura, y logré asirla justo cuando él volvía a cerrar las manos de nuevo.

—¿Qué pasa? —gruñó, y frunció el ceño más aún.

Antes de que volviera a moverse, tiré de la espada y se la quité. Me sorprendió su peso, y en lugar de acercarla a mí, tropecé y se me cayó con estrépito al suelo.

El ogro se sobresaltó, tensó el cuerpo y se quedó en silencio. Abrió los ojos.

No vacilé. A toda prisa, recogí la espada con las dos manos y escapé, medio corriendo, medio tropezando, hacia la escalera. Detrás de mí, oí crujir la cama cuando el ogro se incorporó como un rayo y rugió con furia.

—¿Qué estás haciendo en mi casa? —gruñó.

No miré atrás. Bajé la escalera a toda velocidad; la espada rebotaba con pesadez a mi lado, y ya me dolían los brazos por cargarla. Detrás de mí, oí sus fuertes pisadas, una tras otra. Ahora el viento había abierto la puerta de par en par, y yo me esforcé por ir más rápido.

Noté una mano en el hombro que me tiró hacia atrás. Grité, aterrorizada.

—Ahí estás, ladrón —dijo.

Cerré los ojos con fuerza e intenté soltarme desesperadamente.

En ese momento surgió debajo de mí un viento, y al abrir los ojos, vi que se abrían todas las ventanas de la casa y el ogro caía hacia atrás: el viento del oeste había acudido en mi ayuda. Volvió a levantarme en su abrazo; aferré la espada con fuerza, y el viento me sacó de la casa y me elevó hacia el cielo.

Se oyó el grito estrangulado de furia del ogro cuando salió corriendo al claro. Miré por encima del hombro y lo vi allí de pie, con el rostro vuelto en mi dirección, lleno de conmoción y de ira; su figura iba haciéndose más y más pequeña, al tiempo que el bosque, el río y las tierras que lo rodeaban se convertían en mantos de oscuridad y cintas de plata. Todo mi cuerpo temblaba. La espada que llevaba en las manos lanzaba destellos en la noche, reflejando la luz de las estrellas mientras el viento me elevaba más y más, hasta las nubes donde me esperaba Jacinto.

Al verme, se le iluminaron los ojos de alegría.

—¡Qué valiente eres, mi Fräulein! —exclamó; me tomó en sus brazos y me besó las manos. Se maravilló al ver la espada—. Lo has hecho muy bien.

Sonreí, pero el recuerdo del sueño del ogro perduró en mi mente como un fantasma que me impedía sentirme complacida.

—¿Sabes algo sobre el ogro? —le pregunté a Jacinto, mientras él pasaba un largo dedo por la hoja de la espada.

—¿Eh? —preguntó, distraído.

Le conté el sueño del ogro, cómo se había movido y sobresaltado, y cómo había gritado, atemorizado.

—¿A quién buscaba, a quién estaba tan ansioso por encontrar? —pregunté.

Los ojos brillantes de Jacinto se encontraron con los míos, y por un momento, se enderezó y me tocó una vez el mentón.

—El ogro busca carne —explicó con su voz suave y salvaje—. Solía cazar a los habitantes de las aldeas del reino, cuando aún vivían aquí. Todos le temían. Seguramente estaba soñando con su presa y cómo la devoraría. —Meneó la cabeza—. Pero es terrible hablar de esto. Que quede entre nosotros, Fräulein.

Pensé en cómo el ogro me había cedido su espada creyendo que yo estaba en problemas. Esa no era la reacción de un cazador a su presa. No obstante, asentí y no dije nada. Había complacido a Jacinto y cumplido con otra parte de nuestro acuerdo. No estaba allí para pensar en el dolor de un ogro ni en la corona que tenía grabada en su escudo.

EL JOVEN
DE FRANKFURT

A la mañana siguiente, mientras me espabilaba poco a poco, me di cuenta de que Woferl ya estaba despierto.

Giré la cabeza sobre la almohada y vi a mi hermano con los ojos abiertos, examinando el techo. Lo observé un rato. Aún me parecía oír los sollozos del ogro estremeciendo el aire. Me pregunté si Woferl también los oiría, pero no dijo nada. De hecho, parecía embotado, como si no hubiera dormido en toda la noche.

Cuando me vio mirándolo, extendió la manita y me apretó el brazo.

—¿Estoy despierto? —me preguntó en un susurro ansioso.

Su pregunta me sorprendió. Le aparté los rizos de la frente. No tenía la piel caliente, pero sus ojos parecían afiebrados, como si aún no se hubiera recuperado del todo.

—Sí, Woferl, claro que sí —le aseguré, y le rodeé los hombros con un brazo—. ¿Por qué estás temblando?

No respondió. Se acercó más a mí y se abrazó a mi cintura. Permaneció así un rato, callado, saliendo poco a poco del sueño que al parecer lo había tenido tan inquieto.

Quería preguntarle si había soñado con Jacinto, y me debatí sobre si contarle mi sueño. Pero lo vi tan callado que me dio mucha pena asustarlo con relatos de un ogro. En el aire resonaban aún los sollozos de otro mundo, junto con los susurros de un príncipe.

Que quede entre nosotros, Fräulein.

Así que dejé que el silencio se prolongara hasta que Woferl se incorporó por fin, ya recuperado, y se levantó.

—Es hora de componer —dijo, mientras se alejaba. Su voz, antes asustada y ansiosa, reflejaba ahora una concentración decidida. Ya había empezado a mover los dedos, como si los apoyara en las teclas del clavecín—. Se me ha ocurrido una introducción perfecta para mi sonata.

Lo observé alejarse. Debajo de mi almohada, mi colgante descansaba frío y abandonado. Sentía algo extraño en la base del pecho, como un ritmo ominoso. No podía deshacerme de la sensación de que había algo en todo aquello que no entendía. Que había algo que Jacinto no estaba contándome.

Cuando llegó el verano y Salzburgo se sacudió por fin el frío de los dedos, Woferl ya se había recuperado lo suficiente como para que Padre nos hiciera reanudar las giras. Esta vez no tenía planeado que regresáramos a casa tras un par de meses. Iríamos a Alemania, luego a Francia e Inglaterra y quizá a otros países, si teníamos éxito. Era un viaje que podía durar años.

Cuando le pregunté a Madre cuánto tiempo estaríamos fuera, me miró con una sonrisa tranquilizadora y me palmeó la mejilla.

—Vas a divertirte mucho en estas aventuras, Nannerl —respondió—. ¿No tienes ganas de ir?

—Sí —respondí. Y era verdad. Mis huesos se habían vuelto inquietos, y mi música anhelaba que volvieran a escucharla.

Pero aún persistía en mí aquella inquietante sensación que había percibido en la mañana siguiente a mi sueño del ogro. Desde entonces, Jacinto no había vuelto a aparecer, y habían pasado semanas. Yo componía y lo esperaba. A mi lado, Woferl componía montones y montones de nuevas obras. Se las entregaba a Padre y sonreía con alegría al verlo contento. Yo los miraba y luego escondía mi música en mi cajón.

Woferl no me interrogaba acerca de Jacinto, así que empecé a preguntarme si el príncipe se le estaría apareciendo por separado. ¿Haría una cosa así? ¿Sería Jacinto solo mi guardián, o acaso tenía otros a quienes hacía promesas en secreto?

Además, mi inquietud tenía otro motivo. Me había venido la regla.

La primera vez sucedió en una posada en Wasserburg, y me asusté tanto al ver la sangre que lloré. Madre intentó tranquilizarme, me ayudó a cambiarme la enagua manchada y la ropa interior, y envió a una criada a comprar ropa nueva. Me atendió con esmero, me cepilló el pelo, me ayudó a bañarme, no hizo ningún comentario cuando no toqué el pescado que había para la cena, y me cantó antes de dormir.

—El dolor pasará en unos días —me dijo—. No tengas miedo. Me alegro mucho por ti.

Me agradaba ver feliz a mi madre, así que le sonreí.

—No tengo miedo, Madre —le respondí.

Ninguna de las dos mencionó que ya no podía fingir ser otra cosa que una niña que estaba convirtiéndose poco a poco en mujer, que era un recordatorio de que me quedaban pocos años para tocar en público.

Cuando partimos hacia la ciudad de Biberich, yo había empezado a advertir pequeños cambios en mi cuerpo. Por las mañanas, cuando Madre me ayudaba a vestirme, los lazos de mi ropa me quitaban el aliento más que de costumbre. La ballena interna del corsé me presionaba más los pechos. Mis pómulos parecían más pronunciados, y había algo en mi rostro que hacía que mis ojos se vieran más grandes de lo que los recordaba, como charcos oscuros en la nieve. Además, estaba más alta.

Madre tuvo que arreglar mis vestidos dos veces en el transcurso de seis meses.

No olvidaba las palabras de mi padre. Cuanto más crecíamos, menos magníficos resultábamos. De pronto, el día en que cumpliría dieciocho años, el fin de mis años de niña prodigio, se me antojaba muy cercano.

Pasamos el verano viajando, haciendo paradas por toda Alemania: en Biberach, luego Wiesbaden y luego Kostheim. Vivíamos de posada en posada. Los tres moros. La rueda de oro. El gigante. La casa roja. Los espectadores se apiñaban en los salones de las posadas para vernos. Tocábamos en palacios siempre que conseguíamos invitación. Los titulares de los periódicos seguían nuestros pasos. *Los niños Mozart tocarán esta noche*, decían siempre. *Ved lo jóvenes que son. Sed testigos de su talento.*

Nuestros viajes prosiguieron, y hubo un punto en el que ya no recordaba de qué ciudad veníamos o ni siquiera en cuál nos encontrábamos. Por la noche, me quedaba despierta en la cama e intentaba imaginar cómo se veía nuestro viaje desde las nubes en el Reino del Revés, si nos parecíamos a aquellos pueblitos en la nieve o a las tropas que ondulaban en el campo de batalla. Me pregunté qué defectos mostraría de nosotros el mundo espejado del reino.

Durante ese tiempo, no me atreví a componer. Padre nos seguía muy de cerca y se quedaba con nosotros hasta tarde durante nuestras lecciones de clavecín. Por eso tenía que conformarme con observar componer a Woferl.

Últimamente se le había metido en la cabeza componer una sinfonía, y aunque amaba a nuestro padre, una noche le había dicho, obstinado, que prefería componer solo, sin su atenta mirada. Padre lo había mirado con una ceja levantada. Pero la noche siguiente, cuando Woferl se puso a escribir, se alejó del clavecín y se dirigió a la planta baja con Madre y Sebastian.

Woferl me permitía verlo componer solo a mí.

—¿Oyes los violines en tu cabeza, separados de los demás instrumentos, y después los chelos y los contrabajos? —le pregunté.

Me miró un instante, pero sin dejar de concentrarse en su música.

—A veces —respondió—. Pero también los oigo al mismo tiempo, como en cuatro líneas diferentes. Cada uno suena muy distinto. —Meneó la cabeza—. Recuérdame que incluya algo que valga la pena para las trompetas.

Lo observé escribir otro compás.

—Eso no es para las trompetas —señalé. Era una pieza ligera, llena de pasos juguetones y escalas danzarinas. No pude evitar reírme—. Eres cruel. A los violines les costará seguirte.

Woferl meneó la cabeza. Estaba serio, totalmente absorto en su música.

—Es porque Jacinto está huyendo de ellos, y no pueden alcanzarlo. —Alzó la mano y señaló un compás—. ¿Ves? Está corriendo por el bosque, subiendo una colina, cada vez más alto, y cuando llega a la cima, se desliza hasta abajo. Le gusta atraerlos a lo profundo del bosque, para que luego no encuentren la salida, y después, para recompensarse, duerme una siesta en uno de los árboles.

Me guio con un dedo por el pentagrama, para que pudiera oír las escenas que iba explicándome.

Sonreí, pero la mención de Jacinto me inquietó. Woferl no lo había olvidado. Una vez más, me pregunté si el príncipe se le habría estado apareciendo en sueños también a mi hermano. ¿Por qué, si no, estaría pensando tanto en él como para incluirlo en su música? La envidia que me produjo esa idea fue como veneno en mi mente.

—Eres un provocador —dije.

Woferl mojó otra vez la pluma en el tintero y escribió con más rapidez, de manera que se le manchó la página con grandes gotas de tinta y tuvo que secarlas con la base del puño. La tinta se corrió, como en una pintura infantil.

—*Tú* eres la provocadora, Nannerl. Compones música y luego la escondes.

Las palabras de mi hermano quedaron en el aire, flotando como si las estrellas pescadoras del Reino del Revés las hubieran atrapado con sus ganchos. De pronto, tuve la sensación de que no estábamos solos. Me llamó la atención un leve movimiento junto a la ventana, pero desapareció en cuanto me volví para mirar. Me había parecido el fantasma de un rostro familiar, una sonrisa afilada y un par de ojos brillantes.

—Yo solo te provoco a ti —le respondí a Woferl, con un leve codazo—. Porque solo tú sabes que existe.

Cuando Woferl rio, era otra persona: el sonido del viento entre los juncos.

No caí en la cuenta de lo que significaban realmente mis períodos hasta que llegamos a Frankfurt.

Nuestra primera presentación en la ciudad fue en el Liebfrauenberg.

En esa ocasión, Woferl y yo no tocamos todo el tiempo. Primero tocó la orquesta local, y luego una joven cantó un aria. Como era de esperarse, Woferl tocó más que yo. Lo acompañé con el clavecín en su concierto para violín, y toqué otras dos piezas con la orquesta. Pero, en general, permanecí callada y al margen junto a mi padre, observando al público, y fue así cómo divisé a un joven.

Había muchos niños, que se encontraban inquietos y tiraban de los faldones de sus padres, y también adultos, pero no demasiados adolescentes. Él era uno de ellos. La primera vez, lo pasé de largo y volví la mirada hacia Woferl, que estaba tocando el clavecín con los ojos vendados.

Miré a aquel joven por segunda vez porque Padre había anunciado a los presentes que podían poner a prueba el talento de

Woferl. Afirmó que Woferl reproduciría correctamente en el clavecín cualquier nota que el público profiriera. Los gritos no se hicieron esperar. Vi que mi hermano los recibía con una sonrisa, y a veces incluso con cara de impaciencia, lo que siempre hacía reír al público.

El joven también participó en el juego, y por eso volví a mirarlo. Daba una nota, y mi hermano la identificaba sin vacilar. Pero el muchacho me miraba cada vez que abría la boca. Me resultó curioso y hasta me hacía gracia, y empecé a hacer lo mismo: a mirarlo cada vez que reconocía su voz. Llevaba una casaca azul desteñida, con botones de bronce que brillaban con la luz, y una sencilla peluca blanca recogida en una coleta sobre la nuca. Era muy pálido, como mi hermano. Cada vez que lo miraba, lo veía con las cejas levantadas, como si estuviera constantemente sorprendido.

Descubrí que no podía mirarlo durante demasiado tiempo. Cada vez que lo hacía, me subía el calor a las mejillas y apartaba la mirada.

Lo perdí de vista cuando terminó la presentación y el público comenzó a dispersarse. Algunos se acercaron a la orquesta para hablar con nosotros. Padre saludaba a cada persona con una sonrisa y un apretón de manos. Para saludarme a mí, me tomaban la mano y se inclinaban. Desde luego, la mayoría se congregaba en torno a Woferl, que seguía actuando para ellos a su manera: se subió al taburete del clavecín y les cantó una melodía, y luego rio cuando lo aplaudieron y vitorearon. Cada pizca de atención que le arrancaba al público lo hacía anhelar más admiración hacia su persona, y cuanto más pedía el público, más hacía él, hasta que todos lo ovacionaban.

En cierto modo, sus nuevos trucos me irritaban. Yo sentía la opresión de mi vestido nuevo, el dolor en mi vientre. Era perfectamente consciente de mi estatura en comparación con la suya, pues resultaba diminuto a mi lado. Mientras él recibía las atenciones de todos, yo permanecí, obediente, con las manos sobre la falda, con una sonrisa siempre recatada. *Cuanto más crezcan, menos impresionarán.* Oí en mi mente las palabras de mi padre.

Sentí un golpecito en el hombro. Aparté la vista de mi hermano y vi al joven del público allí de pie, con las cejas todavía algo arqueadas y una sonrisa en los labios.

—¿Fräulein Mozart? —dijo, como si no estuviera seguro de quién era yo.

Ahora que lo veía de cerca, advertí que sus ojos eran de un color pardo claro, casi miel. Lo saludé con una reverencia.

—Nannerl —le dije—. Espero que le haya gustado nuestra presentación.

Se inclinó a su vez.

—Me llamo Johann. Mi familia vive aquí, en Frankfurt. Hace tiempo que oigo hablar de usted y de su hermano, y al saber que vendríais a la ciudad, no podía perdérmelos. —Su sonrisa se ensanchó—. Habéis estado espectaculares. Contuve la respiración todo el tiempo.

Era agosto y hacía calor, pero no había sentido el aire tan caliente en el rostro como en ese momento. Hice otra reverencia intentando disimular el rubor. Mi corazón aleteaba en mi pecho como una criatura encerrada, y por un momento me preocupó que él lo oyera.

—Gracias —respondí en tono suave—. Me halaga.

—¿Os quedaréis mucho tiempo en Frankfurt?

Meneé la cabeza. Desvié la mirada con nerviosismo hacia donde Padre seguía saludando a otras personas, y luego volví a mirar a Johann.

—Creo que tal vez nos quedemos hasta fin de mes.

—Entonces intentaré asistir a otra de vuestras presentaciones.

Se alisó los bordes de la casaca con dedos inseguros.

Sonreí, avergonzada por mi silencio. Mis manos colgaban a mis costados, sin saber qué hacer. Finalmente decidí unirlas sobre mi enagua, aunque allí las sentía más expuestas. Todo en mí, mi rostro, mi cuello y mis brazos, me parecía expuesto.

—Gracias —dije por fin—. Eso me gustaría.

Sonrió.

—Ha sido un placer, de verdad, oírla tocar.

Antes de que pudiera responderle, Padre nos vio. Miró primero a Johann, luego a mí, y hubo en sus ojos un destello fugaz como de fuego. Tragué en seco. Mi padre no dijo nada, pero no apartó la mirada de nosotros mientras se acercaba, con la línea de la mandíbula tensa.

Johann se inclinó primero para saludar a mi padre.

—Nunca había oído una presentación como esta, Herr Mozart —le dijo—. Ojalá mis padres hubieran venido conmigo. Creo que la habrían disfrutado.

La expresión de mi padre no se alteró.

—Gracias —respondió, con voz fría y cortante.

Al ver que no decía nada más, Johann se despidió con prisa y regresó hacia lo que quedaba del público. Antes de salir, me miró brevemente. No me atreví a mirarlo yo también. Ahora la atención de mi padre estaba enfocada por completo en mí, como si hubiera olvidado a todos los demás.

—¿Quién era, Nannerl? —me preguntó.

Mantuve la cabeza gacha y la mirada en el suelo.

—No lo sé, Padre —murmuré—. Dijo que se llama Johann y que vive con su familia aquí, en Frankfurt.

—No toleraré que converses así con muchachos. Debes saber que eso no está bien. Si lo haces a menudo, empezarán a correr rumores sobre ti, sobre todo en lugares como Frankfurt y tratándose de una joven tan conocida como tú. ¿Entiendes?

—Sí, Padre —dije.

Desvió la mirada hacia la multitud. Yo sabía que estaba buscando a Johann, para ver si se había quedado por allí.

—Jovencitas sin modales —lo oí murmurar—. Tal vez no debería traerte a estos viajes, si vas a aprender tan mal comportamiento de los lugareños.

En el escenario, Woferl seguía divirtiendo a la gente, guiñando un ojo a un grupo de mujeres para provocar risas y exclamaciones. Eso no molestó a mi padre. Siguió mirándome con el ceño fruncido.

—Padre —empecé a protestar—. Solo quería decirnos que le había gustado nuestra presentación. No dijo nada más.

Mi padre me miró, furioso.

—No seas ingenua, Nannerl —dijo—. Todos los hombres son villanos. Lo único que quieren es sacar partido. Recuerda eso, y no vuelvas a hablar con un desconocido a menos que yo te haya dado permiso.

Ahora mi corazón latía muy rápido.

—Sí —respondí enseguida—. Sí, Padre.

—Bien.

Con eso, la discusión terminó. Padre apartó los ojos de mí y volvió a mirar hacia el público, que iba dispersándose.

Todos los hombres son villanos.

Me di cuenta de que mi padre tenía miedo, y ahora me pregunto si sería porque sabía que su afirmación lo convertía a él también en un villano.

¿QUIÉN DIRIGE LA ORQUESTA?

Padre quedó complacido con nuestra presentación en Frankfurt. Habíamos llenado nuestras arcas de nuevo, y cubierto nuestros gastos de viaje. Por la noche, mi padre contó las monedas, asintiendo y sonriendo a Madre, y por la mañana, le compró un collar que tenía en su base un zafiro en forma de lágrima que brillaba como las estrellas. A Woferl le compró un cuaderno nuevo, para que mi hermano pudiera seguir con sus composiciones incesantes.

A mí me compró un sombrero que hacía juego con mi vestido.

Tan contento estaba que, cuando un conde local lo invitó a la ópera, mi padre pagó para que todos lo acompañáramos.

Woferl y yo nunca habíamos ido a la ópera. A Padre siempre le había preocupado que no fuéramos capaces de presenciar toda la función sin estar moviéndonos en nuestros asientos. Por eso intenté mantener la compostura y recordar lo que Madre me había enseñado. Tenía que comportarme como una dama bien educada. Aun así, recorrí con la mirada los imponentes arcos de entrada y las columnas blancas de la ópera, sus suelos de mármol y sus alfombras de terciopelo. Balaustradas de oro, escaleras curvas y techos cubiertos de hermosas pinturas. Los nobles se reunían allí todas las semanas. Me pregunté si seguirían quedándose boquiabiertos de admiración, y si aquellas vistas y aquellos sonidos aún los dejaban sin aliento.

Woferl se aferraba a mi mano y miraba tanto a los caballeros y las damas con quienes nos cruzábamos que temí tener que sostenerlo si se caía. Nos acomodamos con nuestros padres en nuestro propio palco. Cerca de nosotros, en un palco privado, un grupo de espectadores ya había sacado sus naipes y habían empezado una partida, mientras abajo los hombres jóvenes desfilaban por los pasillos para flirtear con las damas. Todas me parecían bellas: mujeres de faldas amplias, mangas con volados y tocados adornados con plumas, del brazo de caballeros de chaquetas brillantes y bastones lustrosos.

Mientras se agolpaban abajo, empecé a imaginar que nos encontrábamos en el reino, y que yo estaba sentada sola sobre la raíz gigante de un árbol invertido, observando con tranquilidad cómo las criaturas del reino —aquellas aves coloridas— se reunían debajo de mí. Imaginé que miraban hacia donde estaba yo y sonreían. Eché un vistazo a Woferl, que observaba el escenario con expectación. Cuando le hablé de mi visión de las aves con penachos de plumas, sonreímos juntos por lo absurdo que era e intentamos ponerles nombres extraños.

—Papageno —declaró Woferl en referencia a uno de los tocados más ridículos, y articuló el nombre de forma tan cómica, *Pa-pa-pa-papageno*, que se desternilló de la risa.

Lo obligué a bajar la voz mientras reíamos en secreto.

—Vas a hacer que nos echen.

—No es cierto —replicó, al tiempo que nos poníamos de pie junto a la orquesta para la entrada del director—. Algún día yo estaré ahí, y me aclamarán a mí.

—¿Qué dices?

—Que yo estaré al frente de la orquesta —explicó, aplaudiendo—. Algún día escribiré un aria, Nannerl, el aria más difícil que se haya escrito, y me aplaudirán aún más que ahora.

Reí.

—Estás colocándote por encima de Herr Handel. ¿No sabes que el mismísimo rey de Inglaterra se puso de pie una vez, deleitado por su Oratorio?

Una sonrisa de júbilo se extendió sobre su rostro angelical.

—Cuando toque yo, los reyes de Europa permanecerán de pie durante toda mi ópera.

Me di cuenta de que, en efecto, él dirigiría la orquesta, y la premonición de sus palabras se me presentó en todo su futuro esplendor: él, un hombre joven de chaqueta roja, dando vida a su música. Yo estaría en el suelo, mirando hacia arriba a mi hermano, que se encontraría en lo alto del árbol invertido. Sería una dama con plumas en la peluca y sin pluma en la mano, observando en silencio.

De pronto, me enfadé con Woferl, aunque sabía que él no tenía la culpa. Pensé en las excentricidades que llevaba a cabo en el escenario y en cómo la gente lo adoraba por ello. Les gustaría aún más cuando creciera y los conquistaría a todos con un guiño y su sonrisa fácil.

Y a mí... me resultaba imposible hacer lo mismo. Esa verdad me ardía en el pecho y me ahuecaba desde dentro. Por más talento que tuviera, por bien que tocara en público o por encantadora que fuera, jamás podría llegar adonde llegaría Woferl.

En un palco superior, divisé a Jacinto con una mano de cartas. Se volvió hacia nosotros, con sus brillantes ojos azules. Alcé la mirada por instinto y lo vi. Al fin, allí estaba. Me miró un momento, observando la pesadumbre en mis ojos y dándose golpecitos con las cartas en la mejilla, pensativo. Luego, por fin, sonrió.

Woferl esperó a que respondiera a su declaración sobre componer una ópera, pero fingí que no lo había oído por los aplausos.

LA FLECHA

Esa noche, cuando Jacinto visitó nuestra alcoba, yo ya estaba despierta y esperándolo. Por alguna razón, en la ópera había sabido que vendría a verme. Miró a mi hermano, pero esta vez no se molestó en hablarle. Lo dejó dormir.

—Estás más alta —observó Jacinto.

Me di cuenta de que él también; su forma ágil y juvenil se había transformado en algo más delgado y fuerte, y el tono forestal de su piel se había vuelto aún más pálido: sus manos y brazos iban cubriéndose de blanco como la escarcha cubre el rocío.

—¿Por qué has tardado tanto en volver? —le pregunté en un susurro.

—Necesitaba saber con exactitud cómo ayudarte —respondió, con una sonrisa fácil—. Estaba esperando a que me dieras una señal. Y por fin me la diste en la ópera.

¿Había estado esperando a que me enfadara?

—¿Y cómo va a ayudarme eso? ¿O tú?

—Es hora de que cumplas tu tercera tarea. —Miró por encima del hombro, con un tintineo de las joyas que llevaba en el pelo, hacia la luna que pendía sobre los tejados de la ciudad. Me llamó con una seña—. Pero esta noche debemos darnos prisa, Fräulein. Dispones de poco tiempo para conseguir lo que necesito.

Sentí su urgencia como un cordel que tiraba de mi corazón. Saqué las piernas por el costado de la cama y apoyé los pies en las frías tablas del suelo. Lo seguí y salimos de la posada a la calle, donde aún se veían algunos borrachos que regresaban a sus casas, tambaleándose. Ninguno reparó en mí, aunque un hombre pareció confundido cuando Jacinto pasó a su lado, como si hubiera visto una especie de sombra en la pared.

Mientras caminábamos, los adoquines de la calle fueron cubriéndose de musgo como un manto plateado. La hiedra brotaba de las grietas entre las piedras. En el cielo, las lunas gemelas brillaban redondas como monedas, ahora separadas tan solo por la longitud de un par de brazos. Había árboles torcidos entre los edificios. Cuando me volví hacia ellos, me percaté de que tenían las ramas desnudas, como si fueran raíces que se alzaban al cielo.

Poco a poco, vi más y más árboles, hasta que pronto desaparecieron los edificios; seguimos caminando por un sendero de musgo que serpenteaba por un bosque que yo ya conocía. El aire nocturno estaba salpicado de hadas que alumbraban nuestro camino con su luz.

Jacinto echó a correr. Me esforcé por seguirle el paso, pues apenas alcanzaba a ver el sendero en la oscuridad.

Finalmente, llegamos a una pradera cubierta de brillantes flores plateadas cuyos pétalos danzaban con la brisa. Entre ellas revoloteaban las hadas, y cuando llegó Jacinto, fue como si todas despertaran a la vez; su luz nos rodeó con entusiasmo y sus dientes diminutos me mordisquearon los tobillos. Bajo nuestros pies, la hierba azul se onduló y suspiró.

—Allí —me dijo Jacinto, al tiempo que señalaba un enorme arco de piedra que conectaba dos acantilados. Unas columnas de piedra formaban un gran círculo debajo del puente, en un valle poblado de árboles y hierba—. Hace mucho tiempo, todo esto era una caverna. Cuando los mares bajaron, se derrumbó, y lo único que queda de ella es ese arco de piedra. —Bajé la mirada hacia la maleza, hacia donde apuntaba su dedo—. Allí, cuando la luna brille directamente encima de ese puente natural, encontrarás una ballesta de oro con una sola flecha colocada.

Observé el arco de piedra, y luego, la maleza que crecía debajo. No vi nada que pareciera peligroso.

—¿Por qué no vas tú? —le pregunté.

A mi alrededor, las hadas se estremecieron y la pradera guardó silencio. El rostro sonriente de Jacinto se tornó serio, casi delataba temor. Mantuvo la mirada en las plantas azules que crecían dentro del círculo.

—Es terreno venenoso para mí —respondió—. No puedo entrar.

Observé el valle. Luego caminé más allá de las columnas de piedra y del círculo que formaban.

Las hadas no me siguieron hasta el círculo. Era como si ellas también temieran aquella vegetación, como si fuera tóxica también para ellas. Debía hacerlo completamente sola. La hierba suspiró cuando me acerqué, y me susurró que me diera la vuelta. Percibí una extraña sensación premonitoria en el suelo, entre las columnas, y mientras caminaba, sentía cómo a mis piernas les costaba avanzar, como si estuviera caminando en aguas profundas.

Cuando miré por encima del hombro, Jacinto había desaparecido.

En el fondo del valle, la hierba me llegaba hasta la cintura, y sus hojas ásperas me rozaban el camisón. La atravesé, buscando un destello de oro entre las sombras. En el cielo, las lunas iban acercándose poco a poco, medio escondidas detrás del arco de piedra.

Busqué en círculo hasta que el ondular de la hierba y las columnas de piedra me hicieron sentir mareada; entonces alcé el rostro hacia el cielo. Poco a poco, las lunas gemelas fueron acomodándose. Cuando lo hicieron, la luz se atenuó en el valle y un contorno brillante apareció mientras cada una de las lunas resplandecía a cada lado del puente natural. Se formaron dos arcos de luz sobre la hierba, que brillaba como si las hojas fueran de plata, y se hicieron más y más amplios hasta que las columnas de piedra que me rodeaban quedaron completamente iluminadas.

A mis pies, el suelo se movió de pronto. Trastabillé, miré hacia abajo, y allí, en una grieta que acababa de abrirse en la tierra, había una ballesta de oro con una sola flecha colocada; el filo de su punta era temible.

Lancé una exclamación de triunfo y me agaché para recogerla. Sujeté con fuerza la empuñadura fría de la ballesta. Un cosquilleo me subió por el brazo. Al sentirlo, inhalé súbitamente, pero no solté la ballesta, sino que la sujeté con ambos brazos.

—¡La he encontrado, Jacinto! —grité, al tiempo que me daba la vuelta para salir del círculo de rocas.

Mientras caminaba, noté que los brazos se me trababan más y más en torno a la ballesta, y cómo el peso del arma parecía retenerme con cada paso que daba. Se levantó un fuerte viento en el valle, que hizo que la hierba ondulara como un mar abierto. El mundo parecía girar a mi alrededor. Meneé la cabeza para apartarme el cabello de los ojos. Más allá de las columnas, vi la silueta de Jacinto esperándome, llamándome… pero cuanto más rápido intentaba correr, más lejos parecían estar las columnas, perdidas en el paisaje ondulado.

El cosquilleo me estaba entumeciendo el brazo, y con el entumecimiento llegó el susurro de mil voces que me rozaban el oído.

Las hadas vienen, pero no pueden marcharse. Temen al veneno de esta hierba.

Desde alguna parte del sopor que me nublaba la mente brotó una fuerte punzada de pánico.

—Yo no soy un hada —repliqué, pero notaba la lengua torpe, arrastrándose contra la base de mi boca.

Eres tú quien envenena esta tierra.

—Yo soy… —Las palabras me rasparon los labios.

No deberías estar en el reino.

Con todas mis fuerzas, logré expresar mis pensamientos y los grité al viento. Palabras que, de pronto, deseé poder gritar en un auditorio en lugar de esconderme tras una silenciosa reverencia.

—¡Me llamo Nannerl y soy compositora!

De repente, el viento amainó: desapareció de manera tan súbita como había llegado. Trastabillé y caí al suelo. Al ponerme de pie, observé que la hierba estaba inmóvil otra vez, y ante mí se alzaba el círculo de columnas de piedra. Los susurros habían desaparecido y el aire parecía más liviano.

Sujeté la ballesta de oro contra el pecho por temor a que se esfumara y corrí los últimos pasos hasta salir de entre las columnas. Exhalé con fuerza al pasar junto a las rocas. Volvía a respirar con normalidad; ya no sentía las piernas como si las aplastara un peso invisible. Me volví hacia donde estaba Jacinto y corrí hacia él.

Había crecido tanto que tuve que alzar la cara para mirarlo.

—¡Lo has conseguido, Fräulein! —exclamó, maravillado. Luego tomó mi rostro entre sus manos frías y me besó.

Me quedé paralizada, atrapada como una mariposa en sus manos. Sus labios parecían recubiertos de azúcar, dulces y helados, y me limpiaron lo último que quedaba del poder del valle. *Esto es lo que se siente al besar a un chico*, pensé, en medio del estremecimiento que me recorrió.

De pronto, Johann pasó por mi mente sin yo quererlo. Sus cejas levantadas, su sonrisa fácil, el modo en que me había acelerado el corazón. Pero mientras que, con él, el calor me inundaba las mejillas, el contacto con Jacinto me hizo sentir el invierno, el brillo de la nieve recién caída, las plumas de escarcha sobre la superficie de un río helado.

Cuando por fin se apartó, me tambaleé, sin poder hablar durante un momento. Alcé los dedos y me rocé los labios. Me produjeron un cosquilleo; estaban fríos al tacto.

—¿Por qué —susurré por fin— me ha hablado el valle?

Su sonrisa flaqueó.

—¿Qué te ha dicho?

Le repetí lo que había oído. *Eres tú quien envenena esta tierra. No deberías estar en el reino.*

Jacinto se estremeció al oír las palabras y apartó la cabeza como si estuviera experimentando un gran dolor. El brillo de sus ojos proyectaba un suave resplandor azul en sus mejillas. A su alrededor, las hadas se acercaron para consolarlo y acariciarle el rostro.

—Este lugar no quiere que entremos —murmuró, con un vistazo al arco de piedra—. Ven, Nannerl, dejemos atrás todo esto.

Y antes de que pudiera preguntarle nada más, me tomó de la mano y me llevó por el mismo camino por el que habíamos llegado.

EL CHÂTEAU

Por la mañana, Jacinto había desaparecido. La luz que entraba a nuestra alcoba no parecía nada fuera de lo común. Pero el sueño del reino me resultaba sorprendentemente real. Tal vez por el recuerdo de las manos de Jacinto en mi rostro, atrayéndome hacia él. Aún sentía el hielo de su beso, y cuando me pasé un dedo por los labios, mi piel seguía fría.

Me quedé acostada un momento, sin moverme, intentando recordar todos los detalles. Había algo en mi corazón que me parecía, de forma extraña, liviano y vacío. ¿Qué ocurriría ahora? ¿Qué haría Jacinto?

Por un impulso repentino, miré hacia donde estaba Woferl, a mi lado. Se encontraba profundamente dormido, con su cuerpecito hecho un ovillo bajo las mantas. De sus labios afloraba un suave murmullo. Lo observé y advertí sus mejillas encendidas. Cuando le toqué la frente, vi que ardía.

Durante dos semanas, la fiebre hizo estragos en el cuerpo de Woferl. Todas las noches, daba vueltas en la cama, con la frente perlada de sudor, murmurando en su delirio, hasta que al fin se dormía, inquieto.

Mi madre atribuía la enfermedad al hecho de que Padre nos había hecho trabajar tanto las últimas semanas. Padre culpaba al frío y al aire húmedo. Yo permanecía sentada junto a la cama y lo observaba en silencio. Recordaba su aspecto de cuando había tenido escarlatina, cómo le había contado la historia del castillo y luego había imaginado las sombras que flotaban en su alcoba.

Recordaba las tareas que había llevado a cabo para Jacinto. Pensaba en cada una de ellas mientras observaba a mi hermano, con oscuras ojeras alrededor de los ojos, hacer muecas dormido. Sin duda, se trataba de una casualidad que las enfermedades de Woferl parecieran ir de la mano de aquellos sueños tan vívidos que tenía yo.

Pero no lograba quitarme la sensación de que sus enfermedades tenían que ver con el reino y con mis tareas allí. Presentía que el destino de mi hermano, el del príncipe y el mío estaban tan unidos como las cuerdas de un violín. Con la mano caliente de Woferl en la mía, contemplé su figura lastimosa, mientras sus ojos danzaban bajo los párpados. Sus labios se movían en silencio. De vez en cuando, parecían formar el nombre de Jacinto, como si la esencia de este estuviera flotando en el aire. Pero yo no oía nada.

¿Estaría soñando con el príncipe? ¿Acaso Jacinto lo visitaba en secreto?

En mi corazón se encendió una chispa de envidia, seguida de inmediato por un sentimiento de culpa.

Sabía que, de ser yo quien estuviera enferma, mi hermano no dudaría en permanecer a mi lado todas las tardes, tarareándome pequeñas melodías que hubiera compuesto, besándome las mejillas y pidiéndome que me recuperara. No se quedaría sentado en silencio ni dejaría que los celos invadieran su mente. Esa comprensión me hizo sujetarle la mano con más fuerza.

Si supiera que había un vínculo real entre nuestros destinos, ¿cambiaría lo que hacía por Jacinto? Bajé la mirada, avergonzada por no saber la respuesta al instante. Woferl era muy menudo para su edad, y su cuerpo, muy vulnerable. Pensé en todas las veces que se acurrucaba contra mí en busca de protección, y mi corazón se suavizó con cariño. Acerqué mi rostro al suyo y le susurré que se pusiera bien.

Noche tras noche, volvía a tomar la mano de Woferl y veía pasar las sombras por su rostro. Me quedé hasta que, poco a poco, comenzó a salir de la oscuridad. Sus ojos se despejaron. Volvió a estar más consciente. Despertaba por la mañana y pedía pergamino y tinta.

Se acabaron las discusiones entre mis padres. Mi preocupación por el efecto del reino en la salud de Woferl volvió a desaparecer. Y todos lanzamos un suspiro colectivo de alivio.

Estoy convencida de que, durante ese tiempo, mi padre debió de haberse arrepentido de su comportamiento. Nos había hecho trabajar de forma implacable durante semanas, practicar nuestras piezas una y otra vez; nos observaba tocar hasta muy tarde, incluso cuando Woferl temblaba de frío. También parecía sentirse culpable por su reacción al verme con Johann. Mientras esperábamos a que Woferl se recuperara, me dijo que la gente que asistía a nuestras presentaciones quería hablar conmigo, que mi talento la atraía. A veces le costaba encontrar las palabras, se frustraba consigo mismo y apartaba la mirada.

No sé si tuvo algo que ver con el hecho de que yo lo había visto sentado ante su escritorio hacía varias semanas, o si Jacinto había quedado tan complacido con la tarea que había llevado a cabo para él que me había obsequiado con un poco de suerte.

Fuera por el motivo que fuese, cuando Woferl se recuperó de la fiebre, Padre decidió darnos un día de descanso poco después de nuestra llegada a Francia y nos llevó a visitar La Roche-Guyon sin ninguna presentación programada.

La Roche-Guyon era una pequeña comuna en la parte norte del país. La familia La Rochefoucauld nos había invitado a visitar su *château*, y Padre jamás dejaba pasar una oportunidad de establecer nuevos lazos con la nobleza. El día de la visita, nos reunió a mi hermano y a mí y nos advirtió que no mencionáramos a dónde iríamos después, que no reveláramos que la última etapa de nuestro viaje nos llevaría a Gran Bretaña.

Para Woferl, eso fue una fuente inagotable de travesuras.

—¿Crees que Padre se enojará conmigo si lo menciono? —me preguntó.

Lo miré con severidad.

—Si Padre dice que no lo hagamos, no lo hagas —respondí—. No ganarás nada.

Woferl iba marcando un ritmo con los pies en el suelo del carruaje.

—¿Cómo lo sabes?

—Lo sé y punto.

Dejé que la conversación terminara allí, y no respondí cuando Woferl volvió a hablar. Yo sabía muy bien por qué Padre nos pedía que hiciéramos algo así, y la familia La Rochefoucauld lo agradecería, ya que la Guerra Franco-India no les había dejado mucha simpatía por los británicos.

Llegamos a La Roche-Guyon una mañana luminosa y azul, subimos hasta la mitad superior de una enorme colina donde el camino terminaba en una pasarela de adoquines. Era un día cálido, como la tarde que habíamos tocado en Frankfurt, y el sol me quemaba las mejillas al caminar y me sonrojaba la piel.

Me recordaba al calor que había sentido en el rostro al conversar con el joven llamado Johann. Si estuviera allí, ¿haría algún comentario sobre el cielo, el río o el color de mi vestido en contraste con las paredes de piedra arenisca? ¿Me tomaría de la mano o me acomodaría los mechones sueltos detrás de la oreja, como había hecho Jacinto?

Meneé la cabeza, avergonzada, y descarté mis pensamientos. Últimamente, había pensado mucho en el sueño del beso y me preguntaba cómo lo sentiría en mi mundo, con Johann. Había visto a mi padre besar a mi madre, aunque él no la tomaba del rostro para acercarla a él. Y ella no se inclinaba hacia él con ojos maravillados.

¿Acaso un beso con Johann sería así? ¿Amable y distante? ¿O sería como el roce frío de azúcar, dulce, invernal e íntimo, de Jacinto? ¿O sería algo completamente distinto?

Padre se volvió y nos miró durante un instante. De inmediato, bajé la cabeza, por temor a que hubiera visto mi ensoñación dibujada en mi rostro. El rubor de mis mejillas se intensificó.

Madame Louise-Pauline de Gand de Mérode y su esposo ya estaban esperándonos. La joven dama saludó a mi madre con manos delicadas, enfundadas en guantes.

—Es un placer contar con vuestra compañía —le dijo a mi madre. Su rostro estaba pálido y enfermizo, como si acabara de recuperarse de varias semanas en cama, pero me maravilló su voz serena y cálida.

Monsieur Louis-Alexandre, un hombre severo de rostro alargado, le estrechó la mano a Padre y habló con él en voz baja antes de saludarnos a Woferl y a mí con la cabeza. Yo hacía una reverencia cada vez que alguien me miraba. Woferl seguía mi ejemplo, por suerte, pero vi que sus ojos iban de aquí para allá, ansiosos por explorar nuestro nuevo entorno en aquel país desconocido, mientras arrugaba la boca con curiosidad.

—Vas a comportarte, ¿verdad, Woferl? —le susurré cuando nuestros padres empezaron a seguir a los La Rochefoucauld por el sendero de adoquines. Woferl y yo caminábamos detrás, lo bastante alejados como para poder conversar entre nosotros.

—Lo intentaré —declaró—. Pero necesito contarte algo.

—¿Sí? ¿El qué?

Woferl alzó un dedo y señaló el *château* hacia el que nos dirigíamos, el castillo que pertenecía a los La Rochefoucauld.

—Deberíamos subir hasta lo más alto —dijo—. Vi que alguien nos espera allí.

Miré en la dirección de su dedo hasta que yo también avisté el *château*. Al principio, no me impresionó mucho, simplemente porque no lo reconocí. Parecía una antigua fortaleza enclavada en lo que había sido un acantilado, con gruesas torres de ladrillos y unas ventanas diminutas sin cristales. Se situaba en lo alto de la colina, de modo que, desde donde estábamos, se veían las orillas del río Sena.

Miré a Woferl. Me contempló, confundido, como si no entendiera por qué no veía lo mismo que él.

—Deberíamos subir hasta lo más alto —repitió cuando cruzamos las pesadas puertas de la fortaleza. Delante de nosotros, mi padre y Sebastian escuchaban al monsieur con mucha atención, mientras Madre conversaba en voz baja con la madame. Noté que Woferl me tiraba de la mano.

—No te apartes —le susurré, y le sujeté la mano con más fuerza.

Pero Woferl no me hizo caso.

—Quiero subir a lo alto de la torre.

Respiré hondo para serenarme e intenté prestar atención a lo que iban diciendo nuestros padres. Woferl no dejaba de mirar la escalera. Esta ascendía en espiral y desaparecía tras el borde de la pared, y se encontraba medio iluminada por las ventanas en miniatura que se abrían al río. Yo no imaginaba qué era lo que inquietaba tanto a Woferl. Aún era un niño, y quizá simplemente aquel día se había levantado travieso.

Sin previo aviso, Woferl me soltó la mano y corrió hacia la escalera. Inhalé súbitamente.

—¡Woferl!

Padre se dio la vuelta y vio a mi hermano corriendo escaleras arriba, pero antes de que pudiera decir palabra, Woferl había desaparecido. Me dirigió una mirada de reproche. Hice una reverencia de disculpa al monsieur y la madame, murmuré algo que sabía que no alcanzarían a oír y me dirigí a la escalera a toda prisa. Oí que Padre impedía que Sebastian me siguiera.

—Que lo traiga ella —le dijo—. Es responsabilidad suya. De todos modos, pronto tendrá que aprender a ser madre.

Las palabras se me clavaron como espinas mientras me recogía las enaguas y corría. Una vez más, sentí aflorar la ira contra mi hermano. Si fuera obediente e hiciera lo que se le decía, Padre no tendría la necesidad de decir cosas como esa.

La escalera era alta y antigua, estaba ladeada y derruida en algunas partes, y el paso de los siglos había desgastado el centro de los escalones. Mis zapatos marcaban un ritmo contra las piedras, que empezaba a parecerse al comienzo de una melodía. Volví a llamar a Woferl. Delante de mí, en alguna parte, oía sus pasos, pero ya estaba muy lejos.

—¡Nannerl! —me llamó su vocecita. Parecía un violín silenciado—. Date prisa, ¿quieres?

—¡Vuelve aquí ahora mismo! —le grité.

—Pero ¡Jacinto me dijo que subiera! ¿No quieres venir conmigo?

Me quedé congelada. ¿Jacinto se lo había dicho? De inmediato, recordé las mañanas en que mi hermano se despertaba con una expresión aturdida, como si hubiera tenido sueños que no pudiera explicar. Recordé cómo movía los ojos bajo los párpados en aquel sueño febril.

Levanté la vista. Había en el aire una leve presencia de música, que llegaba de otro mundo. Me recorrió un estremecimiento y de pronto sentí miedo. ¿Qué había estado diciéndole Jacinto, que no me había dicho a mí?

—¡Woferl! —volví a llamarlo, con una fuerza renovada por el miedo.

La escalera seguía ascendiendo. De vez en cuando, pasaba por una ventana, por donde divisaba la base de la colina, el foso y el río, y se veía un poco de cielo y de sol. La escena me resultaba muy familiar, y aminoré el paso para observar mejor el paisaje en la siguiente ventana. Mis zapatos dieron con algo resbaladizo. Cuando miré hacia abajo, me percaté de que algunos escalones estaban mojados, como si acabara de llover.

Subí más y más. Empecé a respirar agitada, pero Woferl seguía sin responder a mis llamadas. Mi irritación iba en aumento. Me dije que al día siguiente no me sentaría con él durante la práctica, como castigo, y que cuando me pidiera ayuda para sus composiciones, se la negaría. Pero Woferl no recordaría lo que me había hecho. Simplemente haría un puchero y me preguntaría por qué ya no lo quería.

Me detuve a descansar junto a una ventana, con cuidado de no sentarme en las partes mojadas de la escalera. Fuera se oía el viento en los árboles y los sonidos del río, pero eso también parecía distante, como si todo en el mundo se encontrara muy lejos de la escalera donde yo estaba sentada. Miré por la ventana, perdida por un momento en mis pensamientos. Una melodía flotó en la brisa y desapareció antes de que pudiera captarla del todo.

Entonces me di cuenta por primera vez. El cielo se había puesto un poco más oscuro, las nubes poseían un tinte escarlata, y de pronto el sonido del río se oía muy alto. El foso parecía más ancho de lo que yo recordaba. La ventana se volvió más pequeña, y yo me eché hacia atrás por temor a que se cerrara en torno a mi cabeza.

Por la abertura cada vez más pequeña, me pareció ver una figura oscura flotando alrededor de la base de la fortaleza, envuelta en andrajos negros, y sin forma. Me empezaron a temblar las manos.

El *château* ya no parecía un *château*. Se había convertido en el castillo de la colina.

Cuando volví a mirar por la ventana, vi que había alguien esperando al otro lado del río.

Ahora el agua se veía oscura y turbia, no se distinguía el fondo, y bajo su superficie se deslizaban unas sombras extrañas, fragmentos de una inmensa criatura de cola larga.

La figura que esperaba al otro lado del río era Jacinto.

Incluso a lo lejos, me di cuenta de que estaba cambiado. Era aún más alto, su piel se había tornado blanca como la corteza de un árbol que pierde el color en invierno, y sus brillantes ojos azules me contemplaban con tanta intensidad que me aparté de la ventana para recuperar el aliento. Cuando me moví, rocé con el pie un manojo de Edelweiss que brotaba de la base de un escalón.

Miré otra vez hacia arriba. Las flores habían aparecido por todos lados, rodeadas por manojos de hierba. Tragué con fuerza.

—Woferl —susurré, sabiendo que no podía oírme.

Algo me llamaba desde el exterior.

—Fräulein. Fräulein.

Era Jacinto, con su voz dulce y salvaje. El beso en mis labios volvió a ser frío. Temblé y no respondí, aunque una parte de mí ansiaba su presencia.

—Mi querida Fräulein —dijo—. Ha llegado el momento. Hemos hecho lo que necesitábamos. Ahora debes usar los tesoros que has conseguido para mí.

Mi respiración se había vuelto agitada, y cuando volví a mirar por la ventana, advertí que tenía un brazo extendido hacia mí. Estaba lejos y yo no alcanzaba a distinguir sus rasgos, pero sabía que sonreía.

—Nunca me dijiste que hablabas con Woferl —le reproché por fin.

Meneó la cabeza.

—No hablo a solas con tu hermano —respondió.

Miente, pensé. Lo oía en el aire.

—¿Qué estás diciéndole? ¿Qué quieres de él?

Jacinto me miró con la cabeza ladeada.

—¿Qué es esto? ¿Estás cuestionándome? —Rio un poco y abrió los brazos—. Soy tu guardián, como lo he sido siempre. Ahora ven. Se acerca el momento de nuestra próxima tarea. Debo dar el siguiente paso para ayudarte a conseguir la inmortalidad.

Lo observé con recelo, insegura de todo. Tal vez aquello era una broma de Woferl, que me había mentido sobre Jacinto.

—¿Cuál es la siguiente tarea? —decidí preguntar.

Jacinto señaló con la cabeza hacia la criatura gigantesca que nadaba en el río, con sus aletas negras y relucientes.

—El río que rodea mi castillo ha sido envenenado por un monstruo que ahora recorre sus profundidades. La flecha dorada que conseguiste para mí es la única arma capaz de atravesar sus escamas.

La ballesta que yo había tomado del círculo de rocas se encontraba ya en mis manos. Recordé al instante los hechos de la noche anterior.

—¿Cómo lo sabes? —susurré, mientras sujetaba la empuñadura de la ballesta con tanta fuerza que los nudillos se me pusieron blancos.

—Porque —respondió Jacinto, con temor en su voz— ya me ha atacado.

Y cuando volví a mirar la flecha que estaba colocada en el arma, observé la sangre en su extremo, negra y seca.

Abajo, en el río, el monstruo se dio la vuelta y sus aletas agitaron el agua. Mi hermano me llamó desde algún lugar muy lejano.

Alcé la ballesta, la apoyé en el alféizar de la ventana y apunté hacia la criatura que se movía. Las manos no dejaban de temblarme. Ni siquiera había aplastado nunca un insecto, y ahora mis dedos se habían quedado paralizados y se negaban a cumplir la petición de Jacinto.

—Si esperas demasiado, perderás tu oportunidad —dijo Jacinto; el viento me trajo su voz.

Debido al cielo escarlata, se me hacía difícil ver dónde estaba el animal. Me mordí el labio y esperé. Una fuerza extraña me detenía, la parte más profunda de mis pensamientos, que sabía algo que yo no, y mientras esperaba, sentí que se me nublaba la mente. El cielo se había vuelto demasiado escarlata, o Jacinto sonreía demasiado.

No recordaba cuál había sido mi primer deseo, el que había atraído al príncipe a mí.

—Espera —me oí decir con voz débil—. Dame tiempo. Necesito pensar.

Hubo silencio. Luego Jacinto ladeó la cabeza, mirándome.

—¿Qué es lo que tienes que pensar? Tengo nuestra espada, con la que puedes cortar las espinas que están al otro lado del río. Y tienes la ballesta, para que podamos cruzar el río.

¿Y para qué eran las espinas de la flor de la noche? ¿Por qué existían la ballesta y la espada? ¿Quién había sido el ogro? ¿Qué era lo que Jacinto le estaba diciendo a Woferl? Las preguntas no dejaban de aparecer en mi mente, una a una, hasta que fui incapaz de oír otra cosa que su rugido. Pensé en las espinas negras que rodeaban el castillo derruido en la colina, en la joven reina que nunca había regresado.

—¿Sigues esperando, Fräulein? —preguntó Jacinto, aún con voz suave y divertida, pero ahora detecté en ella un atisbo de impaciencia—. ¿Qué es lo que te tiene paralizada?

—Yo... —De pronto sentí la garganta muy seca. Pensé en la fiebre de Woferl, en las veces que me había preocupado nuestro vínculo con Jacinto—. ¿Sabes por qué mi hermano ha estado enfermo? —le pregunté.

Una pausa. Una nota aguda y fuera de tono perturbó la música en el aire. Cuando Jacinto volvió a hablar, parecía ofendido.

—¿Crees que le hice daño a tu hermano?

La acusación en su voz fue tan clara que al instante me arrepentí de habérselo preguntado. Por supuesto que Jacinto jamás haría semejante cosa.

—Lo siento —balbuceé, más confundida que nunca—. Es solo que no lo entiendo. Woferl ha estado enfermo últimamente, y a menudo ha sido cuando le he hablado del reino o he ido contigo a cumplir tus tareas. A veces parece aturdido, o murmura tu nombre en sueños.

Esta vez, Jacinto guardó silencio. Su rostro seguía orientado hacia mí. La música que vibraba a mi alrededor se volvió estridente, inquietante.

—Qué pena —respondió por fin, esta vez con voz fría, incluso triste—. ¿Vengo para ayudarte, para cumplir tu deseo secreto, y tú te niegas a ayudarme? ¿Después de todo lo que has hecho ya? ¿Y todo por qué? ¿Por esas pequeñas coincidencias? ¿Por un sueño que tuvo tu hermano? ¿Porque crees que estoy haciéndole daño? —Soltó una carcajada—. Hasta ahora te he favorecido mucho. No confías en mí, Fräulein. E incluso ahora, sigues pensando solo en Woferl. Pero ¿y tú? ¿Y tu inmortalidad? ¿Qué ha hecho él por ti?

Me empezaron a temblar las manos con violencia.

—Yo...

No sabía qué responder. En mi pecho había surgido un miedo muy intenso.

Jacinto parecía mirarme directamente.

—¿No estás conforme conmigo, Fräulein? —preguntó.

Guardé silencio; el fantasma de su beso me heló los labios. *¡Jacinto, Jacinto!*, susurraban sus hadas. No había reparado en su luz azul, que iluminaba el pasillo oscuro a mis espaldas, ni en sus dientes afilados en mis tobillos. Me acordé cuando mi madre y yo estuvimos en el mercado; ella había señalado las flores y yo había acariciado sus racimos florales.

Los jacintos son los heraldos de la primavera y de la vida, me había dicho, *pero también son venenosos.*

Temblé al recordar aquellas palabras.

—Se me ha acabado la paciencia. Ven y ayúdame a cruzar este foso —repitió. Ahora el cielo estaba muy oscuro, escarlata como el vino que yo sujetaba en mi pintura.

Abrí la boca para acceder a ayudarlo, pero no me salió nada. Las palabras se me atascaron en la garganta, contenidas por el eterno presentimiento de que algo iba muy mal.

—Por favor —susurré por fin—. Si me dejas pensar un momento... Si respondes mis preguntas...

No concluí las frases. Esperé, asustada, la respuesta de Jacinto, sabiendo que seguramente lo había enfadado mucho. Pero no respondió. Finalmente, me acerqué poco a poco a la ventana y espié hacia el río. Se me cayó el alma a los pies.

Ya no estaba.

Tardé un momento más en darme cuenta de que también la ballesta había desaparecido. Mis hombros cayeron. Alcé la mano y la apoyé en mi pecho, y allí percibí el vacío intenso de su ausencia.

¿Por qué había vacilado? Hasta ahora, había sido muy leal a él, y sin duda, él también a mí. ¿No era así? ¿Por qué mentiría acerca de visitar a Woferl en sueños? Me mordí el labio. Lamentaba lo que había hecho; yo misma me odiaba.

En todo ese tiempo, había sido Jacinto quien se me había aparecido en mis momentos más difíciles. ¿Acaso acababa de perder su fe en mí? Y las tareas que había llevado a cabo para él... ¿todo por nada? Había prometido cumplir mi deseo. Y ahora, ¿qué ocurriría? ¿Cómo pretendía esperar que se me recordara por algo sin él?

De pronto, fui presa del pánico. Si me había tratado bien en los momentos en los que estaba satisfecho, ¿qué podía hacerme ahora que lo había fastidiado?

Me puse de pie lentamente y seguí subiendo la escalera, con cuidado para no caerme en la penumbra. Tenía que encontrar a mi hermano. La torre se me antojaba más temible ahora que me costaba ver por dónde iba, y las sombras extrañas que se retorcían y se alargaban sobre los escalones me hicieron apretar el paso. La música del aire sonaba mal. No me atreví a mirar otra vez por la ventana. Me daba demasiado miedo ver aquellas figuras encapuchadas flotando cerca de la base de la fortaleza, o peor, a Jacinto a este lado del foso, corriendo hacia la torre para encontrarme.

—¡Woferl! —lo llamé otra vez. Al pie de la escalera estarían nuestros padres, me dije, y la madame con el monsieur. Si

permanecía cerca de ellos, el reino volvería a desaparecer y me dejaría en paz—. ¡Woferl!

¿Y si Jacinto se había llevado a Woferl? De pronto, me invadió el
terror, por la idea de llegar al final de la escalera y no encontrar a
nadie, ninguna señal de que mi hermano hubiera estado allí.

Por fin, oí unos pasos cortos resonar contra las paredes, acercándose a mí desde arriba. Mi corazón saltó aliviado.

—¡Nannerl!

Entonces lo vi, despeinado y con los zapatos sucios de tierra,
bajando la escalera todo lo rápido que le permitían sus pequeñas
piernas. Se sostenía apoyando una mano en la pared. Esperé hasta
que llegó, y luego lo tomé de la mano con firmeza y empecé a bajar
la escalera.

—Cómo te atreves a salir corriendo delante de Padre y Madre
—lo reprendí, agitada. El miedo me había superado, y ahora afloraba en forma de ira—. Cómo te atreves a soltarte así de mí, delante
de nuestros anfitriones.

—Quería ver dónde termina la torre —repitió, perplejo por mi
reacción. Miró por encima del hombro hacia arriba, donde la escalera
se perdía en la oscuridad—. La oí, Nannerl. Hay alguien encerrado
en lo alto del castillo. ¡Jacinto dijo que es la princesa! Quería demos-
trártelo.

Jacinto dijo. La joven princesa, atrapada en la torre más alta del
castillo. Abrí la boca para hablar pero no me salió nada, solo el silencio que ahora rugía en mi pecho vacío. Conque sí, Woferl hablaba a
solas con el príncipe. Jacinto le hablaba en susurros.

¿Qué estaba haciendo Jacinto? ¿Por qué no me contaba la verdad? ¿Qué le decía a mi hermano en sueños, cuando yo no podía
oírlo?

Le sujeté el brazo a Woferl.

—Dime qué te ha estado diciendo Jacinto —exigí.

Tironeó para soltarse.

—Me preguntó si me gusta estar en el reino.

Había algo más, lo presentía, pero mi hermano no quería decírmelo o no parecía ser consciente de ello.

—Basta, Woferl —insistí—. No vamos a subir allí.

—Pero Jacinto quiere que vayamos.

—No deberías hacer caso a todo lo que dice.

Lo dije en voz baja, como si temiera que el príncipe me oyera. Woferl me miró con incredulidad.

—Pero confío en él, Nannerl. ¿Por qué tú no?

Sus palabras fueron tan sentidas que me recorrió un escalofrío. ¿Con qué frecuencia había estado visitándolo Jacinto? Pensé en el asomo de envidia que había sentido junto a la cama de Woferl, seguido por una profunda culpa. Ahora las dos emociones volvían a batallar en mi cuerpo, sumadas al miedo. Tragué en seco y miré una vez más los escalones oscuros que subían por la torre, temerosa de ver una silueta delgada.

—Solo quiero que no te ocurra nada malo —le expliqué a mi hermano.

—Pero si no es nada malo —protestó.

—Vamos —dije con firmeza.

—Pero ¡yo la he oído allí arriba!

—No es cierto —repliqué cuando pude volver a hablar, solo que ahora mi voz parecía una ronca imitación de la mía.

—¡Sí lo es! —insistió Woferl. Empezó a retorcer la mano para que lo soltara, pero no cedí.

—No has visto nada, y no has oído nada —declaré con voz más alta, más asustada. Las palabras de Jacinto permanecían en mi mente—. No toleraré más travesuras por hoy. Me has insultado delante de nuestros padres.

Woferl me miró, enfadado.

—La he oído, Nannerl, te lo juro. Estaba detrás de una puerta muy pesada que no pude abrir.

No le hice caso. La música que nos rodeaba se oía más fuerte, más discordante. *Solo intento protegerte, Woferl,* pensé con desesperación, aunque aún no podía saber bien de qué estaba protegiéndolo. Lo único que sabía era que tenía que llevarlo a la seguridad del mundo real. Teníamos que salir de aquel castillo en la colina.

—¿Por qué no quieres creerme?

Una vez más, Woferl intentó soltarse de mi mano. Esta vez tiré de su brazo con más fuerza de la que había sido mi intención. Tropezó en los escalones y se cayó, y se golpeó una rodilla contra la piedra. Se puso a llorar.

Me detuve y lo ayudé a levantarse; tenía demasiado miedo para consolarlo.

—No has oído nada, ¿me oyes? —grité—. Eres apenas un niño. El Reino del Revés no es real. ¡Nada de esto es real! Ahora basta, porque estás causando otro alboroto.

Las lágrimas caían por sus mejillas.

—Pero ¡dijiste que siempre iríamos juntos al reino! —protestó—. ¡Dijiste que nuestras historias eran para nosotros! ¡Nuestros secretos!

—¡Son solo cuentos para niños! ¡Y puede que tú aún seas un niño al que le gustan sus secretos infantiles, pero yo ya no lo soy! Ahora bien, vas a dejar atrás esta fase infantil y a olvidarte de todas estas tonterías, ¿o quieres que todos te consideren un niñito para siempre?

Tonterías. Era la palabra de mi padre. Mi hermano me miró como si lo hubiera abofeteado. *Eres un niño*, le había dicho, *y yo no.* Fuera, el cielo había empezado a aclararse otra vez, a perder su tono rojizo, y ahora pude ver con claridad los ojos de mi hermano. Estaban húmedos, pero detrás de las lágrimas había ira. Eché un vistazo a su rodilla. La caída le había hecho un agujero en las calzas.

—Guarda tú tus secretos —dijo. Se frotó los ojos—. Nunca más te contaré nada, nunca. Si vuelves al reino, vete sola y no regreses.

Dicho eso, arrancó su mano de la mía de un tirón y bajó rápidamente la escalera sin mí. Abrí la boca para llamarlo, para pedirle disculpas por mi exabrupto, pero era demasiado tarde.

La crueldad de Woferl apareció con la misma rapidez y feroci-
dad que su afecto descendió. Esa noche, descubrí que alguien había
revisado las páginas de mi cuaderno de música. Cuando lo abrí en
la penúltima página, donde había escrito mis primeros compases,
mi primer secreto, vi que la página estaba rota en dos.

Pasé el dedo por los bordes irregulares. Luego apreté el cuaderno contra mi pecho y lloré.

UN SUEÑO
NO VIVIDO

A partir de la mañana siguiente, Woferl ya no me dejó observarlo mientras componía. Para ello, dejó que nuestro padre fuera su único acompañante junto al clavecín, mientras Padre me decía que no permaneciera allí sin hacer nada cuando podía estar ayudando a mi madre con algo. Por la noche, Woferl no me confiaba sus historias. Cuando nos preparábamos para dormir, me daba la espalda y simulaba no oír mis palabras. Ya no me respondía cuando yo mencionaba el Reino del Revés.

Tal vez se había tomado mis palabras muy a pecho y ya no creía en él.

Yo tomé mis composiciones y las guardé en mi corazón; ahora escribía en completa soledad. Sin la ayuda de Woferl, que antes me dejaba la tinta y la pluma junto al clavecín, era más difícil encontrar los momentos para hacerlo. Tenía que ser más cuidadosa con los pocos momentos en que estaba sola. Escribía algunas líneas y enseguida lo escondía todo junto a mis otros papeles secretos, entre las capas inferiores de mi ropa. Pero cuando componía una pieza que me entusiasmaba, no tenía con quién compartirla.

Ahora mis secretos eran solo míos. Y la única culpable era yo.

Cada día que pasaba, esperaba ver a Jacinto, de pie en el rincón de nuestra posada, sonriéndome entre el público, escondido en las sombras de las calles. El miedo se infiltraba en mis sueños. Me pregunté qué haría él ahora que yo había roto mi promesa. Buscaría vengarse, tal vez. Me robaría la capacidad para componer, o me arrebataría la vista para que ya no pudiera tocar el clavecín. Quizá se desquitaría con mi hermano. Haría que sus mejillas palidecieran más y más hasta que un día se desvaneciera con la luz del amanecer.

O tal vez Jacinto había optado por darme la espalda y había elegido cumplirle los sueños a mi hermano. Esa idea, que mi guardián pudiera haberme abandonado para favorecer a Woferl, era la que más me preocupaba.

—No deberías estar tan enfadada con él, Nannerl —me dijo mi madre un día. Íbamos camino a Londres; hacía apenas un día que habíamos puesto pie en tierras británicas.

Sus palabras me paralizaron.

—¿Por qué? —le pregunté con cautela, sin saber bien si se refería a Jacinto o a Woferl.

—Es tu hermano, querida, y te quiere mucho. —Madre me tomó de la mano—. Trata de tenerle paciencia. Aún es pequeño, y a veces su picardía lo supera. Cuando te cases y tengas un hijo, lo entenderás.

Recordé el *château*, el castillo en la colina. Al cabo de un momento, respondí:

—No estoy enfadada con él, Madre. Él está enfadado conmigo.

Cuando llegamos a Londres, no vimos mucho sol ni mucho cielo. Una niebla opresiva cubría la ciudad y lo humedecía todo, y por las calles, las personas que pasaban se arrebujaban en sus abrigos, sin interesarse en nosotros. El único al que el tiempo no parecía afectar era Woferl. Sonreía con ganas a todos aquellos a quienes conocíamos, les cantaba y les contaba chistes que los hacían reír. Cada vez que yo me disponía a hablar, él tenía alguna monería preparada. Acaparaba la atención, como siempre... salvo que ahora, mi hermano me ignoraba. Yo me quedaba sentada en silencio y sentía cómo iba desapareciendo lentamente hacia un mundo que nadie podía ver.

Al cabo de una semana en Inglaterra, nos alojamos en una pequeña posada cerca del límite de Bloomsbury, casi en el centro de Londres. Allí volví a ver al joven Johann.

Lo vi una mañana mientras me encontraba en la entrada de nuestra posada, esperando a que mi padre regresara de su visita a los reyes. Woferl no quiso esperar conmigo, por supuesto, de modo que se había ido a alguna parte con Madre y Sebastian. Me estremecí por el aire frío. Se percibía el olor rancio de la niebla, y de las tabernas llegaba aroma a cerveza, sal y vinagre.

Johann pasó frente a nuestra posada con la parte inferior de la cara envuelta en una bufanda. Llevaba los hombros levantados por el frío, y las manos, en los bolsillos de su abrigo. Apenas alcancé a ver sus cejas levantadas y sus cálidos ojos oscuros.

—¿Johann? —le pregunté, no muy segura.

El joven ya había pasado, pero se detuvo en seco y se dio la vuelta, confundido. No me atreví a llamarlo por segunda vez. Padre llegaría pronto.

Por un momento pensé que Johann seguiría su marcha, convencido de que solo había imaginado mi voz. Pero antes de que pudiera hacerlo, me vio de pie en la puerta de la posada. Me sentí avergonzada por mi silencio, y por el rubor de mi rostro. Aun así, no me aparté.

Johann se me acercó con prisa. Se bajó un poco la bufanda para poder hablar, y su aliento ascendió como una nube.

—¿Es usted, Fräulein Mozart? —preguntó. Se le iluminó el rostro, y me saludó con una inclinación breve y torpe—. No había esperado verla aquí.

No pude sino sonreírle; era reconfortante oír hablar en nuestro idioma.

—Yo tampoco —admití—. ¿Qué hace en Londres?

Johann parpadeó para que no se le secaran los ojos con el frío, y observé que sus pestañas parecían congeladas, perladas por un rocío helado. Señaló calle abajo.

—Mi padre quiere que el próximo año vaya a la universidad, a estudiar Derecho. Vinimos a Londres a ver las facultades. —Me miró con una ceja levantada y una sonrisa irónica—. Puede que termine en Alemania, pues hasta ahora parece que ninguna lo convence. A mí me agradó Oxford, pero debería haberle visto la cara a mi padre. Se escandalizó por la insolencia de los estudiantes; eran muy bulliciosos y no parecía importarles, y siempre estaban protestando por algo.

Me cubrí la boca con una mano y contuve una sonrisa sorprendida.

—Parecen un encanto —observé, impresionada por semejante espíritu.

Johann se encogió de hombros, aún sonriendo.

—¿Y usted? —preguntó—. ¿Vino con su familia? ¿A tocar para el público londinense?

—Mi padre ha ido a ver al rey —respondí—. Woferl y yo pronto tocaremos para él, supongo.

—Podréis verlo, sin duda. —Johann volvió a meter las manos en los bolsillos; tenía demasiado frío para hacer gestos con ellas—. Dicen que los americanos están descontentos con los impuestos del rey y que están quejándose al Parlamento. El rey anhela con desesperación un poco de distracción que le levante el ánimo.

—En ese caso, supongo que debemos agradecérselo a los americanos.

Era muy fácil reír con aquel joven. Ahora que Woferl ya no estaba a mi lado y no había rastro de Jacinto, disfrutaba la calidez de aquel breve momento.

Entonces me habló de su familia y de su padre. Descubrí que teníamos mucho en común. Él y su hermana —que tenía mi edad, me dijo— eran los únicos hijos que habían sobrevivido, de los que habían tenido sus padres. Su padre, apasionado por la educación de Johann, había contratado a un ejército de maestros particulares y eruditos para que le enseñaran literatura, arte, idiomas e historia. Me dijo que le encantaba pintar.

De pronto sentí el impulso de contárselo todo sobre el Reino del Revés: sobre la belleza que me dejaba sin aliento y sobre la oscuridad que rondaba mis ensoñaciones. Él era pintor, alguien que también vivía en otras tierras. Quizá lo entendería.

—¿Cuánto tiempo os quedaréis en Londres? —me preguntó Johann.

—No estoy segura. Un mes, por lo menos.

—Intentaré volver a verla —prometió. Entonces su sonrisa se volvió tímida, y su mirada, llena de calidez—. Si no puedo, ¿me da permiso para escribirle?

Mi padre no lo permitirá, pensé. Pero Johann había logrado traspasar mis defensas, y el aire frío de Londres me había vuelto audaz.

—Sí —respondí. Le hablé de nuestro apartamento en el número 9 de la Getreidegasse, y de la casa en las afueras de Londres donde nos quedaríamos durante las siguientes semanas.

Johann estaba radiante. Me pregunté cómo me veía él: como una niña tonta frente a aquel muchacho mayor, sin que se me ocurriera nada más que decirle. No me habían criado como para ocultarle secretos a mi padre, y sin embargo, tenía muchos. Aun así, le sonreí, sin pensar en otra cosa que en cuándo volvería a saber de él.

Johann se acomodó la bufanda sobre el rostro; luego se despidió con un adiós amortiguado y siguió su camino. El viento le alborotó el cabello. Yo tenía demasiado miedo como para devolverle el saludo, de modo que la palabra se me quedó agazapada en la garganta. Finalmente, cuando se perdió entre la multitud, miré hacia el otro lado, por donde llegaría mi padre a toda prisa.

Allí vi a Woferl, de pie donde terminaba la posada, medio escondido en la esquina.

Me tensé: tenía que haberlo visto todo.

Woferl estaba mirándome. Me pregunté cuánto tiempo llevaba allí y qué había alcanzado a oír. No me sonrió ni parecía enfadado. Solo me miraba.

—Woferl —lo llamé.

No me respondió. Tragué con fuerza. De pronto, me pregunté si a su lado estaría Jacinto, si se había hecho invisible a mis ojos. La idea me hizo temblar. Mi hermano, cuando me quería, podía guardarme cualquier secreto. Pero la grieta que se había creado entre nosotros aún pesaba en el aire, como una nota desafinada, y había en sus ojos cierto recelo que lo mantenía lejos, algo que me hizo temer lo que pudiera llegar a hacer.

En eso llegó mi padre caminando a paso vivo, con los ojos entornados contra el viento, y Woferl apartó la mirada. Se volvió y corrió hacia él, con una sonrisa cariñosa, y le revisó los bolsillos para ver si le había traído alguna golosina. Lo observé con atención. Cuando Padre me saludó con la cabeza, le sonreí y le pregunté cómo le había ido.

—Bastante bien —me respondió—. Vamos a tocar para la corte.

Pero se lo veía cansado y tenía los hombros encorvados. De inmediato me di cuenta de que no creía que fueran a pagarnos mucho por nuestro concierto privado y que seguramente el rey estaba escatimando gastos. Al ver la decepción en el rostro de mi padre, se me cayó el alma a los pies. Inglaterra estaba costándonos más de lo que podíamos ganar.

A pesar de mis pensamientos tempestuosos, me obligué a asentir.

—Me alegro, Padre —respondí. Miré a mi hermano y contuve el aliento, esperando ver qué decía.

Pero ese momento no llegó. Woferl se llevó un dulce a la boca y tarareó por lo bajo una melodía de otro mundo.

Esa noche soñé con Johann. Estábamos sentados juntos al pie de un muro antiguo cubierto de hiedra en el jardín de una casa inglesa, muy cerca del portal que daba a la campiña. La luna brillaba más que nunca, dividida perfectamente por la mitad, y el rostro de Johann quedaba bien iluminado por su luz. Desde tan cerca, me parecía el joven más apuesto de toda Europa.

—¿Eres feliz, Nannerl? —me preguntaba—. ¿Te gusta el rumbo que ha tomado tu vida?

—No lo sé —respondía yo. Apartaba mi mirada de la suya y la posaba en las siluetas de color zafiro de los árboles a lo lejos. Una parte de mí pensaba que Jacinto aparecería en cualquier momento, pero no fue así. Llevaba el colgante azul en la mano, y con el pulgar acariciaba, distraída, su superficie de cristal. Cuando alzaba los dedos y los movía en el aire, todo se llenaba de luz. Con cada golpecito que daba con los dedos, se oía música. Alrededor, la hierba se mecía como un mar ondulante.

Ese lugar, ese sueño, me pertenecía.

Me volvía hacia él.

—¿Y tú, eres feliz? ¿Sueñas con viajar a otra parte del mundo?

Johann se inclinaba hacia mí hasta tocarme la mejilla con sus labios.

—Hacemos lo que podemos. —Luego miraba más allá del muro de hiedra y señalaba las estrellas—. Si vuelvo a verte, y si tú me ves —decía—, huyamos y casémonos en una playa blanca. Vayamos a Grecia, a Asia y las Américas, donde podrás tocar para quienes quieras. Les encantarás. Nunca más tendrás que esconder tu música. ¿Vendrás conmigo, si vuelves a verme? ¿Me lo prometes?

No pude decir otra cosa que sí, con el corazón lleno de deseo de estar en aquel mundo que era mío. Desperté con la palabra vibrando aún en mi lengua.

Tenía el colgante apretado en la mano. Durante un largo rato, permanecí despierta en la cama, acariciando la superficie de cristal. Suspiré contra la almohada y eché un vistazo hacia donde Woferl respiraba serenamente mientras dormía; luego giré hacia el otro lado y alcé el colgante para verlo a la luz de la luna.

Algo parecía diferente.

Con el ceño fruncido, entorné los ojos y lo observé más de cerca. Entonces se me escapó un grito silencioso. Solté el colgante sobre mi falda.

Quería sacudir a Woferl para despertarlo, pero lo único que atiné a hacer fue seguir mirando aquel colgante que yo recordaba de un azul liso y transparente.

Su superficie se había agrietado en mil fragmentos.

LA VENGANZA
DE JACINTO

Varios días más tarde, mi padre enfermó gravemente. Al principio, decía tener escalofríos, la espalda cansada y dolor de garganta, aunque, según él, esto se debía solo a una irritación pasajera. Al día siguiente, estaba doblado en dos en la cama, con las manos sobre el estómago, y Madre y Sebastian tuvieron que llamar a un médico. La fiebre se instaló en él como una nube caliente.

Woferl y yo seguimos solos con nuestras lecciones de clavecín, tocando lo más bajo que podíamos. Yo me guardaba mis pensamientos y no me atrevía a confiárselos a mi hermano. Mi colgante hecho añicos se encontraba en el fondo de mi cómoda.

Woferl nunca mencionó mi momento con Johann. Mi padre nunca se enteró.

Él atribuía su enfermedad al clima de Inglaterra, a la niebla y la lluvia. Al no estar él disponible para realizar las gestiones y concertar reuniones, se cancelaron varias más de nuestras presentaciones. Nos vimos obligados a recurrir al dinero que habíamos ganado en Alemania. Esto aumentó la frustración de mi padre, lo cual, a su vez, pareció empeorar su estado.

Me quedaba en la entrada de la alcoba de mis padres y veía a mi madre escurrir un paño y colocarlo sobre la frente de mi padre. Observaba el rostro pálido y enfermizo de él y deseaba con todas mis fuerzas que recobrara la salud. Mi hermano, que aún se resistía a hablarme, me preguntaba en voz baja cómo estaba Padre. Yo nunca sabía qué responderle. Nuestras sesiones de práctica resultaban extrañas sin su sombra constante a nuestro lado.

Al cabo de varias semanas de poca mejora y de presentaciones canceladas, Madre finalmente nos trasladó a la campiña inglesa, en las afueras de Londres, a una casa georgiana en Ebury Row, para que Padre se recuperase en paz. Era una casa sencilla pero espaciosa, y cuando llegamos, me asomé por la ventanilla del carruaje para admirar las fincas y sus tierras de pastoreo.

El primer día, Madre pidió que empujaran el clavecín a un rincón y lo cubrieran con una sábana. No debíamos tocar mientras mi padre estuviera enfermo.

Esto no impidió que Woferl siguiera componiendo. Lo veía trabajar por las noches, apuntando compases en el cuaderno de música que Padre le había regalado tras nuestra gira por Frankfurt.

Una tarde, lo encontré encorvado sobre su escritorio, que daba al jardín, y me acerqué a él. No me habló, pero me miró un instante y advertí que su cuerpo menudo se volvía de manera inconsciente hacia mí.

—¿Puedo ver lo que has escrito? —le pregunté.

Woferl no levantó la vista. Su mano siguió garabateando una línea continua de notas en la página.

—Cuando esté listo —respondió por fin—. Casi he terminado mi sinfonía.

Era una respuesta. Mi corazón se aligeró un poco al oírlo. No me había hablado así desde el incidente en el *château*. Tal vez la enfermedad de nuestro padre había aplacado por fin el rencor entre nosotros.

Esperé. Cuando Woferl terminó la página y empezó una nueva, probé de nuevo.

—Mañana exploraré los alrededores de la casa y pasearé por el jardín. ¿Vendrás conmigo?

Woferl no dijo nada. Esta vez eché una ojeada por encima de su hombro, para poder ver lo que escribía. La sinfonía era ligera y fluida, con la misma vivacidad que recordaba de sus primeras páginas, que había visto hacía algún tiempo. Leí la página en silencio, imaginando la armonía en mi mente. Detuve la mirada en lo último que Woferl había escrito.

Era un acorde, tres notas que se tocaban juntas, sin separación.

—Ahí hay algo que no está bien —dije de forma automática, sin pensar.

Woferl frunció el ceño. Vi que sus ojos se dirigían de inmediato hasta el mismo acorde, aunque no le había señalado a cuál me refería.

—Tienes razón —respondió—. No encaja.

Me sorprendió que estuviera de acuerdo. Extendí la mano, apoyé un dedo en el papel y dibujé tres notas invisibles. Era el mismo acorde, pero separado de manera que cada nota iba después de la otra.

—Así quedaría mejor —dije en voz baja.

Woferl miró el papel un buen rato. Volvió a mojar la pluma en el tintero, luego tachó el acorde y lo reemplazó por el mío. Lo observé con detenimiento mientras escribía; pensaba que, si volvía a hablarme, lo haría con un tono resentido.

Pero cuando me miró de nuevo, había una leve sonrisa en sus labios, de satisfacción por un buen compás.

—Sí, queda mejor —concluyó.

Poco a poco, Woferl comenzó a pedirme consejos otra vez. Cuando yo escribía mi música en secreto, él miraba, y murmuraba con aprobación cuando le gustaba algún compás. No me acompañó a explorar la casa, pero cuando salía a recorrer el jardín, me miraba por la ventana. Y a veces, si estaba de muy buen humor, me agarraba con su manita hasta que alguna distracción volvía a apartarlo.

Mi padre se iba recuperando poco a poco en su dormitorio, con las ventanas abiertas al aire del campo y su mesita de luz adornada constantemente con flores recién cortadas del jardín. Su estado de ánimo también había mejorado, ahora que nos encontrábamos lejos de las frías calles de Londres. A veces lo oía reír con mi madre, o conversar en voz baja en las tardes templadas. Era un sonido dulce como la lluvia de verano.

Woferl también gozaba de buena salud. Sus mejillas estaban redondas y sonrosadas, y su risa infantil se oía por toda la casa. Como aún teníamos prohibido tocar el clavecín, pasábamos la mayor parte de los días jugando juntos. Yo inventaba juegos musicales para darle el gusto y escondía por toda la casa objetos para que él los encontrara.

Un día, Woferl trajo a Sebastian a nuestra habitación y le rogó que nos dibujara un mapa del reino. Me sorprendió oírlo. La grieta entre Woferl y yo se había creado por el reino, y aun así, estaba pidiendo que le dibujaran un mapa. Sebastian accedió, y mi hermano rio y aplaudió de alegría al ver los cuadraditos graciosos que nos dibujaba, el castillo ladeado sobre la colina y los árboles retorcidos.

Yo los miraba, divertida pero inquieta por el entusiasmo de mi hermano. Sobre el papel, el reino no parecía tan poderoso ni temible. Mi hermano estaba bien. Mi padre recobraba poco a poco la salud. Y mientras observaba cómo Sebastian divertía a Woferl, comencé a preguntarme si tal vez, en realidad, el reino no habría sido más que un cuento de hadas. No había visto a Jacinto desde aquel día en el *château*. Woferl no tenía más pesadillas.

Tal vez nos había dejado del todo. Por las noches, permanecía despierta, intentando entenderlo. Había pasado tanto tiempo que comencé a albergar esperanzas de que Jacinto se hubiera olvidado de mi traición y no intentara vengarse por el modo en que lo había rechazado.

Tal vez nunca había sido real.

Sin embargo, de vez en cuando escudriñaba las sombras de mi habitación y me preguntaba si allí se escondía una figura delgada. Yo había llevado a cabo tres tareas para el príncipe. Y él me había prometido que, si lo ayudaba, me concedería mi deseo.

¿Realmente mi relación con Jacinto iba a terminar así, sin más? ¿Acaso estaba destinada a ir desapareciendo a medida que mi hermano progresara sin mí y mi padre lo siguiera? ¿Algún día Woferl se volvería hacia mí y señalaría un rincón vacío, susurrando que Jacinto había vuelto solo para él?

Cuando Padre se recuperó lo suficiente para llevarnos otra vez a la ciudad, el invierno se había instalado en Londres y los días eran más oscuros y aún más fríos. Se trataba de un contraste muy marcado con respecto a nuestros días soleados en el campo. Nuestros conciertos congregaron a un público aceptable, pero estaban muy lejos de ser como en nuestras escalas anteriores. Al cabo de varios meses más de resultados decepcionantes, Padre decidió que ya se había cansado de Inglaterra y dispuso nuestra partida.

—Aquí no hay amor por la música —se quejó con mi madre en el carruaje, camino al muelle de Dover.

—Tal vez lo haya en demasía, Leopold —respondió mi madre—. El maestro de música de la reina es nada menos que Herr Johann Christian Bach.

Al oír eso, Padre asintió con amargura. Había sido Herr Bach quien nos había ayudado a conseguir una audiencia ante la corte real inglesa. Pero ¿cómo podíamos competir con el maestro de música de Londres?

—Ah, Anna —dijo con un suspiro—. Aquí se ganan la vida demasiados músicos. Iremos a otra parte. Ha vuelto a ponerse en contacto conmigo el enviado diplomático de La Haya. Ya he hecho los arreglos con la duquesa de Montmorency.

La expresión de mi madre no se alteró, pero pude ver con toda claridad la decepción en su rostro.

—Creía que no veríamos a los holandeses —dijo—. Llevamos tanto tiempo lejos de Salzburgo...

—La princesa regente Carolina y su hermano están ansiosos por vernos —respondió Padre—. Desean que los niños se presenten allí, y han solicitado un volumen encuadernado de las composiciones de Woferl para el cumpleaños del príncipe; cumplirá dieciocho años.

—¿Un volumen? —preguntó mi madre—. ¿De cuántas piezas?

—Me pareció que nada más llegar podríamos tener seis sonatas listas para publicarse.

Seis sonatas. Me di cuenta de que no era una cifra elegida al azar, sino la cantidad que habían pedido los holandeses y que Padre ya se las había prometido.

Al ver el ceño fruncido de mi madre, bajó la voz y adoptó su tono cariñoso.

—Anna —dijo—, nos irá mejor que en Londres, te lo aseguro.

—¿No te acuerdas de lo que ocurrió en Prusia?

—Prusia. —Padre hizo una mueca y un ademán, como restándole importancia al tema—. Esto es diferente. Los holandeses nos pagarán con florines, no con besos. Piénsalo. —Tomó las manos de mi madre—. Habrá conciertos todas las noches; asistirán muchos patrocinadores, y los teatros de ópera y los jardines rebosarán de gente deseosa de oír más buena música. Todos los nobles querrán recibirnos. La princesa Carolina es una gran admiradora nuestra e insistió en contar con nuestra presencia.

Miré a mi hermano y lo vi escuchando con atención y mordisqueándose el labio. Sabía tan bien como yo que, una vez que Padre había tomado una decisión, de nada servía discutir. El enviado holandés estaba al tanto de que nuestra estadía en Londres no había terminado bien, y buscaba aprovecharse de esa debilidad tentando a mi padre a compensar esas pérdidas. Además, vi el brillo en los ojos de Woferl al contemplar el desafío que le planteaban, a pesar del cansancio.

Aun así, eran seis sonatas. Woferl había compuesto dos durante nuestra estadía en el país. Con todo gusto compondría cuatro más. Pero ¿en tan poco tiempo? Nuestros ahorros debían de haber disminuido más de lo que yo creía, para que Padre accediera a un plazo tan imposible. ¿Acaso había vuelto a escribirle el dueño de nuestro apartamento, Herr Hagenauer, para pedirle el pago del alquiler?

—Muy bien —dijo mi madre, y eso fue todo.

Así fue que nos preparamos e hicimos las maletas. Woferl se puso a componer sin parar. Yo despertaba y lo veía dormido con la pluma aún en la mano y una página a medio completar bajo el brazo.

El día de nuestra partida, Padre ayudó al cochero a cargar nuestras cosas en el carruaje y saldó la cuenta con el posadero. Esa mañana estaba de buen humor y tarareaba por lo bajo una extraña melodía que no reconocí. Yo miraba hacia abajo y me concentraba en revisar mis baúles y acomodarme el vestido, y en asegurarme el nuevo sombrero con un velo.

Mientras viajábamos, observé a mi padre. Conversaba en voz baja con mi madre, intentando convencerla de que el pago que ofrecían los holandeses bien valía lo que pedían a cambio.

—Es porque Woferl puede conseguir lo que los demás no —explicó, volviéndose hacia mi hermano con una sonrisa poco frecuente—. Lo que buscan es el milagro, y ese milagro eres tú.

Esperé que Padre se volviera hacia mí también, que me incluyera en su buen humor y en el milagro que era nuestra familia. Pero me ignoró y regresó a su conversación con Madre. Tragué en seco y miré por la ventanilla.

Descansamos, pasamos la noche en una posada y al día siguiente atravesamos el Canal. Cuando por fin nuestro carruaje cruzó un puente sobre uno de los canales de La Haya y vimos un inmenso teatro atestado de gente, Padre exclamó lo bien que habíamos hecho en ir allí y cuánto se alegraba por todos nosotros.

En nuestra primera noche en La Haya, Woferl se acurrucó a mi lado en la cama.

—¿Qué ocurre? —le pregunté.

Meneó la cabeza y se negó a levantarla.

—Tengo miedo de mis pesadillas —susurró. Cuando lo dijo, algo se movió en los rincones oscuros de la habitación.

Cuando desperté a la mañana siguiente, aún sumida en la neblina de los sueños que no recordaba, Padre ya se encontraba ajetreado, poniéndose la chaqueta mientras Madre le acomodaba el cuello.

—Es el regalo perfecto —le decía Padre.

Me incorporé en la cama y vi que mi padre colocaba un libro en el escritorio de la habitación y luego salía con prisa. Madre lo siguió.

Desvié la mirada al libro. Recordé vagamente que Padre planeaba encuadernar la música de Woferl para el príncipe y la princesa. Me sorprendió ver el libro ya terminado. Woferl había estado componiendo sin cesar, pero yo creía saber cuánto había llegado a hacer y cuánto más le faltaba aún. ¿De veras había compuesto lo suficiente para llenar el libro? Se lo veía bastante grueso. Seguramente Padre había incluido algunas de las obras anteriores de mi hermano, para llenarlo más.

Por curiosidad, me levanté de la cama y me acerqué al escritorio para ver el libro antes de que volvieran mis padres. A mi espalda, Woferl seguía durmiendo. Con dedos delicados, pasé la mano por la cubierta y luego lo abrí.

Al principio, no entendí lo que veía. Era como un espejo, pero en una hoja cubierta de notas negras. Yo conocía esas notas. Absolutamente todas.

Pasé la primera página, luego la siguiente, y la otra, más y más rápido.

Cerré los ojos, mareada; esperaba despertar de aquel sueño y encontrarme otra vez en la cama. Pero cuando los abrí, seguía teniendo el libro en la mano. Y mi música seguía contemplándome desde sus páginas.

Mi música. No la de Woferl. *La mía.*

Me temblaban tanto las manos que tuve miedo de rasgar el papel. Solté un fuerte sollozo y di un paso atrás; trastabillé, se me aflojaron las piernas y me senté en el suelo, con mi camisón abierto en círculo a mi alrededor. En el rincón, Woferl se movió ligeramente en la cama y se frotó la cara, adormilado.

—¿Nannerl? —preguntó—. ¿Qué sucede?

No le respondí. No lo entendía.

¿Cómo era posible que hubiera sucedido aquello? Miré alrededor como atontada, luego me puse de pie y corrí hacia mi baúl. Hurgué en él con frenesí. Mi ropa, mis zapatos, mis lazos para el cabello, lo saqué todo sin orden, hasta que me quedé observando el fondo vacío.

Me apoyé en el baúl para estabilizarme.

La pila ordenada de mis partituras dobladas, todas las composiciones que había creado y guardado con todo cuidado en los últimos meses. Habían desaparecido.

En la cama. Woferl se incorporó y se alarmó al ver mi expresión.

—¿Estás bien? —me preguntó—. Te has puesto muy pálida.

El mundo daba vueltas a mi alrededor.

—¿Se lo contaste a Padre, Woferl? —murmuré; las palabras salieron por sí solas.

—¿Qué? —preguntó Woferl. Y cuando lo miré directamente a los ojos, no parpadeó. Era la imagen misma de la confusión, pálido por el dolor que reflejaban mis palabras. Dirigió la mirada hacia el desorden de mis cosas desparramadas en torno al baúl.

—¿Le hablaste a Padre de mis composiciones? —repetí. Me temblaba la voz.

De pronto, mi hermano lo entendió, y su rostro se llenó de horror.

—Yo jamás haría eso —respondió.

Me apoyé en el baúl vacío. Mis pensamientos dieron vueltas y vueltas, hasta que me tambaleé. No podía ser. *No podía ser.* Pero me obligué a ponerme otra vez de pie y me acerqué de nuevo al libro que seguía abierto sobre el escritorio. Las páginas estaban allí. Las notas también. Y mis composiciones habían desaparecido del baúl; mi padre me las había robado.

O un príncipe.

Jacinto, Jacinto, Jacinto. El nombre repicaba como una campana en mi mente.

Qué tonta había sido al creer que se había marchado sin más de nuestra vida. Allí estaba otra vez, agitando los dedos en el aire. Siempre había sabido cómo golpearme donde más me dolería, y había estado esperando para usar ese conocimiento si alguna vez yo le daba la espalda. Yo había renunciado a mi parte del trato. A cambio, él le había concedido mi deseo a mi hermano.

Esa era la venganza de Jacinto. La crueldad que había planeado para castigarme.

Woferl volvió a llamarme desde la cama, pero apenas lo oí. Pasé cada página del libro hasta llegar al final.

Seis de *mis* sonatas, con cambios menores. Publicadas en un volumen encuadernado, como yo siempre había soñado, pero mi nombre no figuraba en ninguna página. Estaban firmadas por Woferl.

Wolfgang Amadeus Mozart me había robado la música.

EL PACTO

No grité ni lloré. No respondí a Woferl cuando siguió preguntándome si me encontraba bien. Disimulé frente a Sebastian, y no les conté ni una sola palabra a mis padres.

¿De qué me habría servido?

En lugar de eso, volqué mi furia hacia dentro y dejé que me consumiera.

Esa tarde, me acosté temprano, mareada y dolorida. Al día siguiente, mi piel ardía de fiebre y empecé a vomitar. Me dolían tanto los músculos que tenía que morderme para no llorar. Ese día, Sebastian me cargó hasta la cama. La piel se me puso blanca y húmeda de sudor, se me hincharon los ojos y los sentí muy cansados. En mi pecho aparecieron manchas rosadas. Mi cabello, totalmente empapado, se me adhería al cuello, la frente y los hombros. Me costaba respirar y me silbaban los pulmones por el esfuerzo.

Mi madre, muy asustada, mandó buscar a un médico que le había recomendado el enviado holandés y lo trajo al hotel esa misma noche. El médico me examinó en una bruma de color, de modo que yo apenas podía distinguir su rostro serio. Le dijo a mi madre que mi corazón latía con más lentitud y que yo podía estar en grave peligro. Me hizo una sangría, me dio a beber un tónico amargo y se retiró.

Yo dormía a ratos. Los días transcurrieron sin que yo fuera demasiado consciente de ello. Me costaba entender lo que sucedía a mi alrededor, salvo que la fecha en la que debíamos presentarnos ante los príncipes —y entregarles el libro con la música— llegó y pasó. Padre y Woferl asistieron sin mí.

A veces me parecía ver a mi padre de pie cerca de mi cama, hablando en voz baja con mi madre. Otras veces aparecía el rostro de Woferl, con expresión trágica y asustada, e intentaba hablar conmigo. Yo recordaba sus manos blandas en la mía. Me parecía oírlo decir, una y otra vez, que lo sentía, que no sabía qué hacer ni qué decir. Que no tenía ni idea.

Cada vez que se acercaba, yo apartaba el rostro. No soportaba mirarlo.

No sé si Woferl se quejó a nuestro padre por lo que había hecho con mi música. Me costaba reconocer cuándo estaba despierta y cuándo se trataba de un sueño. Pero nadie de nuestra familia tocó el tema; al menos, no conmigo. Yo ni siquiera lo cuestioné. Conocía la razón. A mi padre debió de haberle parecido una decisión simple y obvia.

Necesitábamos el dinero, Woferl no terminaría el volumen a tiempo, y allí había un puñado de piezas terminadas, escritas por mí, que nunca podrían publicarse con mi nombre. Era obvio que mi padre no vacilaría en sacrificar así mi trabajo.

Conforme pasaban las semanas, mi enfermedad fue empeorando. Comencé a tener pesadillas varias veces al día, a moverme mucho en sueños, y Madre y Sebastian entraban y murmuraban palabras para calmarme. Mi padre rezaba a los pies de mi cama. Vi que mi madre tenía en la espalda un par de alas mustias, y sus pies parecían sujetos al suelo, como si se tratara del hada atrapada en la gruta submarina del reino. Se quedaba allí y lloraba. Mi hermano me apretaba la mano y me hacía preguntas que yo no entendía. El suelo de mi dormitorio se cubrió con un manto de Edelweiss, y los postes de mi cama, de extraños musgos y hongos. Dos lunas, no una, iluminaban el suelo desde mi ventana; se acercaban sin cesar en el cielo nocturno.

A veces veía a Johann sentado junto a mi cama, muy serio. *¿Eres feliz?*, me preguntaba. Yo abría la boca y no decía nada.

Mis pensamientos se volvieron confusos. En ocasiones no recordaba por qué estaba tan enfadada, qué era exactamente lo que me había abierto el pecho y las costillas y había dejado escapar mi alma.

Una noche vi la oscuridad, figuras sin forma que flotaban frente a mi ventana, los fantasmas encapuchados del castillo de la colina, con sus manos retorcidas y sus mantos andrajosos. Quería hacerlos desaparecer y traer más velas a mi habitación, como había hecho una vez, cuando Woferl estaba enfermo. Pero no había nadie conmigo, de modo que me quedé observando aquellas formas con miedo creciente, sintiéndome impotente, hasta que por fin el amanecer las ahuyentó.

Durante una noche muy mala, desperté con el nombre de Jacinto en los labios. Había estado llamándolo en sueños. Las sombras de mi cuarto suspiraron y respiraron. Esperé en mi delirio, asustada, segura de que lo vería regresar.

Mientras mi salud seguía deteriorándose, mi padre se enteró de que mis seis sonatas habían sido bien recibidas por la princesa Carolina, y que todos se maravillaban del ingenio de Woferl. Mi madre me contó más tarde que el enviado holandés que había seguido a Padre desde Londres hasta Francia almorzó con mi familia, y durante el almuerzo agradeció a mi padre por haber decidido acudir con tan poca anticipación.

Padre regresó con los bolsillos llenos.

Madre no mencionó mi desgracia, no de manera directa, pero fue quien más se acercó al hablarme acerca del enviado holandés con pausas y vacilaciones. Ella no había querido agravar mi dolor, pero yo exigí saberlo.

Esa misma noche, más tarde, Padre vino a verme a mi dormitorio. Pensé que estaría más contento, ya que los príncipes le habían pagado bien por mi música. Sin embargo, tenía los ojos hundidos y el ceño fruncido. Entró con la espalda encorvada y se sentó junto a mi cama, y tomó una de mis manos entre las suyas. Yo apenas lo sentí entre la confusión de la fiebre, pero recordaba lo fría que estaba su piel.

—Debes ser valiente, Nannerl —me dijo—. Sé que debes de estar sufriendo mucho por esa fiebre.

Intenté concentrarme en el rostro de mi padre, pero se me nubló la vista y empeoró mi jaqueca.

—¿Me estoy muriendo? —le pregunté. Una parte de mí esperaba con amargura que así fuera, aunque fuera para ver si mi padre expresaba algún gesto de dolor.

Padre siguió sosteniéndome la mano.

—La princesa te envía su cariño y sus buenos deseos. Me dijo que rezará por ti. Woferl me asegura una y otra vez que pronto te pondrás bien. Dice que se ha encargado de eso. —Sonrió al pensarlo, y luego cambió de posición, incómodo. Me pregunté si la silla le provocaba dolor de espalda. Al cabo de un rato, volvió a hablar—. No me gusta verte en este estado —agregó, en tono más suave—. Estoy acostumbrado a los brotes de enfermedad de Woferl, pero no a que tú…

La parte de mí que era la hija de mi padre quería, a pesar de todo, decirle que iba a ponerme bien, que no se preocupara. Pero me limité a contemplarlo; no deseaba brindarle ese alivio, solo causarle aún más dolor.

Me miró durante un buen rato, examinando mi rostro. Me pregunté si me diría algo sobre lo que había ocurrido, si lo admitiría por fin. Esperé, mientras la habitación se enfocaba y se desenfocaba, y me esforcé por concentrarme en las expresiones de mi padre.

Se dispuso a decir algo, pero luego comentó, como si hubiera cambiado de idea:

—Woferl me ha dicho muchas veces que quiere quedarse a tu lado. ¿Por qué no le has pedido que venga?

No respondí. ¿Qué podía decirle? Mi padre me había robado la música y se la había dado a mi hermano, y sin embargo *yo* era cruel porque no pedía verlo.

—No estés enfadada con él, Nannerl —prosiguió mi padre, con ojos solemnes pero no severos. Hasta pensé que sentía algo de pena por mí… o tal vez era pena por Woferl—. Él te quiere y se preocupa mucho por ti.

Al ver que seguía sin responder, mi padre tuvo la decencia de bajar la vista, avergonzado. Al cabo de un rato, se puso de pie y salió, meneando la cabeza y murmurando algo que no llegué a oír.

Me puse a llorar. Lloré con ganas, en silencio y con amargura, sin poder seguir conteniendo el dolor. Era incapaz de parar. Mis lágrimas caían como arroyos por los costados de mi rostro y me mojaban las mejillas y las orejas, y el cabello ya húmedo. Caían sobre mi almohada y formaban círculos oscuros.

Él te dice que toques, y tú tocas. Te dice que saludes con una reverencia, y obedeces. Te ordena lo que debes hacer y lo que no, y tú lo aceptas. Te pide que no te enfades, y tú sonríes, bajas la mirada, te callas y haces exactamente lo que él quiere con la esperanza de complacerlo, hasta que una noche te das cuenta de que le has entregado tanto de ti misma que ya no eres nada más que la reverencia, la sonrisa y el silencio. Que no eres nada.

Pasaron los días, y luego las semanas. Partimos de La Haya con rumbo a Lille, a pesar de que necesitaba todas mis fuerzas tan solo para permanecer sentada. Sentía que me alejaba. Mi respiración se volvió más sibilante y tosía con más frecuencia, como si fuera incapaz de expulsar una gran piedra del interior de mi pecho. Se me veían muy fácilmente los nudillos y los huesos de mis dedos. Woferl esperaba junto a la puerta de mi dormitorio, con ojos enormes y trágicos. Madre lloraba varias veces cuando venía a sentarse conmigo. Me tomaba de la mano y me hablaba tanto que a veces no me quedaban energías para entender todo lo que decía.

—Sé valiente, Nannerl —me decía, igual que mi padre. No supe hasta más adelante que lo que quería decirme era que fuera valiente ante la muerte. Mis padres ya habían concertado una fecha para que viniera el sacerdote a leerme los últimos sacramentos.

Finalmente, dos semanas más tarde, cuando ya había empezado a creer que me moriría sin volver a ver a Jacinto, vino a mí.

Al principio, no lo reconocí. La luz en mi cuarto se había vuelto muy tenue, pues la vela se había consumido casi toda y había crecido la oscuridad. Ya me había acostumbrado a ver las figuras encapuchadas flotando frente a mi ventana. Las veía en ese momento, y sus formas proyectaban sombras que se movían en la pared. En el rincón crecían hongos y enredaderas, rojos y ponzoñosos.

Parpadeé para quitarme el sudor de los ojos. Esa noche, las sombras poseían un peso real, como si estuvieran vivas. Tardé un buen rato en caer en la cuenta de que una de aquellas sombras era Jacinto.

No tenía el mismo aspecto que yo recordaba. Su piel, en otro tiempo pálida, había adquirido un color tan blanco como la corteza muerta de un abedul en invierno, y sus ojos azules se habían vuelto dorados. Estaba aún más alto que cuando lo había visto en el *château*, mucho más alto que yo, y cuando sonrió, su boca se volvió tan grande y aterradora que quise cerrar los ojos. También tenía los dientes más afilados, como cientos de púas alineadas. Casi no podía verle ya las pupilas: el color dorado era tan pálido que se confundía con el blanco de los ojos.

Aunque me asustaba, su rostro seguía tan liso y bello como siempre.

—Qué mal te encuentro, Fräulein —observó. Su voz se oía diferente, más áspera, aunque aún salvaje y cautivadora—. ¿Me has llamado porque me echabas de menos?

Me sentía demasiado débil para alzar la cabeza. Inhalé y tuve un acceso de tos. Cuando se acercó a mi cama, me limité a mirarlo y concentrarme en respirar.

Los ojos de Jacinto me quemaban.

—Dime, mi Fräulein, ¿cómo te ha ido desde la última vez que te vi?

—Me dijiste que eras mi guardián. —Mi voz salió ronca y débil—. Y después me mentiste. Has estado visitando a Woferl en secreto. Le diste mi deseo a mi hermano.

Meneó la cabeza como con compasión.

—Pobrecita mía —dijo, con voz melosa. Acercó una de sus manos y la apoyó en mi mejilla. Me sobresaltó sentirla tan fría—. Fue tu hermano quien te traicionó. ¿No te das cuenta? Te ha robado aquello por lo que la historia te habría alabado. Él será recordado, y a ti te olvidarán. Por eso me has llamado, ¿no es así? Mírate, Maria Anna Mozart, aquí, en tu lecho de muerte, luchando por respirar. Ya he visto esto antes, ¿sabes? Se acerca tu hora. Si mueres esta noche, la historia solo te conocerá como la hermana de tu hermano, una muchachita de rostro hermoso y logros modestos. Alguien normal y corriente.

Cerré los ojos. Había creído que estaba lista para verlo, pero sus palabras me hirieron.

—¿Aún quieres a tu hermano, Nannerl?

—Sí.

Jacinto me miró con aire de reproche.

—¿De verdad todavía lo quieres, Fräulein? —volvió a preguntar.

—No lo sé.

Fruncí el ceño, confundida por mi respuesta.

El príncipe se acercó tanto que percibí su aliento rancio, el olor de una cueva subterránea. Sonrió y sentí su aliento contra mi piel, frío como la nieve.

—Tú y yo somos uno, Nannerl. Soy tu amigo. Los amigos se ayudan, y detestan ver sufrir al otro. Puedo ayudarte a ser lo que quieres, ayudarte a sanar, o puedo dejarte morir esta noche, y que solo te lloren tus padres y tu hermano. Pero solo puedo ser tu guardián si me dejas ayudarte. Ahora bien, ¿qué es lo que quieres?

Volví a pensar en la niña que era aquella noche en que soñé por primera vez con el reino. Pensé en el deseo que había formulado al mundo, con toda la esperanza inocente de una joven que temía que su padre la dejara atrás.

Ansiaba con todo mi ser que me recordaran.

Ahora, cuando respondí, me salió un susurro áspero y frío como el viento del invierno. Mi deseo no había cambiado. Solo le habían crecido espinas.

—Quiero lo que es mío —dije. Mi talento. Mi trabajo. El derecho a ser recordada. A que existiera mi recuerdo.

Jacinto sonrió.

—Tengo la flor, la flecha y la espada. Aún oigo el eco de tu primer deseo. Tu inmortalidad. —Entornó sus hermosos ojos amarillos—. ¿Quieres terminar tu parte del trato?

Asentí.

—Sí —dije, y dejé que la palabra flotara entre nosotros. Era hora de terminar lo que había empezado.

Jacinto ladeó la cabeza y me miró con aprobación.

—Entonces, no se lo digas a tu hermano —respondió—. Te veré a medianoche dentro de dos semanas, aquí, en esta habitación, y nos ayudaremos, como hacen los amigos.

LA PRINCESA
DE LA TORRE

L a semana siguiente, empecé a recuperarme.

Se me pasó la fiebre, volví a enfocar bien la vista y las manchas rosadas de mi pecho se aclararon hasta que casi no se diferenciaron de mi piel. Mis mejillas recuperaron su tono sonrosado, y el cabello ya no me caía sobre el cuello en mechones húmedos. Madre lloró de alegría la primera vez que me vio incorporarme contra las almohadas y beber un poco de caldo ligero.

Tras toda una semana, podía sentarme cómodamente en la cama y hasta dar una pequeña caminata hasta la ventana para ver las calles de Lille. El médico alababa mi buena suerte. Me dijo que Dios había decidido ser misericordioso conmigo y no llevarse a una niña tan encantadora como yo.

Sonreí por cortesía al oír sus palabras. Sabía muy bien quién me había curado, y no tenía nada que ver con la piedad de Dios.

El único que veía la diferencia era Woferl. Yo seguía practicando al clavecín con mi disciplina de siempre, obedeciendo las instrucciones y las críticas de mi padre, mientras conversaba con Sebastian y le contaba historias a Woferl en nuestro tiempo libre. Pero mi mirada había cambiado, de manera tan evidente como el cariño entre nosotros, como el mismo Jacinto. Cuando abrazaba a mi hermano para darle las buenas noches, no lo hacía con facilidad y calidez. Cuando él acercaba su mano a la mía, no se la apretaba con afecto como antes. Cuando lo observaba componer su música y yo advertía que un compás quedaría mejor con una serie de arpegios en lugar de un trino, no decía nada.

A veces me preguntaba si Woferl cometía errores a propósito, solo para ponerme a prueba. No me importaba. Ya no me concentraba en él.

Pasaron dos semanas. Por fin, llegó la medianoche del día en que había prometido reunirme con Jacinto, y yo me encontraba despierta en la cama. Tras mi recuperación, ya no era necesario que estuviera sola en una habitación; Woferl había vuelto a dormir conmigo, y mis padres habían recuperado su alcoba. Nuestra cercanía física no alteró mi actitud. Permanecí distante, y me mantuve lo más cerca posible del borde de la cama. Woferl me imitó y se quedó en su lado.

Esa noche, oí la respiración superficial de mi hermano en la oscuridad. Había crecido más de lo que me había dado cuenta, pero seguía siendo un niño menudo que dormía hecho un ovillo. Recuerdo que una vez me dijo que lo hacía para protegerse los pies de los monstruos que estaban debajo de la cama, como si, de alguna manera, nuestras mantas funcionaran como una barrera mágica contra lo sobrenatural. En aquel momento, me había hecho sonreír, divertida. Ahora yo misma me acurrucaba y apretaba los pies contra el cuerpo.

Justo cuando empezaba a pensar que Jacinto no me visitaría, que se le había olvidado nuestra cita a medianoche, algo raspó suavemente nuestra puerta. Me invadió una súbita compulsión. Necesitaba levantarme y cruzar la habitación hacia aquel sonido.

Me incorporé y bajé las piernas por el costado de la cama, con cuidado de no molestar a mi hermano. El suelo parecía de hielo bajo mis pies descalzos. Tirité, y me sujeté los codos en un abrazo patético. Por la rendija de debajo de la puerta, se filtraba una extraña luz plateada, demasiado fantasmal para estar causada por la luna.

Extendí la mano y giré el pomo de la puerta. Aquella misma noche, cuando mi padre había salido de la habitación y cerrado la puerta, esta había rechinado y protestado como un ser vivo. Esta vez se abrió sin emitir sonido alguno. Avancé por el pasillo y bajé la escalera, contando las franjas de luz y oscuridad por las que pasaba.

Allí, al pie de la escalera, me esperaba Jacinto.

La boca le dividía el rostro con filas de dientes blancos, como cuchillas. Advertí los abultados músculos de su cuello y pecho. Me hizo señas para que me acercara y de pronto, sentí el impulso de huir de él, de volver a la cama, en la planta de arriba, y de contarle a Woferl lo ocurrido. Pero mi hermano ya no era mi amigo.

Jacinto, percibiendo mi miedo, me tocó la punta del mentón con la mano.

—Dime, Fräulein —susurró—. ¿Cuándo fue la última vez que viste el Reino del Revés?

—En la torre —murmuré—. Con Woferl.

Me observó con detenimiento.

—Sí —dijo—. En esa ocasión tuvimos una pequeña riña, si mal no recuerdo.

Tragué en seco, preguntándome si había vuelto a enfadarlo. Pero me sonrió.

—Es posible que encuentres varias cosas cambiadas en el reino, desde tu última visita. Al fin y al cabo, a ti te han sucedido muchas cosas en tu mundo, ¿no es así? —Señaló las calles de Lille, como para enfatizar lo que decía.

—¿Qué quieres que haga? —le pregunté.

—Cierra los ojos, Fräulein —respondió.

Vacilé, pero enseguida obedecí.

—Ahora ábrelos —agregó—. Y sígueme.

Cuando abrí los ojos, Lille había desaparecido. En su lugar había un bosque que no reconocí, bajo la luz de dos lunas que casi se tocaban. Los árboles estaban completamente negros, como si les hubieran echado varios cubos de tinta. Sus ramas se extendían hacia el suelo como manos retorcidas, y sus raíces se alzaban formando arcos agónicos. Crecían en hileras tortuosas, y cada uno competía con el siguiente por el poco espacio del que disponían.

Arriba, el cielo se veía bajo, escarlata y furioso.

—¿Por qué han cambiado los árboles? —balbuceé.

—*Tú* has cambiado —respondió Jacinto. Se me acercó para examinar mi rostro—. Ah, conque le has tomado cariño a este lugar. Hubo un tiempo en que lo temiste, y ahora ansías su regreso. Siempre quieres lo que no puedes tener, Fräulein.

Me condujo por el sendero sinuoso del bosque; ahora la tierra se había vuelto negra como los árboles, y el letrero torcido apenas se leía por el deterioro. Los adoquines se encontraban agrietados y cubiertos de ceniza. La nieve acumulada a los costados estaba negra como el hollín. Los árboles se cernían sobre el sendero. Sentía que sus ramas intentaban aferrar los bordes de mi camisón, y sus raíces amenazaban con levantarme del suelo. Miré hacia atrás. Ya no se veía nuestro hotel. Los árboles habían cubierto por completo el lugar de donde había venido.

Por fin, Jacinto se detuvo y señaló el horizonte.

Allí, no muy lejos, se veía el castillo… pero no como yo lo recordaba. Antes me había parecido antiguo, derruido por la ausencia de su rey y su pueblo, con sus misteriosas ventanas y su foso amplio. Ahora los ladrillos se habían vuelto negros, como quemados por el fuego, y la hiedra espinosa devoraba sus muros. Hasta el agua del foso se había tornado negra, de modo que ya no se veía el fondo. De vez en cuando, se veía pasar una enorme sombra: las aletas del monstruo del río, que atravesaban, implacables, la superficie.

Jacinto se volvió hacia mí. De pronto, sujetaba en las manos la espada que yo le había quitado al ogro y la ballesta que había encontrado bajo el arco de piedra.

—Toma esta espada —dijo— y sujétatela a la espalda. Sostén la ballesta en tus brazos.

Yo sabía lo que quería. Allí, a orillas del río, el agua se agitaba al paso del monstruo.

Jacinto señaló río abajo.

—Por allí el agua es menos profunda —dijo—. Podrás ver mejor. Ten cuidado de no desviarte al nadar. Si la corriente te lleva a aguas más oscuras, el guardián del río se percatará de tu presencia y te llevará hacia el fondo. —Rozó la ballesta con una mano—. Apunta bien, Fräulein, porque dispondrás de una sola oportunidad.

Asentí en silencio. El arma me pesaba en las manos.

—¿Y cuando llegue al otro lado?

—Toma la espada y abre un camino entre las espinas —respondió—. Cederán, pero no debes dejar de avanzar, pues pueden volver a cerrarse con rapidez detrás de ti y atraparte las piernas. Si eso ocurre, no podrás escapar.

Por último, Jacinto me entregó la flor de la noche. Observé su tallo espinoso, el centro de la flor, que aún resplandecía con un azul medianoche.

—Mantén esto cerca de ti. No se lo des a nadie.

¿Que no se lo diera a nadie?

—Creía que ya no quedaba ni una sola persona en el castillo —dije.

—No. Personas, no. —Jacinto me miró muy serio—. Yo avanzaré detrás de ti, pero como el castillo fue una vez mi hogar, pueden percibir mi presencia. Debes ir tú por delante. Si ves a alguien en la escalera, no lo mires. Si te pregunta algo, no respondas. No es humano.

Temblé.

—¿Qué es, entonces? —le pregunté.

Jacinto no me respondió. En lugar de hacerlo, alzó la mirada hacia la torre más alta del castillo, con un anhelo desesperado en los ojos.

—Sube a la torre más alta. Cuando llegues al final, a la puerta cerrada, toma la flor de la noche y pulverízala entre tus manos. Echa el polvo sobre la cerradura, y esta se derretirá.

La princesa encerrada en la torre. Esa noche, por fin, podría liberarla para que se reuniera con su hermano. Pero me temblaron las manos al mirar otra vez el río.

—No puedo hacerlo —exclamé—. Tengo mucho miedo.

Jacinto volcó en mí su mirada dorada. Quizá el reino moribundo estaba matándolo a él también, y dando a su piel el color pálido de la muerte.

—No me queda mucho tiempo, Fräulein —me dijo en voz baja. Su voz fue como un gruñido—. Y a ti tampoco. ¿Recuerdas tu deseo secreto? ¿Recuerdas las promesas que nos hicimos?

Sujeté la ballesta con más fuerza y sentí en mi bolsillo las espinas de la flor de la noche. Me aparté de Jacinto y empecé a caminar hacia la parte menos profunda del foso. Una vez allí, sumergí un pie en el agua. Al instante, lo retiré con un siseo. El agua estaba fría como el hielo. Vacilé, pero luego sumergí las piernas, la cintura, el pecho y los brazos. El agua helada me rodeaba e intentaba introducirse en mi garganta. Luché contra la corriente que me envolvía las piernas y empecé a cruzar.

De reojo, vi que la aleta negra del monstruo del río se desviaba hacia mí, atraída por mis patadas al nadar. Me esforcé por mantener la cabeza fuera del agua. Mientras el frío comenzaba a entumecerme las piernas, intenté nadar más rápido contra la corriente para que no me arrastrara hacia la parte más profunda. En la orilla, Jacinto caminaba de un lado al otro, observándome.

De pronto, la corriente me hizo perder pie. Mi cabeza se hundió. Permanecí así un momento, sin control, como una muñeca de trapo en el agua. Me invadió el pánico. Mi aliento escapó en una nube de burbujas, y comencé a patalear de forma frenética. Oía susurros a mi alrededor, voces que se parecían a la de Woferl, a las de mis padres. En mi esfuerzo por no hundirme, abrí los ojos, intentando ver algo. Apareció una sombra a lo lejos, en el agua turbia, y cuando me volví, me di cuenta de que era el monstruo del río, que nadaba hacia mí con sus ojos blancos y sus mandíbulas abiertas.

Grité y grité. Frente a mí, el agua se llenó de burbujas que me impedían ver. En medio del terror, oí la voz de Jacinto, clara y cortante como la hoja de un cuchillo.

Apunta bien, Fräulein, porque dispondrás de una sola oportunidad.

El monstruo del río aceleró. Alcé la ballesta frente a mi pecho. En ese instante congelado en el tiempo, de pronto me vi suspendida en el agua, con la punta reluciente de mi arma apuntada directamente a la boca abierta de la criatura.

Presioné el gatillo.

La flecha surcó el agua, alcanzó al monstruo justo entre las mandíbulas y se hundió en la negrura de su garganta.

La criatura rugió. Se desvió de su trayectoria hacia mí y se retorció, levantando el lodo del lecho del río. A mi alrededor, todo era una bruma oscura. Luché por ascender y me dirigí a ciegas hacia la superficie. Mi pecho amenazaba con estallar.

De milagro, volví a hacer pie y salí a la superficie, desesperada por tomar una buena bocanada de aire. Detrás de mí, el agua bullía con los últimos estertores de la criatura. Ahora sus chillidos eran como un borboteo sanguinolento. El aire estaba cargado de un olor metálico. Llegué a la otra orilla y trepé. Se me llenaron las uñas de lodo y suciedad.

Llegué a lo alto del barranco y me arrojé al suelo sin miramientos. Cuando volví a mirar hacia el río, vi el rastro de sangre oscura donde había estado un momento antes. El monstruo del río había desaparecido. Me quedé sentada un momento, recuperando el aliento y enjugándome las lágrimas. La ballesta descansaba en el suelo a mi lado, ya inútil.

Al otro lado, Jacinto dio un paso hacia el foso. Vi con asombro que ahora las aguas se abrían por donde él pisaba, como si Dios las hubiera dividido como al mar Rojo. En el lecho del río, quedó a la vista el cadáver del monstruo, y Jacinto pasó por encima de él sin detenerse a mirarlo.

Me volví hacia el bosque de espinas, tomé la espada que llevaba sujeta a la espalda y me puse de pie lentamente.

Tal como me había dicho Jacinto, al primer roce de la espada, las espinas comenzaron a separarse con un siseo. Fui abriéndome paso sin cesar hasta que casi no se vio nada más alrededor que sus afiladas puntas. Mientras avanzaba, se enganchaban en mi camisón y desgarraban la tela. Detrás de mí, Jacinto había cruzado el río y empezaba a avanzar por el sendero que yo había abierto entre las espinas.

Una rama rebelde se extendió hacia mi pie, y sus espinas me hicieron un corte en el tobillo. Grité y la golpeé a ciegas con la espada. Acerté, y la zarza se apartó como si la hubiera quemado. Otras ramas intentaron atraparme, ansiosas por lastimarme la piel. Fui cortándolas conforme aparecían.

Una se me escapó. Se enroscó en mi tobillo y apretó, y sus espinas se me clavaron con fuerza en la carne.

Es el fin, pensé, con ganas de llorar. No podré escapar.

De pronto, la rama me soltó. Vi a Jacinto detrás de mí, con los dientes descubiertos: acababa de cortar la rama con ellos.

—Date prisa —gruñó.

Sentí que me recobraba. Blandí la espada con todas mis fuerzas, y la última de las espinas se partió delante de mí. Salí de aquella maraña y caí de rodillas sobre tierra firme.

Cuando alcé la cabeza, me encontré ante la entrada del castillo, cuyo portal estaba abierto. Había manojos de hierba seca adheridos a cada barrote de hierro. Me recordaron a la hierba que se ondulaba en el valle de la flecha, y me estremecí al recordar los susurros del viento.

En mi mano, la espada había perdido su filo, y ahora su superficie se corroía poco a poco por el veneno de las espinas. La solté y la vi deshacerse, hasta que solo quedó la empuñadura. Luego me puse de pie con dificultad y seguí caminando sin mirar atrás.

Atravesé un patio yermo por donde alguna vez habrían marchado grandes procesiones. De cada ventana del castillo colgaban unas cortinas negras. Las banderas de un reino otrora grandioso ahora pendían, raídas, de las murallas. Cuando posé la mirada en sus bordados desvaídos, distinguí lo que había sido un sol, con grandes líneas doradas bordadas con trazo sinuoso, que irradiaban desde un círculo central. Ese símbolo me resultó muy conocido. Fruncí el ceño, intentando recordar dónde lo había visto.

Mientras avanzaba, se me erizó el vello de la nuca. No había nadie por allí y no se oía nada más que mis propios pasos en la piedra, pero aun así sentía que alguien me seguía con la mirada desde algún lugar oculto.

Por fin, llegué a la entrada de la torre. La escalera que ascendía curvándose, la misma del *château*, estaba húmeda, y en la concavidad de los escalones gastados había agua acumulada. Eché un vistazo a las sombras para asegurarme de que no hubiera nadie, pero no alcancé a ver más allá de donde la escalera se perdía en la oscuridad.

Comencé a subir.

Las ventanas eran más pequeñas que nunca; sus cortinas negras se hinchaban con el viento, y la poca luz que dejaban pasar no bastaba para dejarme ver los escalones que tenía delante. Mantuve la mano apoyada en la curva de la pared. Había tapices colgados en la piedra, de la familia real. El tiempo, el agua y el viento los había desgastado, pero aun así pude ver el rostro del rey en su juventud, sonriente y seguro, con su joven reina a su lado. Detrás de ellos brillaba el mismo símbolo del sol que figuraba en las banderas, y en sus brazos acunaban a dos niños pequeños.

Me detuve a observar el retrato de la reina. Llevaba un vestido blanco y dorado, con bordes de encaje y una falda amplia que se extendía como agua a sus pies. El vestido, la curva de sus pómulos, el arco de su cuello... todo en ella me resultaba muy familiar.

A medida que subía, los escalones se tornaron más altos y angostos, de modo que en ocasiones tenía que detenerme y buscar a tientas el siguiente escalón para poder continuar. Mis pies no emitían sonido alguno contra la piedra mojada. De vez en cuando, se oía un leve chapoteo cuando pisaba los charcos.

Algo pasó junto a una de las ventanas, y me pareció oír el susurro del viento. Oí algo detrás de mí. Pensé que sería Jacinto, pero cuando me di la vuelta para comprbarlo, no vi otra cosa que las cortinas de una ventana inferior hinchándose con el viento, como si algo se hubiera deslizado hacia el interior. Una vez más, se me erizó la piel con la sensación de otra presencia.

Oí pasos, torpes y lentos, que provenían de abajo.

—¿Jacinto? —susurré en la oscuridad. Nadie respondió.

Volvió a invadirme el pánico. Seguí subiendo lo más rápido que pude sin resbalarme en los escalones. Detrás de mí, los pasos me seguían.

La escalera se volvió aún más angosta. Estaba acercándome al final. La flor de la noche me pinchaba en el bolsillo al caminar. La palmeé para cerciorarme de que seguía allí, y seguí sin mirar atrás.

De pronto, vi una figura sentada en la última curva de la escalera.

Parecía una persona, aunque no estaba segura. Se encontraba encorvada contra la pared, cubierta de negro y con el rostro oculto bajo un manto con capucha. Me pareció oír que tarareaba.

Si ves a alguien en la escalera, no lo mires.

Rápidamente, desvié la mirada hacia los escalones. Se me aceleró el corazón. Poco a poco, empecé a subir otra vez, aplastándome contra la pared contraria a medida que me acercaba a la figura. Detrás de mí, los pasos seguían avanzando en la oscuridad en la que se sumía la escalera.

La figura que estaba sentada se acercó. Apenas la veía como una sombra borrosa por el rabillo del ojo. Todo en mí me gritaba que la mirara, pero me obligué a no hacerlo y apreté el paso. Me pregunté si sería mejor pasar corriendo a su lado y correr el riesgo de provocarla, o bien pasar muy despacio y arriesgarme a que me atrapara. Presioné el cuerpo contra la pared. No tenía alternativa. Tenía que seguir.

Ahora la oía tararear con toda claridad. Cantaba una extraña melodía, una canción que pasaba de un compás cuatro por cuatro a notas en tresillos, notas alegres con enlaces bruscos y disonantes. Me recordaba a la música que había oído en el *château* el día que me había negado a la petición de Jacinto.

Fui acercándome lentamente, y cuando estuve justo frente a la figura, mi camisón rozó en silencio el borde de su túnica. Se me erizó la piel.

Cuidado, me dije, aterrorizada. Si tropezaba, caería en las manos de la criatura que venía siguiéndome y que no llegaba a ver. *Jacinto, ayúdame, ¿dónde estás?*

Pasé despacio junto a la figura sentada. No se movió. Su tarareo se hizo un poco más leve. Ahora el techo de la torre estaba cerca; casi había llegado al final.

Entonces la figura sentada habló. Su voz fue como un susurro que me envolvió.

—Nannerl.

Al oír mi nombre, me di la vuelta de forma instintiva. La figura estaba mirándome y tenía una de sus manos huesudas extendida. Sin querer, posé la mirada en su cara.

A la sombra de su caperuza, el rostro no tenía nada más que una boca llena de dientes.

—¿Quieres tocar algo para mí? —susurró.

Si te pregunta algo, no respondas.

Entonces se estiró hacia delante y empezó a trepar por la escalera hacia mí. A sus pies surgió otra; cada criatura cobraba vida por la que la precedía. Eran las mismas que había visto volando en torno a la torre y frente a mi ventana durante mi enfermedad.

Olvidé todo sigilo y eché a correr. Me resbalé, y caí de lleno contra las piedras mojadas. Apreté los dientes y subí lo que quedaba de la escalera a cuatro patas. A mi espalda oí el roce de huesos contra las piedras. Las criaturas me seguían.

Arriba apareció una puerta, con una cadena gruesa y oxidada colgada del picaporte.

Arañé la puerta cerrada. Una de las criaturas volvió a llamarme. *Nannerl.* Sus palabras flotaron en el aire, ásperas e inquietantes. *¿Me das la flor?*

En medio del pánico, recordé la advertencia de Jacinto sobre la flor de la noche.

No se la des a nadie.

Me saqué la flor del bolsillo y empecé a aplastarla entre mis manos. Sus espinas me cortaron la piel. Me mordí el labio con fuerza, hasta sentir el sabor de la sangre, pero no me detuve. La flor se desmenuzó hasta hacerse ceniza; los pétalos, duros y quebradizos, y las espinas se hicieron polvo. Las criaturas seguían acercándose por la escalera; sus voces eran ahora una cacofonía de gruñidos. Lo único que veía de ellas eran sus dientes.

Tomé el polvo y lo froté contra la cadena de la puerta.

Al principio no ocurrió nada. Luego vi que la cerradura comenzaba a derretirse, y el metal oxidado se convirtió en un líquido viscoso que formó un charco de bronce a mis pies. Empujé la puerta con todas mis fuerzas.

La criatura que estaba más cerca alargó la mano e intentó aferrarme. Sentí que sus huesos se cerraban en torno a mi pie. Dejé escapar un grito. Pataleé para que me soltara.

—¡Jacinto! —grité. Apoyé las manos contra la madera podrida de la puerta y le di otro empujón.

Se abrió. Caí hacia el interior de una habitación donde el suelo estaba recubierto de paja.

En un rincón había un clavecín deteriorado. Por una ventana diminuta, se veía el cielo escarlata. Y ante mí, acurrucada en el centro de la habitación, despertó una niña que se parecía mucho a mí: su cabello tenía las mismas ondas oscuras que el mío, y sus ojos eran del color de un lago a medianoche. Incluso su vestido, uno sencillo blanco y azul, me recordó al vestido que yo llevaba puesto la primera vez que había tocado para Herr Schachtner, hacía tanto tiempo.

Se incorporó y me miró horrorizada.

—Has matado al guardián del río —murmuró—. Has cortado las espinas que sembró mi padre.

¿El guardián del río? Pero las espinas no estaban allí por el difunto rey. ¿O sí? Abrí la boca para decírselo, pero no me salió nada.

Me volví al oír algo a mis espaldas, segura de que serían las criaturas de la escalera. Pero era Jacinto, con su piel blanca aún mojada por el río, sus ojos entornados y brillantes, como liberados de una sed muy antigua.

La niña desvió la mirada hacia él. Se retrajo.

—Lo has ayudado a cruzar —me susurró.

Y solo entonces, cuando me miró a los ojos, capté la verdad, con tanta seguridad como si ella me hubiera enviado ese pensamiento.

La familiaridad del símbolo del sol en las banderas y los tapices de la familia real. Lo reconocí porque lo había visto grabado en el escudo en la cabaña del ogro.

Los pómulos altos de la reina eran los del hada atrapada en la gruta. El vestido blanco y dorado de la reina era el mismo que se adhería en andrajos a la figura delgada del hada, y caía hasta donde sus pies estaban hundidos en el suelo de la gruta. Incluso su magia, lo que Jacinto había llamado su terrible poder de fuego, era un don del Sol, que la había atesorado.

La Reina de la Noche no era una bruja malvada, sino la reina en persona. El ogro del claro del bosque no había sido un ogro, sino el guardia del rey, que no había logrado encontrar a la reina y a su hijo.

Y Jacinto... Pensé en el monstruo del río que le impedía cruzar, en los manojos de hierba seca atados a las puertas del castillo. Era la misma hierba que Jacinto no podía tocar en el claro donde se encontraba la flecha, la misma hierba que era venenosa para él. Esa hierba crecía allí para proteger el castillo, para que él no pudiera entrar.

Jacinto nunca había sido el príncipe del reino, el hijo perdido de la reina. Era la criatura de las hadas que había robado al niño, el monstruo que el reino había intentado mantener alejado.

Grité. Alcé los brazos para proteger a la niña. Pero Jacinto me dejó atrás de un salto. Y ante mis ojos, se abalanzó hacia la princesa y la devoró.

CARTAS DESDE UN BOSQUE A MEDIANOCHE

Desperté sobresaltada.

La mañana aún no había llegado del todo, y algunas sombras permanecían detrás de la puerta del dormitorio y en el alféizar de la ventana. Había extendido las manos hacia delante, intentando llegar a ciegas hasta donde creía que estaba Jacinto. Tenía los labios abiertos en un grito silencioso, y mis ojos seguían dilatados por la imagen de sus dientes manchados de sangre.

Cuando al fin el mundo de mi sueño dio paso al mundo real, me di cuenta de que Jacinto no era otra cosa que el poste de mi cama. Miré enseguida a Woferl, segura de haberlo despertado, pero no se movió, y su respiración se mantuvo constante.

En mis huesos se había instalado un frío profundo, y yo temblaba tanto que apenas pude unir mis manos. Algo terrible había ocurrido en el Reino del Revés. Mientras intentaba recordar, sentí que el horror de aquella visión comenzaba a desdibujarse, a desvanecerse. La princesa de la torre tenía mi rostro, creado por mi imaginación. ¿Acaso lo había visto de verdad? Jacinto era *mi* guardián, y seguramente eso significaba que no podía haberme traicionado.

Pero esa mañana había algo distinto en la obnubilación de mi mente, como si una mano se hubiera hundido en mis pensamientos, los hubiera revuelto, y hubiera enturbiado las aguas. Como si alguien más se hubiera acomodado allí. Cerré los ojos e intenté recordar los momentos finales de mi sueño. *La reina. El guardia. La princesa.*

Jacinto no era el príncipe del Reino del Revés. Había destruido el reino, y yo lo había ayudado.

—¿Te encuentras bien, Nannerl?

La voz de Woferl me sobresaltó. Cuando lo miré, lo encontré observándome fijamente, sin parpadear.

—No quería despertarte —respondí.

—He tenido un sueño extraño —dijo Woferl.

Me recorrió un asomo de temor.

—¿Qué has soñado? —le pregunté.

—Me encontraba en una ciudad. Estaba incendiándose. Después el fuego me quemaba la piel y el humo me cegaba.

—¿Una ciudad? ¿Lille?

—No. —Su voz no reflejaba emoción alguna—. Una ciudad sin nombre.

Ese sueño era obra de Jacinto. Percibí su presencia en los espacios entre las palabras de mi hermano, sus dientes clavándose en el aire. Esperé que Woferl volviera a hablar. Cuando se dio la vuelta y cerró los ojos, me acomodé de costado y contemplé la luz que empezaba a asomar por la ventana.

Jacinto no era el príncipe del reino.

Eso significaba que su deseo de recuperar su derecho y el trono, de reunirse con su hermana, también era mentira. ¿Cuál era, entonces, su verdadero deseo? Había hecho un trato conmigo... ¿con qué fin? Pensé en la avidez de sus ojos al llegar a lo alto de la torre, en todo lo que había hecho y lo que me había hecho hacer a mí.

Lo que quería era devorar a la princesa que estaba en lo alto del castillo.

Volví a posar la mirada en la forma frágil y acurrucada de mi hermano; en su pecho, que subía y bajaba con un ritmo suave. Una idea empezó a formarse en mi mente. ¿No me había dicho Jacinto una vez que nunca habían encontrado al joven príncipe? ¿Que la Reina de la Noche nunca supo lo que había sido de su hijo? Jacinto no era el príncipe del reino, pero había alguien que sí lo era. Y si el deseo de Jacinto siempre había sido devorar a la princesa, tal vez ahora quería hacer lo mismo con el príncipe.

Quizá por eso Woferl se había pinchado el dedo con la flor de la noche y esa era la causa de sus enfermedades, de sus sueños extraños, de la expresión distante de sus ojos. Por encima de todo, quizá fuera la razón por la cual Jacinto había prometido cumplir mi deseo. Ahora el aire no parecía llenarme los pulmones. Cambié de posición, mareada por la verdad.

Woferl era el príncipe del Reino del Revés.

Y quizá, quizá, todo lo que había hecho Jacinto había sido para encontrar el modo de apoderarse del alma de Woferl tal como había hecho con la princesa.

Te recordarán siempre, si lo olvidan a él. Déjame llevármelo, Fräulein. Oí las palabras en un susurro con tanta claridad como si él estuviera a mi lado.

En el fondo de mi mente, Jacinto parpadeó en la oscuridad, se movió, y sonrió.

Cuando partimos de Lille con rumbo a Ámsterdam, luego Rotterdam y los Países Bajos Austríacos, comenzaron a ocurrir cosas extrañas.

Nevó durante uno de nuestros conciertos, en una tarde soleada. Llegaron noticias desde Londres que hablaban de una peste extraña que había brotado en la campiña inglesa. Al mismo tiempo, empezamos a oír comentarios de ataques sangrientos en Francia, de lobos devoradores de hombres que merodeaban en los caminos de montaña cerca de Périgord.

—Herr von Grimm dijo que la Bestia de Gévaudan tiene un rabo tan largo como yo soy alto —dijo Woferl, arrodillado en su silla, mientras cenábamos sopa de lentejas y spaetzle. Extendió los brazos—. Y el doble de dientes que cualquier lobo.

Madre lo regañó y le dijo que se sentara correctamente, mientras que Padre rio entre dientes.

—¿Y por qué crees todo lo que dice Herr von Grimm? —le preguntó.

Woferl se alegró, ansioso de arrancarle más sonrisas a nuestro padre.

—Bueno, dijo que, a mi edad, yo sabía más que la mayoría de los *kapellmeisters* de Europa. —Me miró un instante—. Y dijo que Nannerl toca el clavecín mejor que nadie. ¿Acaso todo eso no es cierto?

Alcé la mirada al oír el elogio de mi hermano. Me miró un instante y enseguida apartó los ojos. Últimamente Woferl se interesaba mucho por mis estados de ánimo, los momentos que pasaba callada y con expresión distante. Era su manera de intentar llegar a mí.

Le respondí con una expresión de gratitud cuidadosa y ensayada.

—Eres muy amable, Woferl —le dije—. Gracias.

La alegría de mi hermano se apagó un poco al oír mi respuesta. Él sabía que era la clase de respuesta amable que yo daba a los nobles para los que tocábamos, siempre que quería causar una buena impresión. Me miró un buen rato, buscando la verdad detrás de mi respuesta ensayada, pero yo aparté la vista y volví a concentrarme en mi plato. Tal vez pensó que seguía enfadada con él por mi música. Y quizá lo estaba. Pero no podía mirarlo sin recordar lo que había ocurrido en el reino y lo que tal vez quería hacerle Jacinto.

Padre no percibía aquella extraña tensión que había entre nosotros. Reía con ganas. Pocas cosas lo complacían más que un recordatorio de la impresión que habían causado nuestras presentaciones ante las cortes, y era verdad que Herr von Grimm había pronunciado esas palabras cuando habíamos tocado para el príncipe de Conti en París, durante el té.

Madre lo miró un momento.

—Tal vez no sería mala idea evitar los caminos de montaña —sugirió.

Padre alzó una mano como restándole importancia y siguió revolviendo su sopa.

—Seguro que son solo cuentos exagerados por los testigos asustados. No se habla de que haya ocurrido en los alrededores de París.

—El mismísimo Luis XV ha ofrecido una recompensa para quien cace un lobo y se lo lleve —le recordó Madre—. Si el rey teme a esa bestia, tal vez nosotros también deberíamos.

—Bestia. —Padre repitió la palabra con los labios torcidos; su disgusto por lo imaginario le agrió el buen humor—. No hay ninguna bestia.

Yo comía en silencio. La conversación me envolvía como las aguas de un lago turbio, y veía una imagen distorsionada de mi familia. Ninguno dijo nada más sobre mi música, publicada como obsequio de cumpleaños para el príncipe de Orange. Era posible que, para mi padre, todo eso hubiera quedado ya en el olvido; que, al recibir su dinero, hubiera relegado mi música a algún rincón polvoriento de su mente.

Sin embargo, yo sentía que el peso de su traición pendía sobre la mesa como una tormenta. Todos lo sabían. A veces yo esperaba que llegara el castigo de mi padre, que algún día se sincerara por fin conmigo respecto a mis composiciones y las arrojara al fuego, como yo siempre había temido.

Habría preferido eso y no aquel silencio, aquella desestimación de lo que yo había escrito.

La idea me heló hasta los huesos, hasta el punto de que me estremecí en la habitación cálida, intentando evitar que mis labios formaran una mueca.

Yo sabía muy bien quién estaba matando a la gente de Périgord y Gévaudan. Había visto su forma en mis sueños la noche anterior, merodeando entre los pastos altos. No era un lobo, sino una criatura del mundo de las hadas, de ojos amarillos y enorme sonrisa, ávida de comer más carne ahora que al fin yo le había ayudado a probarla.

Lo que no sabía era qué deseaba yo ahora. Una parte de mí necesitaba regresar al Reino del Revés, para reparar el mal que había hecho. La Reina de la Noche había intentado prevenirme, pero yo no le había creído. El guardia del rey me había gritado que volviera, pero yo lo había creído un ogro y había huido. El guardián del río había intentado impedirme el paso. Y sin embargo, yo había ayudado a un monstruo. Tenía que enmendar lo que había hecho.

Pero otra parte de mí aún ansiaba cumplir mi deseo, temerosa de haberlo perdido para siempre. ¿Podía conseguir que me recordaran, sin la ayuda de Jacinto? ¿Acaso estaba condenada al olvido si no seguía satisfaciendo sus exigencias? *Quiero lo que es mío*, le había dicho. Y aún lo quería.

Y una parte de mí que me asustaba —un susurro entre las sombras, una figura que aguardaba en el bosque— quería ver desaparecer a mi hermano. Se haría más y más transparente hasta que casi no pudiera distinguirlo. Y en un abrir y cerrar de ojos, ya no estaría.

Semanas más tarde, regresamos por fin a Salzburgo.

Me asomé por la ventanilla de nuestro carruaje para admirar la Getreidegasse al pasar, aunque Sebastian y mi madre me dijeron que me sentara bien. La caricia del aire, los aromas que llegaban con el fin del otoño, los carteles de hierro forjado frente de los comercios:

todo seguía allí, exactamente donde habían estado años antes, cuando nos habíamos marchado por primera vez. Por un momento, olvidé a Jacinto y mi música y me permití disfrutar otra vez de la familiaridad del lugar. Mi corazón estaba en ascuas, lleno de expectación, mientras nos acercábamos a nuestro edificio.

Llegamos a casa. Allí, además, podría estar esperándome una carta de Johann, escrita y dirigida a mí. Intenté ver en mi mente su rostro esperanzado, recordar cómo habíamos conversado y reído en aquel sueño. ¿Qué me diría en una carta? ¿Estaría viajando aún por Europa, visitando universidades? ¿Acaso había planeado venir a Austria? No me importaba. Lo único que sabía era que, si sus cartas habían llegado, yo tenía que llegar a ellas antes que mis padres.

A mi lado, Woferl percibió mi tensión y alzó la cara para observarme. A la luz, vi los primeros indicios de sus pómulos adolescentes. ¡Qué rápido había llegado a cumplir doce años! ¡Qué pronto había llegado yo a los dieciséis! Ya no nos quedaban muchos años juntos. Nerviosa, aparté la mirada hacia la calle, pero seguí sintiendo sus ojos en mi espalda.

Padre bajó de un salto en cuanto el carruaje se detuvo. Junto a la entrada de nuestro edificio estaba Herr Hagenauer, el propietario de nuestro apartamento, que recibió a mi padre con una sonrisa radiante cuando este le dio un fuerte apretón de manos. Hablaron con prisa sobre el alquiler, sobre la posibilidad de que nos diera más tiempo para pagarle los meses que habíamos estado ausentes. Esperé hasta que Woferl se bajó para ir con nuestro padre, y entonces le toqué el brazo a mi madre.

—Madre, por favor —susurré, con un vistazo hacia donde mi padre y Herr Hagenauer conversaban en voz alta. Ella me miró—. ¿Podrías fijarte si en nuestro correo hay algo para mí?

Alzó las cejas, sorprendida.

—¿Solo para ti, Nannerl? —Tuvo el acierto de susurrar la pregunta.

Me ruboricé y esperé que nadie más se diera cuenta.

—Sí, Madre —murmuré.

Frunció el ceño.

—¿Y de quién?

—Se llama Johann. —Tragué en seco; de pronto, dudé de si mi madre me guardaría un secreto así—. Asistió a uno de nuestros conciertos y dijo que quería escribirme para enviar sus mejores deseos.

Mis palabras se apagaron ante la mirada severa de mi madre.

—Un joven —murmuró—. ¿Y tu padre sabe quién es Johann?

—No le cayó muy bien. Por favor, Madre —susurré, bajando la mirada—. Escribe desde Frankfurt.

No supe qué vio en mi rostro para apiadarse de mí. Tal vez mi expresión le despertó recuerdos de tiempos pasados, de una edad en la que aún no estaba casada. Fuera por la razón que fuese, suspiró, meneó la cabeza y bajó del carruaje, extendiendo la mano para sujetar la de Sebastian, que la esperaba abajo.

—Yo me encargo —me dijo por encima del hombro.

Y, en efecto, cuando llegamos a casa, donde nuestro equipaje ya se encontraba apilado junto a la puerta, y después de que Padre saliera apresuradamente a reunirse con el arzobispo, Madre me buscó a solas en la alcoba y me entregó tres sobres marrones, escritos con letra redonda.

La miré aliviada, pero no habló. Me apretó el hombro con afecto, salió y cerró la puerta en silencio. Desde fuera, me llegaban los sonidos apagados de Woferl tocando el clavecín. Estaría ocupado un buen rato, pues había echado mucho de menos su instrumento. Volví a concentrarme en los sobres que tenía en la mano. Me senté con la espalda contra la puerta, para poder detener a quien quisiera entrar; acomodé mis faldas alrededor y empujé un dedo bajo la solapa del primer sobre. El sello de lacre se rompió con un chasquido.

La letra de la carta coincidía con la del sobre —redonda y bella, era la letra de un joven culto— y la leí con una sonrisa.

A mi Fräulein Mozart:

¿Sabe que, cuando volví a Frankfurt, lo primero que hice fue dibujarla como la recordaba? Estoy dibujando mucho. Me temo que mi arte no es tan milagroso como el suyo, pero de todos modos dibujo tan a menudo, como seguramente usted componga.

Mi padre ha decidido enviarme a la facultad de Derecho aquí en Frankfurt. Me habría gustado encontrar una más lejos, pero no será tan malo quedarme en Alemania, y puedo albergar la esperanza de recibir cartas suyas con más frecuencia.

Pienso mucho en usted. A veces imagino que la veré en la puerta de nuestra panadería local, o en la plaza, como aquel día en Londres. Pero supongo que no soy más que un muchacho optimista. Le ruego que me diga si volverá a tocar en Frankfurt. La esperaré.

Hasta que volvamos a vernos, su esperanzado

Johann

Me alegré de que no hubiera allí nadie que pudiera verme ruborizada, pero me toqué las mejillas y no sentí vergüenza. Doblé la carta y tomé la segunda. Fuera, Woferl terminó de tocar un minueto y empezó otro, uno que yo nunca había oído. Quizá estuviera creándolo sobre la marcha. Sin detenerme a pensar en ello, comencé a leer la siguiente carta de Johann.

A mi Fräulein Mozart:

Quizá no lo sepa, pero aquí, en Frankfurt, se dice que usted y su familia habéis sido una enorme sorpresa para los holandeses, y que no pueden creer la suerte que habéis

tenido. Lo oí por la calle. ¡Piense, Nannerl, que usted, a su
corta edad, ya ha ganado tanta popularidad que hasta la
mencionan los desconocidos al pasar! A mí, usted me
asombra y me impresiona más que nadie que haya
conocido.

Estoy escribiendo un poema. He descubierto que mi
habilidad para escribir es bastante mayor que mi destreza
para la pintura. Me alivia que nunca haya visto mis obras.
Me avergonzaría.

Como ya sabe, si alguna vez viene a Frankfurt, estaré
siempre dispuesto a verla.

Johann

Apoyé la cabeza en la puerta y cerré los ojos. Johann no podía saber que cualquier cosa que oyera de mí por la calle siempre se refería solo a mi hermano. No obstante, me conmovió la calidez que emanaba de sus palabras. Recordé el sueño que había tenido una vez, en el que estábamos sentados bajo el cielo nocturno, con tanta claridad como si realmente hubiera ocurrido.

Me permití disfrutar ese recuerdo hasta que oí que Woferl terminaba su segundo minueto y empezaba a tocar un tercero, una pieza melancólica en un tono menor. Entonces rompí el sello de lacre de la tercera carta y comencé a leerla.

La arrojé a un lado, asustada. De mis labios escapó un grito leve.

Mi querida Fräulein:

Me has ayudado. Un trato es un trato. Ven a mí en
Viena, y te llevaré al baile.

No había firma, pero no era necesaria. No era una carta de Frankfurt. Esta carta venía de un bosque a la luz de la luna. La voz silvestre de Jacinto estaba allí, en sus palabras, en cada línea irregular y apresurada. Aunque yo nunca había visto su letra, la reconocí.

Fuera, el minueto de Woferl inició un crescendo. Las notas caían una sobre la otra como cuentas sobre un mostrador de cristal.

En alguna parte de mi mente resonó una risa, un sonido de la noche.

Tomé las cartas y las guardé con cuidado en sus sobres. Luego las escondí en mi baúl, bajo una pila de ropa. Más tarde las quemaría todas.

Jacinto volvía a llamarme.

EL FANTASMA
EN EL
PERGAMINO

E sa noche, Padre volvió muy alterado de su encuentro con el arzobispo. Sus labios formaban una línea recta.

Woferl, Madre y yo lo miramos sorprendidos desde la mesa del comedor, pero fue mi madre quien reconoció en el acto todo lo que implicaba la expresión de nuestro padre, pues se levantó enseguida y se le acercó. Recibió su sombrero antes que Sebastian llegara a hacerlo; luego le tocó el hombro para consolarlo y colgó la chaqueta.

Padre fulminó los platos servidos con la mirada.

—¿Otra vez pescado? —murmuró. Apoyó una mano en el respaldo de su silla y meneó la cabeza, una y otra vez, insatisfecho por algo. Recorrió nuestro hogar con la mirada, en busca de algo que no sabía bien qué era.

—¿Qué sucede, Leopold? —le preguntó mi madre por fin.

—Qué pequeño es este apartamento —se quejó, señalando con un gesto el vestíbulo—. No me había dado cuenta hasta que regresamos. Fíjate, Anna, nuestro equipaje apenas cabe aquí.

—Hay mucho espacio, Padre —le aseguró Woferl—. A mí no me molesta.

—Por supuesto que no te molesta —replicó él—. Aún eres un niño. —Era raro oírlo hablarle a mi hermano en tono cortante, y presté atención, curiosa e intimidada. Mi padre me miró y me sostuvo la mirada—. Nannerl, en cambio, se está convirtiendo en una señorita. Y vosotros dos seguís compartiendo habitación.

El miedo gélido me llegó como hasta la médula. Oí las palabras que mi padre no dijo. *Cuanto más crezcan, menos impresionará su talento.* Yo no seguiría siendo una niña prodigio durante mucho tiempo más.

Madre se le acercó y apoyó una mano en la de él.

—Pero podemos darle a Nannerl su propia habitación —dijo, aún indagando el origen del mal humor de mi padre.

Woferl la miró, conmocionado.

—¿Por qué? —preguntó.

Madre frunció el ceño por la interrupción.

—Woferl. Tienes doce años. No pretenderás seguir durmiendo en la misma habitación que tu hermana… No está bien.

Mi hermano me miró, pensando que yo protestaría. Cuando no lo hice, apretó los labios. Vi en su rostro el miedo de dormir solo, de quedarse a solas con sus pesadillas y sus visitantes de medianoche. Tal vez en sueños seguía huyendo de Jacinto. Pensé en las bestias que habían estado merodeando por la campiña francesa e imaginé los dientes afilados del joven duende clavándose en la carne de mi hermano.

—Así es. —Padre asintió al oír las palabras de mi madre—. Está decidido, entonces. Tendremos que disponer alojamiento para Sebastian en el edificio de al lado. Nannerl usará su alcoba.

Woferl y yo nos miramos. Sin mí allí, ¿qué cosas lo asustarían por las noches?

Mi hermano bajó la vista en silencio hacia su comida. Antes de mi enfermedad y de lo que nos había distanciado, tal vez habría alzado la voz en protesta. Ahora giraba el tenedor sobre el plato y desmenuzaba su pescado. Desde el fondo de mis pensamientos, una figura lo observaba con curiosidad, con la cabeza ladeada.

Mi madre observó a mi padre con atención; percibía algo más detrás de aquella actitud hosca.

—Has recibido noticias que no te favorecen —dijo por fin.

Al oírla, mi padre aflojó los hombros.

—Es absurdo —respondió él al cabo de un rato—. No recibí ninguna carta, ningún aviso.

—¿Qué ha hecho el arzobispo?

—Me ha interrumpido el sueldo, Anna, por mi ausencia prolongada. Ahora que estoy de vuelta, me lo han rebajado otros cincuenta gulden.

Madre se tensó al oír eso.

—Cincuenta gulden —murmuró—. ¿Y sin motivo alguno?

—El único motivo es que he estado fuera —respondió mi padre—, sobre lo cual yo le había informado con antelación. No va a consentir que volvamos a marcharnos.

—¿Y Herr Hagenauer?

Padre se frotó el ceño fruncido, como si al frotarlo con fuerza suficiente pudiera alisarlo, resolver sus problemas.

—Ha accedido a darnos un mes más para ponernos al día con el alquiler. Nada más.

Una rebaja en su sueldo. El alquiler sin pagar. Las quejas de Padre por mi edad. Mis padres no tardarían en empezar a hablar, además, de la cuestión de mi dote, otro gasto que pesaba sobre la familia. Yo imaginaba mi futuro y lo veía trazado con claridad. Mi padre aprobaría a un hombre con quien emparejarme. Este pediría mi mano en matrimonio. Me casaría, e igual que mi madre, tendría hijos que prolongarían el apellido de mi esposo; dejaría atrás mi familia por la de él, y no podría hacer otra cosa que presenciar cómo Woferl se encaminaba al rutilante mundo de las óperas, los conciertos y los nobles ansiosos por encomendarle su música.

Al vislumbrar así mi futuro predestinado, me sentí mareada. No imaginaba que mi vida se transformara y se alejara de cómo era en el presente; era incapaz de pensar en un tiempo en el que no iría sentada junto a mi hermano en un carruaje para tocar ante una corte.

Pensé en mi padre, sentado ante su escritorio a altas horas de la noche, con la camisa arremangada hasta los codos. ¿Se quedaría allí esa noche, hasta mucho después de que todos nos hubiéramos retirado a dormir?

—Tal vez deberías hablar con él —iba diciendo mi madre—. El arzobispo suele ser un hombre razonable.

—Todavía no cree en el talento de Woferl. Dice que no tenemos motivos para andar recorriendo las cortes de Europa, con lo que él considera un... un... —el solo pensarlo hizo que las mejillas de mi padre enrojecieran de ira— un circo ambulante.

—¿Qué es lo que quiere?

—Pruebas. —El rostro de mi padre se ensombreció aún más—. Como si no hubiera escuchado ya tocar a Woferl, y a Nannerl, acompañarlo. ¡Como si no hubiera sido él mismo testigo de sus milagros! ¡Y se considera un hombre de Dios!

—Leopold —lo reprendió mi madre.

Padre se dio cuenta de que había hablado de más, y bajó la voz de inmediato. Echó un vistazo a la ventana, como si el arzobispo pudiera oír su insulto desde la mismísima corte. Suspiró y se pasó una mano por el cabello—. He accedido a lo que pidió.

—¿Qué es lo que pidió?

Padre miró a mi hermano, casi como pidiendo disculpas.

—El arzobispo quiere que nuestro Woferl le componga un oratorio.

Madre examinó con atención el rostro de su esposo.

—Eso es bueno, ¿no? —preguntó, sabiendo que no lo era.

—Lo quiere dentro de una semana —aclaró mi padre.

Una semana.

—Eso es imposible —murmuré sin poder contenerme. Imposible, aun para Woferl.

Al otro lado de la mesa, Woferl observaba a Padre con toda su atención. Tenía ojeras, y su rostro parecía una mecha encendida por la esperanza de complacer a nuestro padre.

—Lo haré —dijo, en el silencio—. Por favor. Ya tengo en mente una armonía hermosísima.

Madre no respondió ni manifestó su desacuerdo. Todos sabíamos que de nada serviría. Padre ni siquiera había mencionado que hubieran ofrecido pagar por el oratorio. Eso significaba que el pago consistiría en permitirle mantener su sueldo.

Como si me hubiera oído pensar, Padre se volvió hacia mí. En sus ojos, vi la misma luz que aquel día en que había regresado con mi música encuadernada, lista para entregar a la princesa de Orange.

No supe qué me sucedió en ese momento. Tal vez fue el espíritu de Jacinto agitando mis pensamientos, o el recuerdo de lo que yo le había exigido. La temeridad de quien ya ha perdido y sabe que no puede perder más.

La ira que había estado escondida en el fondo de mi ser, esperando el momento indicado para aflorar.

Levanté el mentón, miré a mi padre a los ojos y le mantuve la mirada como un desafío. Él alzó una ceja, sorprendido, pero no me amilané. Al fin y al cabo, ¿qué podía hacerme? Yo ya había pasado por lo peor. Mi futuro estaba escrito, y no había mucho que pudiera hacer para evitarlo. ¿Qué cambiaría si me acobardaba?

Por eso, no bajé la mirada. Con ella, le dije: *Sabes lo que quieres pedirme. Y si lo ayudo, tendrás que reconocer mi música, mi verdadero talento.*
Tendrás que admitir lo que hiciste.

Mi padre fue el primero en apartar los ojos. Madre intentó consolarlo apoyándole las manos en los hombros y susurrándole algo al oído. Él no quiso saber nada.

—Me retiro a nuestra habitación —dijo.

Antes de que Madre pudiera responder, pasó a su lado y se alejó a toda prisa hacia su alcoba; su cena quedó olvidada.

Esa noche, más tarde, Padre me llamó a la sala de música y me habló en susurros a la luz de las velas.

—Nannerl —dijo, con voz extrañamente apagada—. Woferl no puede terminar ese trabajo en ocho días.

—Lo sé —respondí, porque era verdad, y me quedé tranquilamente sentada con las manos sobre la falda y un chal sobre los hombros. Me di cuenta de que mi padre quería que me ofreciera, que sugiriera ayudar a mi hermano.

Pero guardé silencio y seguí mirándolo. Quería que él me lo pidiera. Antes me había armado de coraje para desafiarlo; no podía echarme atrás.

Padre vaciló; movía las manos, inquieto. Estaba fatigado, y esa noche las arrugas de su rostro parecían resaltar más. Lo vi mirar hacia la ventana una y otra vez. Aunque sabía que era imposible que estuviera viendo a Jacinto, sentí que se me erizaba la nuca y presentí su presencia en la habitación.

Por fin, dije:

—¿Qué tiene que ver esto conmigo, Padre?

Por un instante, los ojos de mi padre se suavizaron, y yo me acerqué de forma instintiva a él, intentando recordar ese momento tan poco habitual.

—Tú compones con un estilo similar al de tu hermano —respondió por fin. No lo dijo con severidad, sino con reticencia, como expresando una idea que había callado durante mucho tiempo.

Se hizo un silencio pesado. Me quedé helada, sin saber cómo reaccionar. Sus palabras resonaban en mí como una campana. Allí estaba: acababa de admitir lo que había hecho.

Yo componía como mi hermano. *Componía*. Estaba reconociendo la autoría de mi libro de sonatas. Mi padre estaba diciéndome, sin decirlo directamente, que sabía que esa música era mía. La luz trémula de las velas temblaba sobre mis manos unidas, y eso disimuló el estremecimiento que me recorrió.

—¿Cómo lo sabes? —le pregunté en voz baja.

—Nannerl. —Me miró fijamente—. Ya sabes cómo.

Ya sabes cómo. Miré alrededor. En la sala de música, las sombras se alargaban y se estremecían por las velas. Cualquier duda que pudiera haber albergado sobre lo que había ocurrido desapareció. Por fin, mi padre estaba admitiendo que había tomado mi música intencionalmente, que había puesto el nombre de mi hermano a mis obras y las había publicado.

—¿Por qué no me lo dijiste? —pregunté.

—¿Habría cambiado algo? —murmuró—. ¿Además de hacerte sentir mal? ¿Te habrías resistido? Las cosas son como son.

No le gustaba acercarse a mí así, vulnerable al admitir la verdad. Descubrí que me hacía sentir muy bien verlo incómodo. Por una vez, no era yo quien le pedía disculpas, quien buscaba su aprobación, quien intentaba apaciguarlo. Ahora le tocaba a él. Lo hice esperar un momento; primero me miró a los ojos y después los apartó con frustración, intentando concentrarse en cualquier cosa que no fuera mi acusación muda.

—¿Por qué haces todo esto, Padre? —le pregunté—. Nuestras lecciones. Nuestras giras. Sacrificas tu propia situación con el arzobispo. ¿Cuál es la razón? Sé que es por el dinero. Pero tiene que haber algo más.

Estaba sentado en una postura tiesa y encorvada, con los dedos entrelazados. Esperé con paciencia hasta que halló su respuesta.

—¿Sabes a qué creía yo que me dedicaría, Nannerl? —Cuando meneé la cabeza, prosiguió—: Misionero. Mis padres pensaban que sería sacerdote, que tenía vocación religiosa. —Calló un momento—. Durante mucho tiempo, creí que mi único propósito en la vida era ser misionero, y que no lo había cumplido. ¿La música y la composición? Soy bueno, pero no una figura perdurable. —Se miró los pliegues de las manos—. Hasta que os oí a ti y a tu hermano en el clavecín. Entonces supe para qué me había traído Dios a este mundo. En cierto modo, sí he llegado a ser un misionero. No existe para mí mayor fin que asegurarme de que os escuche la mayor cantidad posible de gente.

Observé su cabeza gacha y lo vi muy avejentado. En ese momento, sentí pena por él. Le creía a mi padre, pero pensaba que él mismo no se entendía tan bien como pensaba. Él quería que me escucharan, pero no con mi nombre. Quería que me vieran, pero no por lo que era capaz de crear. Y se consideraba un misionero, un embajador de Dios, cuando en realidad lo que quería era sentirse mejor consigo mismo.

La satisfacción que había sentido antes, al oírlo reconocer lo que había hecho y verlo tan vulnerable, empezó a disiparse. Había conseguido lo que quería de él. Ahora, mientras observaba su arrugado rostro a la luz de las velas, lo único que quería era sacudir la cabeza. Debajo de aquella fachada severa había solo un hombre lamentable y lleno de inseguridad. Suspiré. De pronto, ya no me agradaba la idea de prolongar aquel momento.

—Lo ayudaré —le dije.

Mi padre levantó la vista, sorprendido.

—Lo ayudaré —repetí—. Será difícil, pero podemos hacerlo.

Padre abrió la boca, volvió a cerrarla y me observó. No sonreía. Esperé, preguntándome si vislumbraría algún indicio de que se sentía culpable, algún asomo de disculpa en su rostro.

Pero mi padre ya había admitido suficiente por una sola noche. A continuación, se reclinó hacia atrás y frunció el ceño.

—Por supuesto que lo harás —dijo. Su voz recuperó aquel tono de autoridad cuando yo volví a mi actitud dócil, la de la hija que debía obedecer—. Quiero que tú y Woferl no hagáis otra cosa en estos ocho días, que no vayáis a ninguna parte, hasta que hayáis terminado el oratorio. Yo pasaré a veros dos veces al día, por la mañana y por la noche, y vuestra madre os traerá comida. Si Woferl se cansa, tú ocuparás su lugar.

—Sí, Padre.

—No permitiré que el arzobispo piense que Woferl no merece la reputación que se ha ganado en toda Europa. Lo entiendes, por supuesto, Nannerl.

Asentí. Mi padre apretó los labios con aprobación, y luego se puso de pie en un solo movimiento. Yo me levanté con él, y lo observé alejarse de la luz de las velas y perderse en la oscuridad de su alcoba. Cuando desapareció, me di la vuelta.

No me había molestado en preguntarle si mi nombre figuraría junto al de Woferl en el título del oratorio.

A la mañana siguiente, mi padre nos encerró a Woferl y a mí en la sala de música, sin más que partituras en blanco, plumas y tinta, y nuestro clavecín. No teníamos permitido salir hasta la noche.

En cierto modo, para mí fue un alivio. Jacinto siempre había podido llegar a nosotros, pero allí, encerrados en esa sala, presentí que ni siquiera él podría abrir una puerta que mi padre había cerrado con llave. Y aunque Woferl y yo aún teníamos una relación un tanto incómoda, al menos allí podíamos hablar solamente con música.

Era el secreto original que compartíamos, la capacidad de oír un mundo que otros no podían oír.

Woferl no hablaba mucho de la razón por la que estábamos trabajando juntos, pero también parecía aliviado por mi presencia. Estaba sentado a mi lado ante el atril del clavecín, con el cuerpo girado de manera inconsciente hacia mí mientras elegía una melodía, la clave y el tempo. Me cantó parte de la armonía, para que supiera lo que él quería, y luego comenzó a escribir las primeras líneas para los violines. Ahora componía más rápido, si no por su creciente experiencia, por la presión de Padre. Escribió sin parar hasta completar tres líneas de música continua, y entonces se detuvo. Me miró y señaló las frases mientras tarareaba.

Observé sus manos delgadas mientras trabajaba. Aquella mañana estaba muy pálido, y sus pestañas oscuras destacaban contra la blancura de su piel.

—Empezaremos con arpegios —me dijo. Sus manos flotaban sobre el papel—. Lentamente, y luego a lo grande, con otras cuerdas por detrás. —Hizo una pausa para escribir más notas debajo de las que ya había escrito—. Con un fondo de notas, para completar la armonía.

—Una flauta —sugerí, después de verlo escribir los segundos violines—. Para elevar la melodía por encima de las cuerdas.

Asintió sin mirarme. La música ya había acaparado toda su concentración.

Yo escribí las líneas para la flauta y los cornos. Mientras lo hacía, observé un cambio en nuestros estilos, donde la melodía fluida de él se conjugaba con los sonidos abruptos de mi armonía. Era una diferencia sutil, tan pequeña que quienes no conocían nuestro trabajo quizá no lo notarían.

Pero Woferl, sí. Él podía distinguir lo que escribíamos, aun cuando otros, no.

Observé el pergamino. Era como si estuviese viendo un fantasma de mí misma en la página. *Yo estuve aquí*, decía la armonía.

Cuando empecé otra vez a escribir, no modifiqué mi estilo. Lo mantuve mío, las flautas y los cornos. Cada floreo, cada trino y arpegio. Era diferente del trabajo de Woferl, sin duda, pero a mi modo de ver, concordaba con la pieza y la completaba. Y tal vez nadie reconocería nunca mi mano en aquella obra, nadie me aplaudiría cuando la tocaran, pero mi hermano sí la vería y lo sabría. Y mi padre, también.

Padre me dirá que lo corrija, pensé. Aquella pieza no era mía, no podía hacer lo que yo quisiera.

Pero la dejé así.

Woferl se detuvo un momento para leer lo que yo había escrito. Lo miré de reojo, preguntándome si él también me diría que lo cambiara, si de su garganta saldría la voz de mi padre.

Supe que advirtió el cambio en nuestros estilos. Pero pasó un instante y no dijo nada.

Finalmente, suspiró.

—Oh, Nannerl —dijo.

No fue una exclamación de cansancio ni de exasperación. Tampoco un intento desesperado por recuperarme, un elogio vacío con la esperanza de obtener una respuesta afectuosa, ni siquiera un truco de Jacinto con palabras arteras. En su voz, oí un anhelo que me recordó a los días de nuestra niñez, cuando él se sentaba bajo el sol de la mañana y apoyaba la cabeza en mi hombro, observándome maravillado mientras yo tocaba. Era amor por lo que yo había escrito. Cuando lo miré con más detenimiento, vi lágrimas en las comisuras de sus ojos mientras leía y releía mi música, como si estuviera tocándola repetidas veces en su mente.

No me miró, de modo que no vio la suavidad que dominó brevemente mi rostro, la leve sonrisa que tocó mis labios.

Asintió, dando el visto bueno a los compases; luego bajó la cabeza y siguió trabajando en silencio. Sentí que el peso que tenía en el pecho desde hacía tanto tiempo, desde mi enfermedad, se aligeraba un poco. Su cabello oscuro había crecido y ahora lo llevaba recogido en una coleta sobre la nuca. Sus pies aún colgaban a poca distancia del suelo, como cuando era pequeño. Mientras lo observaba, sentí cierta pena por aquel ser menudo, atrapado en la misma trampa que yo.

—¿Nannerl? —dijo al cabo de un rato.

Dejé de escribir un momento y lo miré.

—¿Sí? —pregunté.

Vaciló, y luego volvió a hablar.

—Gracias.

Por ayudarme, fue la parte de la oración que no pronunció. En ese momento, pensé que tal vez mencionaría lo ocurrido con mis sonatas. Hice un alto en mi trabajo para mirarlo, con el corazón acelerado, esperando que lo dijera. ¿Lo haría? Los segundos pasaron lentamente. Me di cuenta de que esperaba que lo hiciera, para que pudiéramos sacar a la luz aquella horrible cicatriz que había entre nosotros.

Woferl parecía abatido. Escribió algunos compases más en silencio hasta que volvió a hablar.

—Anoche vi a Jacinto, en un sueño —dijo en voz baja.

Hacía meses que no lo oía mencionar el reino. El mero hecho de oír aquel nombre de labios de mi hermano pareció enfriar el aire.

—¿Qué quería? —le pregunté.

—Me persigue —respondió Woferl. Ahora estaba pensativo, y fatigado—. No logro escapar de él. Se queda conmigo, ahora que estoy solo.

Se me erizó la piel por el frío. Jacinto estaba allí, en nuestro hogar. ¿Qué cosas le estaba diciendo a mi hermano?

—Si tienes miedo —le dije—, ven conmigo. No se lo contaré a nadie.

Asintió una vez, pero lo vi pálido e inseguro. Había algo más que no me contaba, lo presentí; pero siguió escribiendo con un brillo febril en los ojos.

Escribimos hasta muy entrada la noche, hasta que Woferl se desplomó, exhausto, contra el atril del clavecín. Lo ayudé a limpiarse las manchas de tinta de las manos y lo llevé a su habitación antes de retirarme a la mía. No podía dormir; me faltaba mi hermano a mi lado. Permanecí despierta y dejé que me ardiera el corazón por lo que Jacinto quería de él.

Woferl se encontraba en peligro. Ahora lo percibía: el hielo en el aire, esperándolo. Jacinto iba tras él, de alguna manera. Y yo no sabía cómo protegerlo. Me acomodé de costado y contemplé el suelo, donde la luz de la luna pintaba un cuadrado plateado. ¿Acaso entraría por la ventana de mi hermano durante la noche, mientras dormíamos? ¿Cuándo lo haría? ¿Y cómo?

La oscuridad que habitaba en mi interior, aquel *alguien más* que había sentido en mi pecho, despertó. Me presentó una visión de

Woferl contándole a nuestro padre dónde estaban escondidas mis composiciones. *¿Ya se te ha olvidado?*, me recordó la voz. ¿Por qué lo proteges?

Di vueltas y más vueltas en la cama, preocupada por lo que Jacinto podría hacer, hasta que finalmente oí que mi puerta se abría con un leve chirrido y Woferl entraba con sigilo. Se quedó junto a la puerta, vacilante, sin decir nada.

¿Cómo era posible que aún fuera tan menudo?

Guardé silencio un momento; no quería invitarlo a entrar. Pero después lo imaginé solo en su cuarto, atento a la aparición de Jacinto.

Le hice señas de que se acercara.

—Ven aquí —le dije.

Se acostó en mi cama y se acurrucó a mi lado, como solía hacerlo antes. Su pequeño cuerpo temblaba. Le acaricié el pelo y dejé que aquella voz interior se fuera apagando. Woferl permaneció así, escuchándome tararear, hasta que por fin se durmió y no soñó.

EL REGRESO
A VIENA

Terminamos el oratorio del arzobispo en nueve días, un día después de lo que había pedido. El tiempo pasó muy rápido; yo no recordaba la separación entre una mañana y la siguiente. Todo se me antojaba una secuencia interminable de componer a un ritmo febril. Hablábamos poco, solo para intercambiar ideas con respecto a la composición. Todas las noches, Woferl venía a mi cuarto y se acurrucaba a mi lado en la cama.

Al final, unas ojeras claramente visibles aparecieron en el rostro de mi hermano. Mis mejillas estaban pálidas, y mis ojos, aún más oscuros en comparación con mi piel blanca.

Padre echó un vistazo apresurado al oratorio, hizo algunos cambios y se lo entregó al arzobispo para poder recibir el pago. El arzobispo lo aprobó, y la obra lo complació lo suficiente como para perdonar la ligera demora.

Una proeza maravillosa, le dijo a mi padre.

Él no había creído que Woferl pudiera hacerlo. Para un hombre tan poderoso como el arzobispo, aquello no era más que un juego. Pero mi padre no se quejó, pues poco después recibió una modesta suma por nuestro trabajo y le reinstauraron su sueldo habitual. Pagamos el alquiler.

Woferl había firmado el oratorio con su nombre. Yo no soporté mirarlo mientras firmaba. Clavé los ojos como brasas en mi padre, hasta que este se vio obligado a apartar la vista, rezongando por del tiempo adicional que habíamos necesitado para terminar.

—Quizá la próxima vez les dé a los niños más de ocho días —dijo mi madre durante la cena, cuando Padre nos contó lo del pago del arzobispo—. ¿Cómo puede un hombre jugar así con sus subalternos?

—Quizá la próxima vez los niños compongan algo que valga más —respondió Padre.

—Era una obra brillante —replicó Woferl de pronto, antes de que yo alcanzara a decir nada en nuestra defensa. Todo su cuerpo se tensó y se inclinó hacia delante como un ciervo que protege a su manada, y en sus ojos apareció un brillo feroz—. Si el arzobispo no sabe apreciarla, es un incompetente.

Al oírlo, Padre inhaló súbitamente, pero yo sonreí por primera vez esa mañana.

—Woferl y tú hicisteis un muy buen trabajo —me dijo mi madre más tarde. Estábamos sentadas en la sala de música, descansando, pues el sol había decidido salir aquel día de finales de invierno, y en la sala reinaba un ambiente cálido e indolente.

—Lo sé —respondí, y aparté la mirada hacia la ventana—. Pero nunca es suficiente, ¿verdad? Podríamos matarnos trabajando, y Padre seguiría dándonos la pluma y el tintero.

Al oír eso, Madre frunció el ceño.

—Nannerl. No hables así de tu padre. Él te quiere, y también a tu hermano. Teme por vuestra salud tanto como por la suya. Solo quiere asegurarse de que a nuestra familia, y eso te incluye, no le falte nada.

La miré.

—Sí —respondí—. Ya sé hasta dónde es capaz de llegar con tal de que no nos falte nada. Y Woferl, también.

Hubo un breve silencio.

—Sigues enfadada con tu hermano —observó con suavidad.

—No —respondí—. ¿De qué serviría?

Madre suspiró.

—Woferl es como tu padre. Son obstinados, y nosotras, las mujeres de su vida, debemos aprender a expresar nuestras opiniones sin que se den cuenta. Así son las cosas.

Así son las cosas.

Bajé la vista. No quería mirar a mi madre. Me pregunté si, dentro de algunas décadas, me encontraría yo en la misma situación, consolando a mi hija. ¿Acaso le repetiría ese consejo?

—Tú también eres obstinada, Nannerl, como tu padre —prosiguió. Esta vez no pude evitar mirarla, y cuando lo hice se inclinó y me acarició la mejilla—. Sé las cosas que haces para demostrar tu voluntad.

Estaba diciéndome algo sin decirlo directamente, y aunque no adiviné con exactitud a qué se refería, percibí la sensación en el aire.

Entonces me sonrió con tristeza.

—Sé que tus composiciones significaban mucho para ti.

No me había preparado para oírla hablarme de manera tan directa sobre el libro de sonatas. Madre era nuestra centinela silenciosa, siempre atenta y a veces disconforme, pero no cuestionaba las decisiones que nuestro padre tomaba con respecto a nosotros. Eso fue lo más cerca que estuvo de reconocer mi obra.

Por primera vez, pensé en cómo habría sido mi madre a mi edad. ¿Qué sueños había tenido de niña? ¿Habría imaginado esa vida con mi padre, siempre al margen de la nuestra? Cuando contemplaba el cielo por la noche, ¿alguna vez pensaba en un país lejano, donde los árboles crecían al revés y los caminos terminaban en una playa de arena blanca? ¿Cuándo se había convertido en la madre que yo conocía?

De pronto, temí llorar delante de ella. Me puse de pie, me arrodillé en la alfombra y apoyé la cabeza en su falda. Me acarició el cabello con movimientos tranquilizadores, al tiempo que tarareaba. Me agradó el sonido de su voz musical. Herr Schachtner tenía razón. Mi madre tenía un oído maravilloso.

Permanecimos así un buen rato, bañadas por la luz que entraba por las ventanas de la sala de música.

Finalmente, se abrió la puerta de la sala y entró mi padre. Mi madre y yo alzamos la vista al unísono, sobresaltadas.

—El arzobispo nos ha dado su bendición —anunció—. Nos vamos a Viena.

—¿No podemos esperar hasta el próximo año? Hemos estado tanto tiempo fuera de Salzburgo...

Mi madre habló con rapidez y en voz baja, tensa. Estaban en el comedor, y Woferl y yo ya nos habíamos acostado. Los oí hablar, espiándolos por la rendija apenas abierta de mi puerta mientras ellos seguían sentados a la mesa.

—El próximo año, puede que Woferl crezca varios centímetros —respondió Padre en su tono hosco y cortante de costumbre.

—Aun así es menudo. Nadie cuestionará si es o no un niño prodigio, aunque crezca un poco.

—¿Y Nannerl? Ya es toda una señorita.

—Muy joven todavía.

Mi padre suspiró.

—A duras penas podemos mantener a Sebastian, tal como están las cosas —dijo mi padre—, y debemos llevar a los niños a las cortes mientras podamos. Ya he recibido una invitación de la emperatriz.

Vi que a mi madre se le crispaban las comisuras de los labios.

—¿Habrá una celebración en Viena? —preguntó.

—La hija de la emperatriz, Maria Josefa, se casará con el rey Fernando IV de Nápoles. Habrá una gran fiesta y varios días de celebraciones. Acudirán todas las cortes reales, y nuestros patrocinadores. ¡Piénsalo, Anna! —A mi padre se le iluminaron los ojos—. En una semana ganaremos lo que en diez años.

Mi madre bajó más la voz, de modo que apenas pude oírla.

—Es peligroso…

La voz de mi padre la interrumpió.

—No todos los días se casa una archiduquesa.

Allí terminó su conversación. Los vi quedarse un momento sentados, en silencio, a la luz de las velas. Finalmente, se pusieron de pie y se encaminaron a su alcoba. Los observé alejarse hasta que cerraron su puerta; luego volví a la cama y me cubrí con las cobijas.

Cuando la casa quedó por fin en silencio, permanecí despierta en la oscuridad, pensando. Oí que Woferl se movía en su cama, en la habitación contigua. Padre ya había comenzado a organizar nuestro viaje, y no faltaba mucho para que volvieran a cargar nuestras pertenencias en el carruaje y nos despidiéramos de Salzburgo.

Me estremecí y me tapé con mis cobijas hasta el mentón. No se trataba de una casualidad que fuéramos a Viena. Pensé en la carta que había quemado, en la tinta que manchó el papel hasta que se ennegreció y desapareció entre los leños.

Ven a mí en Viena, y te llevaré al baile.

No tenía ni idea de lo que haría él allí. No sabía qué quería de mi hermano. Había demasiadas posibilidades, y mi mente dio vueltas en torno a cada una hasta que acabé exhausta de miedo. La parte de mí que entendía se asustaba con esos pensamientos. La parte que había quedado perdida en el reino despertó y sonrió.

Lo único que sabía con certeza era que iríamos a Viena, tal y como había predicho Jacinto. Y él estaría esperándome allí.

LA DANZA
DEL DIABLO

Habían pasado años desde mi primera presentación en Viena, ante el emperador Francisco I y la emperatriz María Teresa. Ahora me costaba reconocer la ciudad.

De los balcones pendían estandartes de colores brillantes y festivos, y había fuegos artificiales que iluminaban el cielo nocturno. La gente pasaba junto a nuestro carruaje entre risas y vítores. El aire olía a vino y al humo de los fuegos artificiales, a panaderías que preparaban panes y pasteles para las celebraciones. Nuestro cochero gritaba con impaciencia a la multitud que se amontonaba delante de nuestro carruaje. Mientras avanzábamos poco a poco, yo observaba la conmoción que reinaba en las calles. Había una multitud de personas entrando y saliendo de los teatros de ópera, con sus mejores atuendos, y gente que bailaba tras las altas ventanas o simplemente en la calle.

Woferl señaló a la gente.

—Parecen aves coloridas —comentó, y pensé en la ópera a la que habíamos asistido juntos hacía tanto tiempo, cuando había visto a Jacinto jugando a los naipes en uno de los palcos.

Recorrí las plazas con la mirada, buscando su sonrisa afilada entre la multitud, aguzando el oído para captar las notas disonantes del reino entre la música que llenaba las calles. Pero aún no veía nada fuera de lo común.

Esa noche, nos alojamos en el segundo piso de una casa en la Weihburggasse, gentileza de Herr Schmalecker, orfebre. Saludó a mi padre con una amplia sonrisa cuando bajamos del carruaje, y de inmediato lo ayudó a llevar nuestras cosas adentro. Observé la casa. Era más elegante que la nuestra en Salzburgo.

—¡Es espléndido verlo, Herr Mozart! —le dijo a mi padre—. Qué momento para visitar Viena, ¿no cree? La ciudad lleva así varios días.

Padre le sonrió.

—Es usted muy amable, señor. No olvidaremos este gesto.

—No tiene por qué agradecérmelo, es un placer. ¿O cree que supone una carga alojar a los Mozart? —Rio con ganas, divertido por su propia chanza, y mi padre rio con él. Yo sonreí en silencio junto a mi madre, mientras Woferl los observaba trasladar el equipaje.

Esa noche cenamos con la familia de Herr Schmalecker. Pasé el tiempo revolviendo mis trozos de pollo al horno con el tenedor; mi mente estaba obnubilada con visiones de Jacinto. Desde fuera nos llegaban los sonidos de los festejos, que continuaron hasta altas horas de la noche, pero en la sala había silencio, salvo por la voz estentórea de Herr Schmalecker.

—¿Cuánto tiempo os quedaréis en Viena esta vez, Leopold? —le preguntó a mi padre.

Levanté la vista y miré a Padre. Se lo veía fatigado, pero le respondió con prodencia.

—Nos quedaremos hasta la boda, tal vez algunas semanas más.

—¡Espléndido! —exclamó Herr Schmalecker, riendo con ganas—. Ayer vi a la princesa en público. Estaba en el balcón del palacio con sus majestades. Muy hermosa. Ella —hizo una pausa para apuntar a mi padre con el tenedor— y la menor, la pequeña Antonia, tendrán los mejores hijos, te lo aseguro.

Miré hacia el costado de Herr Schmalecker. Su esposa, una joven de aspecto frágil y tez pálida, se comía la cena sin dirigirle la palabra a su marido. Dos de sus hijos jugaban juntos con un trozo de zanahoria debajo de la mesa, y una niña dormía junto a la mesa, con la cabeza apoyada en los brazos de su madre.

Padre no le dijo a Herr Schmalecker que fuera más respetuoso cuando hablara de las princesas. Si Woferl hubiera dicho algo así, sin duda lo habría enviado a la cama sin cenar. Me concentré en el bullicio que llegaba de la calle y seguí jugando con mi comida.

La algarabía fue en aumento según transcurrieron los días. En una ocasión, Woferl, Madre y yo acompañamos a nuestro padre a ver la ópera *Parténope*, y otro día acudimos a un baile para brindar por la princesa. Me senté en el palco y pasé la mayor parte del tiempo distraída, observando con frecuencia los asientos cercanos. Aquella figura delgada. Aquellos ojos brillantes. Lo busqué una y otra vez hasta quedar agotada.

Salíamos todos los días, tal vez para que Padre pudiera distraerse de tanto pensar cuándo nos llamarían para tocar ante la corte. Cuando nos quedábamos en nuestras habitaciones, Woferl y yo practicábamos religiosamente con el clavecín y el violín. Él seguía componiendo; esta vez empezó una nueva sinfonía que lo mantenía despierto hasta altas horas de la noche y a veces hasta la madrugada.

Yo también componía, pero siempre esperaba hasta que la casa quedaba en silencio para comenzar a trabajar, por temor a que mi obra volviera a acabar en las manos de mi padre. El bullicio de las festividades me ayudaba a disimular mis movimientos sigilosos: mis pasos sobre el suelo frío, la pluma hundiéndose en el tintero o rozando levemente el papel. Mientras escribía, la pieza que estaba componiendo se hizo más y más estridente, y pasó de un comienzo apacible a algo más áspero, como agitado por el ruido exterior. Empezaron a temblarme las manos al escribir, y de vez en cuando me vi obligada a hacer una pausa para descansar y serenarme.

Pasaron los días. Jacinto no aparecía. Yo dormía mal, siempre atenta por si veía su sombra moviéndose por la casa o su figura esperando en las callejuelas de la ciudad.

Hasta que, por fin, durante la segunda semana de nuestra estadía, vino a mí.

Durante los primeros días de octubre, asistimos a otra ópera, *Amore e Psiche*, una especie de romance entre Eros, el dios del amor, y una bella mortal. Vimos cómo la princesa Psique ansiaba ver el rostro de su amado, pero el castigo por su deseo era la muerte.

Padre se me acercó y aprovechó el error de Psique para prevenirme.

—¿Ves, Nannerl? —me dijo—. Ese es el peligro del deseo.

Se refería al peligro del deseo para Psique, no para el dios Eros, que era quien la quería toda para él.

Callé mientras, en el escenario, la joven actriz se llevaba una mano a la frente y se dejaba caer al suelo, con su vestido extendiéndose a su alrededor. Apreté los dientes al oír las palabras de mi padre. No era justo, pensé, que un dios tentara a una doncella y luego la condenara por haber caído en la tentación.

No sé si fueron mis pensamientos, mi muda desaprobación, lo que lo invocó. Quizá fue la tensión que se acumuló en mi pecho por la reacción de mi padre. Al terminar el tercer acto de la ópera, un hombre de traje oscuro entró a nuestro palco. Lo miré de forma instintiva, pero mis padres no parecieron advertir su presencia, como si fuera solo una sombra que se alargaba desde las cortinas. A mi lado, Woferl cambió de posición, pero no se dio la vuelta.

El hombre se inclinó hacia mí hasta que su aliento, frío como la niebla, me hizo cosquillas en la piel. No necesité mirar su rostro para saber que vería los ojos familiares de Jacinto.

—Fräulein —susurró—. Ven conmigo.

Entonces desapareció, y su forma volvió a confundirse con la silueta de las cortinas.

Su presencia me hizo temblar, como también el hecho de que nadie más parecía poder ver lo que yo había visto. Abajo, la diosa Venus le entregaba una lámpara a Psique y la instaba a descubrir la identidad de su amante.

Sin un sonido, me levanté de mi asiento. Mis padres no se movieron. Mientras salía de nuestro palco y soltaba las cortinas a mis espaldas, Woferl se volvió un poco en su asiento hacia mí. Si se percató de mi ausencia, no dijo nada.

Al otro lado de las cortinas, se me hundieron los pies en la gruesa alfombra que cubría el vestíbulo de mármol. Cuando bajé la vista, me di cuenta de que no era una alfombra sino musgo, azul oscuro bajo la luz tenue, tan grueso que mis pies casi desaparecían al pisarlo. El vestíbulo se había convertido en un sendero, y mientras caminaba, empecé a reconocer los árboles retorcidos en lugar de las columnas, los profundos charcos de agua que formaban sus hojas.

La arboleda se volvió más densa, y los sonidos de la ópera fueron alejándose hasta que, en lugar de música, se parecían más bien al graznido de los cuervos que volaban contra el cielo nocturno. Delante de mí, donde al fin se abrían los árboles, apareció el río que rodeaba el castillo de la colina; sus aguas oscuras corrían agitadas.

Las enormes aletas del guardián del río ya no atravesaban la superficie. En cambio, el muro de espinas que crecía al otro lado del río estaba más bajo y se arqueaba formando un puente retorcido de púas agudas sobre el agua.

Vacilé al verlo, como si me encontrara ante las fauces abiertas de una enorme bestia.

Fräulein.

El susurro de Jacinto me llamó desde el otro lado de las espinas. Levanté la vista hacia donde la torre más alta del castillo se alzaba aún sobre el muro cubierto de zarzas. Luego coloqué un pie delante del otro, hasta que mis zapatos rozaron el suelo espinoso del puente. Entre los huecos del puente, vi que las aguas oscuras formaban espumarajos, ansiosas por recibirme de nuevo. Furiosas conmigo porque les había robado a su guardián. Apreté el paso.

Crucé al otro lado entre las espinas, hasta que al fin salí al claro frente al castillo.

Había grandes mesas a los costados del patio del castillo, con grandes manzanas doradas y granadas rojas en platos de porcelana. Las enredaderas trepaban por las patas de las mesas. No había velas, lo que volvió a recordarme el temor de Jacinto al fuego. Pero miles de luces alumbraban el patio: las trayectorias irregulares de las hadas que siempre seguían a Jacinto, y otorgaban a todo aquel espacio un resplandor azul fantasmal. Rieron al verme allí. Varias se me acercaron, susurrando con sus vocecitas celosas, y me tiraron del cabello con crueldad. Las espanté con las manos, pero volvían, decididas y furiosas.

—Dejadla.

A la orden de Jacinto, las luces se dispersaron de inmediato, protestando con su tintineo sobre el resto del patio. Alcé la mirada y lo vi acercarse.

Me sonrió. Esa noche, brillaba con un resplandor plateado; llevaba una chaqueta espléndida, hecha de miles de hojas secas cuidadosamente cosidas. Se había apartado el cabello del rostro, lo que resaltaba sus pómulos altos. Sus ojos brillaban en la noche. Me habría resultado atractivo, de no ser porque yo recordaba cómo lo había visto la última vez: con los ojos ávidos, justo antes de lanzarse sobre la princesa.

Ten valor, me dije, y me recordé lo que mi padre había hecho con mi música.

—Qué hermosa estás esta noche —me dijo, al tiempo que alzaba una mano para tocarme el mentón. Me tomó de la mano y señaló el patio—. Baila conmigo. Hay algo que quiero pedirte.

Sentí que sus garras me raspaban la palma de la mano. Pasó ante mis ojos una imagen de ellas cubiertas por la sangre de la princesa. Pero en lugar de rechazarlo, lo seguí hasta el centro del patio y apoyé la mano con suavidad en su hombro. Hice una mueca al sentir un fuerte tirón en el pelo, y me eché atrás pues las hadas empezaron a rondar mi rostro, todas ansiosas por morderme.

—Fuera, todas —las regañó Jacinto. Volvieron a dispersarse, protestando, y revolotearon a su alrededor dándole besos afectuosos en las mejillas. Luego permanecieron cerca y formaron un hosco aro azul en torno a nosotros mientras empezábamos a bailar.

Dejé que él me guiara. Volvió a mi mente el recuerdo de su beso dulce como el azúcar. Sentí la presión de su mano contra la parte baja de mi espalda. ¿Si Johann estuviera allí, también bailaría conmigo? ¿Sentiría su mano tibia contra mi piel?

—Estás muy callada esta noche —observó Jacinto en voz baja.

—¿Por qué me has traído aquí? —le pregunté.

Sonrió, divertido.

—¿Será que la Fräulein está enfadada conmigo?

—Este castillo no es tu lugar.

—Debería serlo. La reina me prohibió la entrada a su corte, qué mujer tan desagradable.

—Mataste a la princesa de la torre.

—En cierto modo, ya estaba muerta, ¿no crees? ¿Estás viva realmente si te pasas toda la vida encerrada en una torre, escondida durante tanto tiempo que, si te abrieran la puerta, ni siquiera sabrías escapar?

Sus palabras resonaron en las profundidades de mi pecho, ciertas y claras como su música, que me había llamado por primera vez hacía tantos años. Sus iris eran dorados y me hipnotizaban. *¿Estás viva, Nannerl?*, parecían preguntarme. *¿No quieres estarlo?*

Apreté los labios. Volvía a jugar conmigo. Pero yo estaba cansada de sus juegos.

—Dime qué quieres de mí —le dije.

Jacinto sonrió y me hizo girar otra vez. El mundo se movió en un círculo vertiginoso, con el rostro de él en el centro.

—¿No te acuerdas de lo que habíamos acordado al principio?

Quiero que me recuerden. Qué lejano parecía aquel deseo mío. Cuántas cosas habían ocurrido desde entonces.

Jacinto me atrajo hacia él, con su mano fría en la base de mi cintura.

—Un trato es un trato. Tú me ayudaste, y ahora yo voy a ayudarte a ti. Solo nos queda hacer una cosa.

—¿El qué?

Se acercó para susurrarme al oído. Su abrigo de hojas secas me rozó, áspero.

—Trae a tu hermano aquí, al castillo.

Woferl. Unos dedos de hielo descendieron por mi espalda.

—¿Qué quieres de él?

—Déjalo aquí.

Déjalo aquí.

—Cuando lo traigas y regreses a tu mundo, él no regresará contigo. Deja que se quede aquí conmigo. Él traerá su música al reino, y tú, la tuya al mundo que está más allá. Será un intercambio perfecto.

Algo en la voz de Jacinto se había vuelto muy oscuro; por debajo de sus palabras suaves, temblaba un gruñido.

—¿Quieres dejarlo en el reino para siempre?

Los ojos de Jacinto brillaban.

—Al fin y al cabo, Woferl nunca estuvo destinado a quedarse mucho tiempo en tu mundo —razonó—. Es el príncipe de este reino. Ya lo sabes. Desde que nació, conociste la fragilidad de su rostro y la debilidad de sus miembros. Las enfermedades seguirán haciendo estragos en él, hasta que deje de existir. Esa es su maldición. Siempre ha estado suspendido entre un mundo y otro. Es la hora. Entrégamelo, Nannerl, y tendrás por fin lo que siempre has deseado.

Los latidos de mi corazón me resonaban en los oídos. Allí, por fin, se cruzaban nuestros deseos. Jacinto quería a mi hermano, el príncipe del Reino del Revés... y si yo lo ayudaba, recibiría lo que había pedido.

Sin mi hermano, yo sería lo único que le quedaría a mi padre. ¿Qué otro nombre podía figurar en un libro de música? No tendrían otra opción más que recordarme.

Me aparté de él, horrorizada. Jacinto esperó, divertido, mientras yo me quedaba a poca distancia de él, temblando por su sugerencia, sin poder apartar la mirada de sus ojos dorados. El mundo que me rodeaba se volvió difuso. Una ligereza me invadió la mente.

—Percibo el deseo en tu corazón, Fräulein —me dijo, avanzando otra vez hacia mí.

Imaginé a mi hermano sentado en la torre más alta, contemplando el río oscuro. Imaginé los ojos de Jacinto fijos en él.

—¿Y qué harás con él cuando esté aquí? —murmuré. Mi voz parecía provenir de otra parte, fuera de mí. Los ojos de Jacinto palpitaban al ritmo de mi corazón.

—Oh, Nannerl. —Jacinto suspiró. Me besó suavemente en la mejilla—. La pregunta siempre tiene que ver con él, ¿no es así? Pero ¿qué harás *tú* cuando él esté aquí?

Abrí los labios pero nada salió.

—Quiero que compongas algo para mí, Fräulein —susurró Jacinto—. La canción de tu corazón. Cuando la toques, te llamaré, y entonces traerás a tu hermano. Yo estaré esperándoos en este patio, bajo las lunas gemelas alineadas. No vayas a ninguna otra parte. No traigas ninguna luz. Y terminaremos lo que empezamos.

Me hizo girar una vez más, y cerré los ojos, mareada. Sus palabras me rodearon hasta que casi fui incapaz de pensar. Él estaría esperándonos. *No vayas a ninguna otra parte. No traigas ninguna luz.*

Entonces, de pronto, un destello de claridad atravesó la bruma que me obnubilaba la mente. Alcé la mirada al cielo y vi las lunas, que empezaban a superponerse.

La noche en que las lunas gemelas se alinearan en el cielo, la magia de la reina atrapada alcanzaría su punto más álgido. Ella me lo había dicho, la noche en que habíamos ido a su gruta. Ese sería el momento en que recuperara su magia: su fuego, su don del Sol, lo que más temía Jacinto. Sería mi oportunidad de enmendar las cosas, de liberarla de su prisión submarina y devolverla al castillo. Solo ella podía detener a Jacinto, y solo entonces él nos dejaría en paz.

Incluso entonces, el veneno de la promesa de Jacinto me atraía con insistencia. *¿No quieres que te recuerden? Has luchado mucho para conseguir esto.* Hice una mueca en la oscuridad y me obligué a serenarme. Aquella otra persona que vivía dentro de mí mostró los dientes, ansiosa por arrojarme de lleno a los brazos de Jacinto.

La parte de mí que besaba a mi hermano en la frente, que lo acogía con gesto protector cuando tenía miedo por las noches, me instaba a retroceder.

Cuando regresara al reino, ¿haría lo que necesitaba hacer y liberaría a la reina? ¿O traería conmigo a mi hermano y se lo entregaría a Jacinto? Las dos partes de mí se enfrentaron, y en ese momento no pude discernir cuál de las dos vencería.

—Lo haré —susurré—. Te veré aquí.

Jacinto no respondió. Cuando volví a abrir los ojos, el patio había desaparecido, junto con el castillo, las espinas y el foso. Me encontré otra vez en el palco con mis padres; Woferl estaba a mi lado, y yo aplaudía, como todo el mundo, mientras en el escenario la libretista se inclinaba saludando a su público fascinado.

Las manos de Jacinto sobre mí ya me parecían poco más que el roce de un fantasma. Woferl me miró con ojos curiosos y expectantes. Mi corazón me golpeaba las cotillas con fuerza. Tal vez Jacinto lo había visitado también a él y lo había persuadido como a mí. Sentí que los hilos de su red empezaban a ajustarse en torno a nosotros.

—Recuerda bien esta lección, Nannerl —me dijo mi padre, inclinándose hacia mí—. Piensa en todo lo que sufre Psique por su amor, y en la nobleza que le otorga su lealtad.

Asentí pero no respondí. Tal vez sus deseos nunca valieron tantos sacrificios. Tal vez Psique podría haber sufrido por otra cosa en lugar de hacerlo por amor a un hombre. Tal vez, en otra vida, las cosas habrían sido diferentes para ella.

La ópera era un presagio del futuro. Esa noche, soñé una y otra vez con Jacinto en la torre, hincándole los dientes a la joven princesa frente a mis narices. Sentía que sus manos manchadas de sangre me tocaban la mejilla. Yo llamaba a Woferl, que caminaba delante de mí por el bosque, alejándose más y más hasta que ya no podía verlo.

Y a la mañana siguiente, cuando desperté cubierta de sudor, me enteré de la noticia. La princesa Maria Josefa se había contagiado lo que todos más temíamos.

Viruela.

EL HERALDO
DE LA MUERTE

—Se comenta que se contagió de la difunta esposa del empera- dor José, en su funeral —nos dijo Herr Schmalecker duran- te el desayuno, mientras masticaba un bocado de huevos con ja- món.

Miré a mi madre. Estaba pálida. A mi lado, Woferl apenas co- mía; se lo veía cansado. Lo había oído dar vueltas en la cama toda la noche, murmurando en sueños.

—Es la voluntad de Dios —dijo mi padre. Tenía los labios ten- sos y la cabeza gacha—. Rezaremos por su recuperación.

—¡Recuperación! —rio Herr Schmalecker—. Escuchad a este hombre. Todavía sigues pensando en cómo ganarte el sueldo, ¿no es así? Bueno, no pierdas las esperanzas, Leopold. El emperador aún no ha retirado su invitación para oír tocar a tus hijos.

De modo que esperamos. Pasé la noche despierta, temblando. Poco a poco, Jacinto iba preparando el último acto de su juego. Yo lo sabía, percibía sus manos en acción, dejando que las garras de la epidemia se nos acercaran más y más. En mitad de la noche, cuando ya no pude soportarlo, fui al cuarto de Woferl para asegu- rarme de que seguía allí. Estaba dormido y no se percató de mi llegada ni de que me acosté en su cama y lo acuné en mis brazos hasta que amaneció.

En toda la ciudad, las festividades se alteraron, se cancelaron. Mi padre pasaba gran parte de su tiempo oyendo los cotilleos de Herr Schmalecker y caminando de un lado al otro con nerviosismo. Woferl se concentró en sus composiciones. En las horas tranquilas, cuando todos se habían retirado a dormir, y también en las horas más tempranas, antes de que los pájaros despertaran a la ciudad, yo trabajaba en mi composición para Jacinto. Padre se sentaba con nosotros durante horas y horas mientras tocábamos el clavecín. No había mucho más que pudiéramos hacer por el momento.

Días más tarde, un anuncio de la corte real confirmó todos los rumores que habíamos oído. Padre escribió una carta apresurada al dueño de nuestro apartamento, Herr Hagenauer, para informarle de que a Maria Josefa le había brotado una erupción de viruela y que nuestros conciertos se verían demorados.

Esa noche recé por la princesa. Ella había presenciado nuestra primera presentación en Viena, hacía tantos años, y mientras rezaba, intenté recordar qué aspecto tenía. ¿Me había tomado el tiempo para sonreírle? Había habido muchas archiduquesas aquel día.

Padre también rezó por ella, aunque rezó primero por que el emperador José no cancelara nuestra presentación real dadas las circunstancias.

Dos días más tarde, oímos rumores de que estaba recuperándose poco a poco, y por un instante Viena volvió a su estado festivo. ¡La princesa se curaría! ¡Era un milagro del cielo! De nuevo se oía la música y el baile frente a mi ventana, y Padre se alegró y volvió a hablar de cuándo iríamos a la corte. La felicidad duró hasta la semana siguiente, cuando la princesa tuvo una recaída.

Mi madre planteaba su inquietud a mi padre en voz baja a la luz de las velas, cuando creía que Woferl y yo nos habíamos acostado.

—Se ha enfermado otra archiduquesa —decía mi madre—. Y hasta la emperatriz.

Esa noche intenté componer, pero me temblaban tanto las manos que finalmente tuve que dejar de escribir. Cerré mi cuaderno, lo envolví en una enagua de seda y lo escondí debajo de mi cama. En el silencio, me pareció oír algo. Cuando me incorporé para oír mejor, me di cuenta de que era Woferl, que lloraba quedamente dormido, sumido otra vez en sus sueños.

Así pasamos los días y las semanas, en ascuas junto con el resto de Viena, hasta que al fin llegó el día en que la corte real emitió un último anuncio.

La princesa Maria Josefa, la que iba a casarse, había muerto. Al día siguiente, la siguió la emperatriz.

De pronto se acabaron las extravagantes óperas, las obras de teatro y los fuegos artificiales. Los teatros cerraron sus puertas hasta nuevo aviso. Se retiraron todos los banderines coloridos de las calles, y en su lugar, se colgaron carteles de luto; en vez de música, desde la calle se oían llantos. En las plazas se reunían multitudes para asistir a misas en honor de las difuntas. Otros hacían correr la voz de que había aparecido la viruela en alguna casa, en las esquinas o en los callejones, y que allí la gente tenía la piel ampollada por la erupción.

Era el susurro de Jacinto, su veneno, que se filtraba por la ciudad en busca de mi hermano. Lo oía en el aire, con el tono agudo del reino. Empecé a escribir con más urgencia. Ya no me quedaba mucho tiempo para terminar mi composición para Jacinto, para regresar al reino antes de que él viniera a llevarse a Woferl.

—Debemos irnos de Viena —insistió mi madre esa noche a mi padre—. Aquí ya no hay nada para nosotros. No quiero que Nannerl ni Woferl se contagien la viruela.

—Anna, sé razonable.

—¿Razonable? Toda la ciudad es presa del pánico. ¿Qué quieres que hagamos? No querrás que nos quedemos aquí.

—Bueno, no podemos irnos. El emperador no ha retirado su invitación, y tenemos que esperar sus noticias. Puede que aún quiera oír tocar a los niños.

Madre alzó los brazos con una exclamación de furia, y me tensé al ver aquella reacción poco habitual en ella.

—El emperador no ha retirado la invitación porque seguramente ni siquiera la recuerda. ¿Quién querría escuchar un concierto tras la muerte de su esposa y su hija? Y nosotros, mientras tanto, esperamos aquí como ratones encerrados. —Bajó la voz y buscó la mano de mi padre—. Escúchame, Leopold. El emperador José no se va a ofender si nos marchamos de improviso. En una ciudad tan llena de parranderos, una epidemia se propagará muy rápidamente. ¿Cómo piensas ganar dinero si mueren nuestros hijos? Muchos de los forasteros ya se están marchando. Se ven filas de carruajes por la calle, cada día más.

—No —respondió mi padre con tono duro y decidido—. Por el momento, nos quedaremos aquí. No saldremos a menos que sea absolutamente necesario. Déjame pensar un plan.

Me quedé sentada en mi cama a oscuras mientras sus voces subían y bajaban, con los ojos fijos en la escasa luz que se filtraba por debajo de mi puerta. El aire no era frío, pero yo temblaba. Ya había visto lo que la viruela le hacía a la gente: la piel se tornaba roja e irritada, los ojos, lechosos y ciegos. Pensé en Sebastian, que nos esperaba en Salzburgo. Luego pensé en Johann y esperé que la epidemia no se extendiera a Alemania.

A la mañana siguiente, me despertó una conmoción en el pasillo. Me sobresalté, adormilada, y me di cuenta de que mi madre estaba gritándole a alguien frente a mi puerta.

Cuando la abrí, vi a Madre frente a Herr Schmalecker, con el rostro enrojecido de furia. Padre estaba a su lado.

—¿Por qué no nos lo contó? —le dijo mi madre a Herr Schma-lecker—. ¡Y lo sabía desde hace tanto tiempo!

—Cálmese, Frau Mozart —respondió él, con una sonrisa aver-gonzada—. Augustine se curó antes de que vosotros llegarais... por eso no se me ocurrió decíroslo.

—¿Y ahora, qué hacemos? —La voz de mi madre se volvió agu-da. En ella, oí el miedo de la madre que había perdido tantos hijos antes de Woferl y de mí—. Sus otros dos hijos han enfermado. Pronto todos tendremos viruela. Y la culpa será suya, Herr Schma-lecker.

Por encima de su discusión, se oía desde abajo el llanto de los hijos enfermos de Herr Schmalecker.

Padre me miró. En sus ojos había una advertencia muda.

—Nannerl —dijo—. Ve a sentarte von Woferl en su cuarto. Yo iré a buscaros cuando esté listo.

Asentí sin decir palabra y me dirigí a la puerta de mi hermano.

—¿Qué ha pasado? —me preguntó Woferl apenas entré. Estaba inmóvil en su cama, con la cabeza vuelta hacia la voz de Madre. Se sorprendió al verme.

—La hija menor de Herr Schmalecker tuvo viruela poco antes de que llegáramos —respondí—. Los otros amanecieron hoy con fiebre.

Woferl me observó con ojos inexpresivos. Esa mañana parecía distante, como si su alma estuviera muy lejos. Me senté en el borde de su cama y lo miré con el ceño fruncido.

—¿Qué sucede, Woferl?

Se encogió de hombros. Dirigió su mirada vacía hacia la venta-na, igual que los últimos días.

—Anoche estuvo Jacinto en mi habitación —respondió—. Se quedó en el rincón, observándome.

Me puse tensa, cerrando con fuerza los dedos sobre sus cobijas. Nos había encontrado.

—¿A qué vino?

Woferl no respondió. Tal vez no lo sabía. Volvió a mirar los papeles que se encontraban desparramados sobre su cama y se llevó las manos a los oídos.

—No puedo concentrarme —dijo—. Hay demasiados gritos.

Estuve componiendo hasta muy tarde, apresurada por el miedo que me provocaba el hecho de que Jacinto estuviera vigilando a mi hermano. *La canción de tu corazón*, me había pedido Jacinto. Pasé las páginas y escuché la música en mi cabeza. Era un sendero que no llevaba a ningún lugar, largo y sinuoso, siempre extendiéndose hacia un lugar que tal vez no vería jamás. Escribí y escribí hasta que me dolieron los ojos por la poca iluminación.

Fuera se oían cascos de caballos contra los adoquines, los gritos de la gente que trasladaba sus pertenencias a los carruajes, preparándose para abandonar Viena. Y había otras voces aterrorizadas, voces que llamaban a los médicos para que atendieran a sus familiares enfermos. Intenté hacer oídos sordos. Siguieron resonando en mi mente, destrozando mis pensamientos.

Por fin, cuando la luna coronó el cielo, me levanté con sigilo y me acerqué a la puerta. No sabía qué quería hacer. Solo sabía que ya no quería quedarme en mi habitación.

Me acerqué en silencio a la puerta de Woferl, la abrí y entré. Se había quedado dormido entre sus partituras, y su cabello oscuro formaba un marco de rizos rebeldes en torno a su rostro. Tenía las mejillas encendidas. Cerré la puerta, me acerqué a la cama y me acosté a su lado. Lo abracé. Se movió un poquito; luego se acurrucó de manera instintiva más cerca de mí y suspiró.

Intenté recordarlo cuando era pequeño, cuando sus dedos eran aún diminutos, tiernos y regordetes, y su rostro, ávido e inocente. Permanecí despierta a su lado, inmersa en mis emociones.

No había pasado mucho tiempo cuando de pronto Padre irrumpió en la habitación. Me incorporé al instante, desorientada por la fatiga.

—¿Padre? —dije.

Estaba serio. Se acercó de prisa a la cama y empezó a envolver a Woferl en la manta. Mi hermano gimió, y luego se frotó los ojos mientras Padre le echaba un abrigo encima.

—Vuelve a tu cuarto, Nannerl —me dijo—. Hablaré contigo por la mañana.

Mi padre me apartó el brazo de Woferl y alzó a mi hermano. Me invadió el pánico.

—¿A dónde vas? ¿A dónde llevas a Woferl?

Sin hacerme caso, Padre se puso de pie con Woferl en brazos y salió con prisa. Por la puerta abierta, vi a mi madre de pie en lo alto de la escalera. No esperé más: bajé las piernas por el costado de la cama y corrí al pasillo. Padre ya estaba bajando la escalera. Woferl nos miró a Madre y a mí con ojos somnolientos y sobresaltados.

Apoyé la mano en el brazo de mi madre.

—Madre, ¿a dónde van?

—Tranquila, Nannerl —respondió. Tenía el rostro desencajado y lleno de temor. Miré rápidamente a la espalda de mi padre y de nuevo a ella—. Tu padre está llevando a Woferl a casa de un amigo. Allí estará más seguro.

—¿Más seguro? —Fruncí el ceño. Estaba llevándolo a un lugar donde yo no podría cuidarlo. Jacinto lo encontraría y se lo llevaría por la noche. Esa certeza me desgarró—. ¿Y nosotras?

Madre me miró.

—Nos quedaremos aquí —respondió.

No podía creerlo. De forma instintiva, me aparté de ella y corrí escaleras abajo.

—¡Nannerl!

No hice caso a la llamada de mi madre. Cuando llegué al pie de la escalera, mi padre y Woferl ya habían salido a la calle. Tropecé con uno de los escalones; luego me incorporé y corrí detrás. Herr Schmalecker y su esposa estaban en la sala y me observaron salir.

Había un carruaje esperando a mi padre. Me di prisa y lo alcancé antes de que llegara a él, y con una fuerza de otro mundo, le sujeté el brazo. En ese momento, me di cuenta de que no estaba enfadada con él por llevarse a Woferl. Sino porque no me llevaba a mí.

—¡Padre!

Se dio la vuelta y me miró, furioso.

—Vuelve a entrar —me ordenó—. No te quedes en la calle en camisón.

—¿Por qué nos dejas? ¡Llévanos contigo!

—No puedes venir —dijo. Se apartó de mí y ayudó a Woferl a subir al carruaje—. Quédate aquí con tu madre.

—¿Por qué? —pregunté.

—Woferl es quien corre más peligro. Deberías saberlo, Nannerl. —Padre se preparó para subir al carruaje—. Su frágil salud no durará mucho en esta casa. Un amigo ha accedido a alojarnos, al menos hasta que pase el peligro. Vive en las afueras de la ciudad. Pero solo puede aceptar a dos de nosotros. Son tiempos peligrosos.

—¿Por qué no podemos irnos de Viena?

—Sabes muy bien por qué no podemos irnos aún.

Me di cuenta de que yo estaba llorando. Cuando Padre volvió a apartarse de mí para subir al carruaje, volví a sujetarlo y tiré de él con todas mis fuerzas.

—Tengo miedo, Padre —dije, intentando mantener la voz firme—. ¿Cómo puedes dejarnos y llevar solo a Woferl? ¿Y si enfermamos? ¿Qué pasará entonces?

Padre me tomó por los hombros y me sacudió una vez.

—Tu madre ya tuvo viruela una vez; no debería sucederle nada. Ya sabes lo delicada que es la salud de tu hermano. ¿Qué será de esta familia si le ocurre algo a él? ¿Lo has pensado alguna vez?

—¿Y si me sucede algo a mí? ¡Yo hago lo mismo que él! —Había empezado a gritar. Ya no me importaba—. ¡Yo también puedo ocuparme de nuestra familia! Entre el público también hay quienes me quieren, y puedo complacerlos. ¡Somos iguales, Padre! ¿Por qué no me llevas a mí?

Padre me abofeteó. Ahogué una exclamación, mareada de pronto, y me llevé una mano a la mejilla.

—Eres una egoísta —dijo. Sus ojos me abrasaron—. Vuelve a entrar. No te lo diré otra vez. Espérame; volveré a por ti y a por tu madre.

Dicho eso, se apartó por última vez y subió al carruaje.

Los observé alejarse. Aún tenía la mano contra la mejilla. Cuando sentí la mano de mi madre en el hombro, me sobresalté y volví a casa a toda prisa. No presté atención a las miradas de Herr Schmalecker y su esposa.

—¡Nannerl, querida! —me llamó mi madre desde atrás. No me volví.

Subí corriendo la escalera, entré a mi cuarto y me acosté, y saqué mi cuaderno de música de entre las cobijas. En mi mente apareció el rostro sonriente de Jacinto. *Déjalo aquí*, me recordó su susurro. Aún podía hacerlo. La parte de mí que lo creía surgió en mí, oscura y tentadora. Mi parte de luz se resistió.

Necesitaba volver al reino para deshacer el mal que había hecho. Pero aún no era demasiado tarde para dejar que Jacinto llevara a cabo lo que tenía que hacer para cumplir mi deseo. No era demasiado tarde para mí. Me acerqué al clavecín, coloqué el cuaderno en el atril y me senté. Mi deseo acudió a mi mente como una terrible ola. Vi las mejillas encendidas de mi hermano, su figura dormida rodeada de música. Me vi a mí misma, recorriendo un sendero hacia un lugar adonde nunca podría llegar.

Abrí el cuaderno en la página de la composición de mi corazón y comencé a tocar.

EL CAMINO
ELEGIDO

E sa noche, me dormí sumida en el miedo y el dolor. La música de mi composición rondó mis sueños. Al despertar, aún podía oír los compases que había tocado con ánimo tan febril en el clavecín; las notas permanecían en el aire.

No sabía cómo vendría Jacinto ahora. ¿Y si había encontrado una nueva manera de engañarme? Tal vez lo único que necesitaba de mí era oír mi composición. Tal vez no necesitaba que llevara a Woferl al reino.

Sin poder componer y sin Woferl a mi lado, no me quedaba otra cosa que hacer más que pasarme el día caminando de un lado a otro. Esperando noticias de mi padre. Oyendo la conmoción constante en las calles. Sumiéndome más y más en mis pensamientos.

Ese domingo, mi madre y yo no fuimos a misa. Por fin, al día siguiente, vino Padre a visitarnos. Corrí a recibirlo, ansiosa por preguntarle por mi hermano, pero cuando llegué hasta él no lo miré a los ojos. Lo saludé con una reverencia y me enderecé mirando el suelo.

—Woferl tiene tos —le dijo a mi madre—. Nada serio aún.

Tos. Me temblaron las manos sobre el vestido.

—¿Hasta cuándo nos quedaremos en Viena?

Esa era siempre la primera pregunta de mi madre.

—El emperador no ha respondido a mis consultas —respondió
Padre. Parecía derrotado—. La archiduquesa está muy enferma.
Nos vamos de Viena.

Había llegado el momento, entonces.

Hicimos el equipaje con prisa y en silencio, nos despedimos de
Herr Schmalecker y su esposa y nos dirigimos al carruaje que nos
esperaba. Cuando fuimos a casa del amigo de mi padre y ayudamos a Woferl a acomodarse a mi lado, vi que sus ojos se habían
vuelto tan oscuros que parecían negros.

Me encontraba en una ciudad, Nannerl. Recordé su sueño y me
estremecí al sentirlo tan real. *Estaba incendiándose. El fuego me quemaba la piel y el humo me cegaba.*

Tomé la mano de mi hermano y la apreté con fuerza.

—¿Cómo está tu tos? —le pregunté mientras nos poníamos en
camino. Detrás de nosotros se oía la cacofonía de las campanas de
las iglesias, las plegarias y el pánico.

Woferl se encogió de hombros. Ya parecía estar suspendido entre este mundo y otro.

—Es solo tos —respondió.

Dejamos atrás Viena y a la familia real y llegamos a Olomouc, una
ciudad pequeña a orillas del río Morava, un día muy lluvioso. Yo iba
sentada frente a mi padre, aunque no nos mirábamos. Padre no era un
hombre de muchas palabras, pero aquel día parecía más callado que
de costumbre, y sus labios formaban una línea apretada en su rostro.
Todo el tiempo, iba mirando por la ventanilla. Hubo un momento en
el que aparté la mirada y me pareció ver que me observaba. Cuando
volví a mirarlo, había vuelto a contemplar el paisaje en silencio.

Nuestra habitación en la posada de Olomouc no mejoró el humor de mi padre. Cuando olió la humedad y vio el humo que salía
del fogón, alzó las manos y lanzó una palabrota.

—Dios me castiga por mi codicia —murmuró.

La tos de Woferl empeoró por la lluvia y el humo, y sus accesos nos mantuvieron despiertos por la noche. De todos modos, yo no podía conciliar el sueño, pues el humo me hacía lagrimear los ojos.

Al día siguiente, estuve en vilo gran parte del día. Allí no había clavecín, ni teníamos habitaciones separadas. No tenía nada con qué distraerme. Lo único en lo que podía pensar era la música que había tocado y cuándo vendría Jacinto a convocarme, y la sonrisa que reflejaba su voz áspera e inquietante.

Woferl seguía tosiendo. Sus ojos negros se llenaban de lágrimas todo el tiempo.

Al día siguiente, me despertó el golpe de nuestra puerta al cerrarse. Mi padre acababa de salir.

—¿A dónde va Padre? —le pregunté a mi madre mientras me incorporaba en la cama. Woferl no estaba durmiendo a mi lado.

—Date prisa y vístete, Nannerl —me dijo. Detrás de ella, Woferl estaba tambaleándose y temblando, ya vestido—. Nos mudamos a una habitación mejor.

Pasamos a una habitación con menos humedad y menos humo, pero ya era tarde. Esa noche, a Woferl le costaba respirar, y cuando llegó el domingo y la hora de ir a misa, deliraba de fiebre. Madre permanecía con él, afligida y llorosa, y Padre le dijo que preguntaría al deán de la catedral por el estado de mi hermano.

Yo ya sabía lo que ocurriría, aunque no se lo dije a mis padres. Jacinto había llegado hasta mi hermano.

El deán, un viejo amigo de mi padre de Salzburgo, envió de inmediato al doctor Joseph Wolff a nuestra posada, quien confirmó que Woferl tenía viruela. Volvimos a mudarnos, esta vez a la casa del deán. Allí, bajo la vigilancia de Herr Wolff y de mi familia, observamos con impotencia cómo empeoraba la fiebre de Woferl y se le hinchaban los ojos con dolor.

Esa noche, volví a soñar con el clavecín de las arenas oscuras de las costas del reino y con los ojos lechosos, vacíos, de Woferl. Desperté con el rostro bañado en lágrimas.

Una noche, Woferl despertó llorando, y cuando Madre, que dormitaba en una silla a su lado, se le acercó a toda prisa, le dijo que no podía ver. Hasta la luz de las velas le lastimaba los ojos, por lo que los mantenía siempre cerrados. Unas manchas rojas aparecieron en su piel, lentamente al principio, y luego con más rapidez, como un incendio descontrolado en un bosque virgen. Yo casi no podía reconocerlo por la erupción de la viruela. Cada vez que tenía un acceso de tos, me parecía que sonaba como la risa de Jacinto. Yo lo buscaba por la noche, pero no se me aparecía.

La noche siguiente, desperté temblando. A través de mi puerta abierta vi que las velas aún ardían en la habitación de Woferl. Me levanté, me envolví en mi manta y fui hacia allí.

Mi madre dormía en la silla que estaba en el rincón, y mi padre descansaba con la cabeza entre los brazos en su escritorio. Vi que, bajo el codo, tenía una carta inconclusa a Herr Hagenauer. Caminé con sigilo para no despertarlos y me senté junto a la cama de Woferl. A través de la luz fluctuante de las velas y del cristal de la ventana, vi insinuarse formas que flotaban, las figuras encapuchadas que nos acosaban sin que nadie pudiera verlas y que esperaban con paciencia al otro lado del cristal. Miré a Woferl, que daba vueltas en la cama, sumido en un sueño inquieto.

—¿Nannerl? —susurró.

Me sorprendió. De pronto, Woferl giró la cabeza hacia mí, aunque sus ojos seguían hinchados y no podía verme. Su piel estaba caliente al tacto.

—Aquí estoy, Woferl —le dije.

Intentó sonreír, pero el dolor se lo impidió.

—Has venido a verme —observó.

Tragué en seco.

—Por supuesto —respondí—. Eres mi hermano.

—¿Crees que voy a curarme? ¿Es muy grave la viruela?

La debilidad de su voz me partió el corazón.

—No tanto —mentí. Fuera, las sombras iban acercándose y alcancé a ver sus brazos huesudos y sus dedos largos y ahusados—. Se te pasará en unos días más.

Woferl meneó la cabeza. No me creyó.

—Ojalá pudiera verte —susurró. Apartó su mano de la mía y buscó mi cara. Dejé que me tocara la mejilla y le sostuve la mano allí, para que sintiera la frescura de mi piel.

Mi cuaderno de música me llamaba. Me pareció oír sus notas desde mi cuarto, fragmentos de mi composición. Me estremecí al oírlas.

Jacinto. Había venido. Se acercaba la hora.

—Nannerl —dijo Woferl de pronto. Giró su rostro hacia mí—. Lamento lo de tus composiciones.

Al oír eso, me volví rápidamente hacia él.

—¿Qué?

—Lo siento —susurró.

Tragué en seco, temerosa de lo que pudiera decir a continuación.

—¿Por qué lo dices?

—Las seis sonatas que Padre te quitó. No debería haberlo hecho.

Callé. Retiré la mano de Woferl de mi mejilla para que no sintiera el temblor de mi mandíbula. ¿Cuánto hacía que nuestro padre me había traicionado? Yo había intentado sepultar todo aquello en mi corazón, pues creía que Woferl jamás me hablaría de ello. Ahora todo volvía a mi memoria, como una puñalada tan fuerte que hice una mueca de dolor.

De reojo, vi un leve movimiento. Sobre la cómoda, justo bajo la luz de la vela, crecía un pequeño grupo de hongos. Eran de un color negro lustroso salpicado de escarlata.

Woferl se esforzó por acercarse a mí.

—Yo no se lo dije, ¿sabes? —continuó—. Nunca le hablé de tu música. No creía que fuera a encontrarla, pero así fue, buscando unos gemelos que se le habían perdido. No pude impedir que buscara allí.

Hablaba con frenesí, como si supiera que empezaba a marcharse. Le palmeé la mano y chasqueé la lengua con suavidad para que no se agitara.

—Lo sé —respondí—. Tranquilo.

—Son tuyas —prosiguió Woferl—. Y son mejores que cualquier cosa que yo haya escrito. —Respiró hondo—. Lo único que siempre quise, Nannerl, fue ser como tú. Es lo único que espero. Necesito que lo sepas. Necesito que lo sepas. —Lo repitió varias veces con urgencia febril.

Lo único que siempre quise.

Y de pronto me di cuenta de que allí, bien guardado en el pecho de mi hermano, había estado siempre mi deseo. Tanto me había desesperado por verlo cumplido, tanto me había esforzado por conseguir el reconocimiento de mi padre, que nunca me había tomado el tiempo de buscarlo en Woferl.

Mi deseo era que no me olvidaran, tener un lugar en los corazones cuando ya no estuviera aquí. Que el mundo me recordara.

Pero el deseo de mi hermano era ser como yo. Era él quien me había entregado la pluma y la tinta. Era él quien me recordaba.

Las lágrimas me empañaron la vista. A nuestro alrededor, habían surgido enredaderas que trepaban por las paredes y los postes de la cama, con hojas negras relucientes y diminutas flores blancas. *Nannerl*, llegó el susurro, llamándome. El reino había venido por fin a reclamar la vida de mi hermano.

Woferl adoptó una expresión pensativa. Me enjugué las lágrimas con prisa. Aunque sabía que no podía verlas, sí parecía saber que estaba llorando.

—No examinaste el último volumen —dijo por fin.

—No —respondí—. ¿Cómo podía hacerlo? Vi tu nombre impreso en la cubierta.

—Tampoco viste la copia final de *Die Schuldigkeit*. Recuerdo que saliste de la habitación, quejándote del aire.

Recordé el oratorio que habíamos compuesto juntos.

—No tenía fuerzas para verlo firmado por ti.

—No lo firmé con mi nombre, ¿sabes? No pude.

Seguí mirándolo, más sorprendida que ninguna otra cosa. Eso jamás se me había ocurrido.

—¿Cómo lo firmaste, entonces?

—Firmé como *Mozart*.

Me acerqué.

—¿Solo *Mozart*?

—Sí. Por los dos. Ambos somos Mozart, ¿no?

Woferl hizo una pausa y movió las manos como si quisiera escribir algo. Alcancé a verlo entre mis pensamientos; me puse de pie y me acerqué adonde estaba Padre, dormido sobre el escritorio. Con mucho cuidado, tomé la pluma y el tintero —al hacerlo, mis manos rozaron las hojas y los zarcillos de la hiedra— y una hoja de papel. Volví al lado de Woferl. Con ambas manos, lo ayudé a empuñar la pluma y sumergirla en el tintero. Tocó el papel y luego apoyó la pluma.

Me sonrió. Me quedé demasiado atónita para poder responder. Simplemente me acerqué y apoyé la cabeza con suavidad contra su mejilla inflamada. Su respiración se hizo más superficial, un silbido entre pausas. Tarareé para él. Me aferró la mano con más fuerza.

Un resplandor azul de luciérnagas había empezado a inundar la habitación; volaban con impaciencia de aquí para allá. Ese era el momento que había estado esperando Jacinto. Lo oí llamándome.

La música de mi composición se colaba en el aire y los susurros de él eran el acompañamiento.

Nannerl. Mi Fräulein. Es la hora.

Woferl se encontraba entre dos mundos. Había llegado el momento de alejarlo para siempre de este mundo y llevarlo más allá, al reino.

Cuando se durmió, tomé la pluma y el tintero y volví a colocarlos sobre el escritorio. Luego salí de la habitación, volví a la mía y busqué el cuaderno de música debajo de la cama. Lo acomodé bajo un brazo. El suelo estaba salpicado de hongos negros, que desaparecían donde yo pisaba.

Nada se movía en la noche salvo el reino mismo, que había empezado a crecer con más rapidez; su hierba oscura cubría la escalera, y sus enredaderas y hojas venenosas sofocaban los edificios. Apenas sentía mis pies descalzos sobre la calle mojada por la lluvia.

El bosque del reino se extendía al costado de la ciudad, y en el sendero que lo atravesaba reinaba la negrura. Detuve mis pasos para armarme de coraje. Mi sombra vaciló bajo la luz plateada. Alcé la vista y vi las dos lunas, alineadas por fin, formando un solo disco brillante en el cielo.

Entonces tomé el sendero y me interné en el bosque.

LA REINA
DE LA NOCHE

El sendero que tomé estaba apenas iluminado por algunos tenues rayos de luna. Los árboles retorcidos del reino suspiraban con el viento e inclinaban sus ramas desnudas y sus raíces hacia mí como para atraerme hacia ellos. Seguí caminando con cuidado para esquivar los charcos de agua negra que tenían debajo. Durante un rato, no supe a ciencia cierta cuál era mi rumbo. El camino podía llevar a las playas blancas, hacia la gruta escondida donde vivía la reina atrapada, o bien al castillo, donde me encontraría con Jacinto.

Tomé la dirección que pensé que me llevaría a la playa. Mis pies no producían sonido alguno en el sendero sinuoso. Mi respiración era rápida y superficial. ¿Y si Jacinto me impedía llegar? ¿Y si aparecía al final del camino, esperándome?

En el aire de la noche se oía la pieza que yo había compuesto, una melodía melancólica que flotaba entre los árboles. Esa noche no había hadas que alumbraran el camino, pues seguramente todas habían abandonado el bosque para reunirse con Jacinto en el castillo. Me sentí agradecida por su ausencia. De haber alguna cerca, sin duda avisaría a Jacinto de mi presencia. Pero él se hallaba distraído por la fiesta que celebraba esa noche, en espera de que yo llegara con mi hermano.

Por fin, cuando ya no podía seguir, el bosque llegó a su fin y el sendero dio paso a la playa de arena blanca. Sobresaltada, me di cuenta de que el reino me había permitido tomar el camino que quería mi corazón. Y mi corazón me había llevado hacia la reina atrapada.

El océano ya no se encontraba en calma y azul, como yo lo recordaba. Ahora estaba tan oscuro que no alcanzaba a ver la arena moviéndose en el fondo, y cuando hundí un pie en el agua, ya no la noté tibia, sino fría como el mar en invierno. Inhalé súbitamente al entrar y dejé que el agua helada me envolviera la piel, sobrecogiéndome. No muy lejos de allí, se alzaban las rocas bajo las cuales se encontraba la gruta.

Eché un vistazo hacia atrás, hacia el bosque, casi esperando ver a Jacinto en la orilla, con la cabeza ladeada, expectante. Pero no había nadie.

Me volví otra vez hacia el mar, respiré hondo y me zambullí.

Al principio, no vi nada. El agua me tragó entera y me empujó hacia atrás mientras me sumergía más y más, buscando la superficie áspera de la roca. Seguí nadando hasta que empezaron a arderme los pulmones. ¿Nos había llevado tanto tiempo a Woferl y a mí encontrar la entrada de la cueva la primera vez? ¿Acaso era solo un bonito recuerdo, el agua tibia y dulce y la caverna iluminada?

¿Y si ya no estaba? Tal vez era demasiado tarde y la Reina de la Noche había perecido sola.

Justo cuando pensaba que mis pulmones iban a estallar, rocé con las manos una pared de roca que se curvaba hacia dentro formando un túnel. Con esfuerzo renovado, seguí avanzando frenéticamente por el agua negra, alargando la mano a ciegas, hasta que llegué al final del túnel y palpé una brusca curva hacia arriba. Pataleé con mi último aliento.

Salí a la superficie y tomé una enorme bocanada de aire.

La caverna estaba más oscura que la última vez que la había visto. Las flores azules que antes pendían del techo como guirnaldas y llenaban el aire con su aroma embriagador se habían marchitado, y solo quedaban sus restos secos y arrugados. Las flores de la noche que trepaban por las paredes e iluminaban el espacio con su resplandor azul se habían vuelto escarlatas al morir, y sus pétalos secos cubrían el suelo de la caverna con una ominosa tonalidad rojiza.

Nadé hacia suelo firme. Al hacerlo, divisé una figura encorvada contra las paredes de roca, con la cabeza en las manos.

Sus hombros se sacudían con el llanto. Sus piernas seguían fundidas con el suelo de la cueva, atrapadas allí por toda la eternidad. Sus alas tenían un aspecto aún más raído y descolorido de lo que yo recordaba y colgaban fláccidas a su espalda. Pero esa noche la rodeaba un halo dorado, como si en su sangre despertara algún resto de magia.

Las lunas gemelas. Están alineadas. Recordé que esa era la noche en la que su poder alcanzaría su apogeo, y recordé el amor del Sol por la reina, cómo le había otorgado la magia de su fuego.

Ella no alzó la mirada hasta que salí del agua. Seguramente la arrancó de su ensimismamiento el sonido de las gotas que caían de mí sobre la roca. Alzó el rostro al instante, y su mirada oscura se clavó en la mía. No había blanco en sus ojos. De pronto recordé la advertencia de Jacinto, acerca de que era una bruja y no podía confiar en ella, y me sentí tentada, incluso en ese momento, de seguir su consejo.

Sus sollozos se calmaron un poco mientras me observaba, inclinando la cabeza hacia un lado y hacia el otro. Por fin, algo en su rostro denotó que me reconocía.

—Me engañaste —dijo. Sus labios azules se deformaron con un gruñido y su voz reverberó en las paredes de la gruta, repitiendo las palabras una y otra vez. *Me engañaste, me engañaste*—. Eres la pequeña Fräulein de Jacinto.

Obligué a mis manos a dejar de temblar, y a mí misma, a avanzar.

—Él me engañó a mí también —susurré—. Me dijo que eras la Reina de la Noche, pero no que una vez fuiste la Reina del Revés.

Al oír mis palabras, se quedó inmóvil. Me miró con desconfianza, como si no me creyera del todo, y por un momento pensé que tal vez no recordaba su pasado. Entonces me preguntó:

—¿Cómo sabes eso?

Apenas pude obligar a mis labios a responder.

—Porque Jacinto entró a la torre más alta del castillo y mató a la princesa que estaba encerrada allí. —Ahora había lágrimas en mis ojos—. Porque yo no sabía que no debía hacerlo y lo ayudé a llegar.

La desconfianza de la reina se transformó en conmoción. En su expresión, de pronto ya no vi un hada, ni una bruja, sino a una mujer que en otros tiempos había tenido dos hijos. Parpadeó, y sus ojos oscuros se humedecieron, se llenaron de lágrimas hasta que estas comenzaron a rodar por sus mejillas. La princesa de la torre había sido su hija, y al enterarse de lo ocurrido se desmoronó, derrotada.

Esperé con temor, pensando que descargaría su ira sobre mí. En lugar de eso, me miró con ojos tristes y meneó la cabeza.

—Te engañó —dijo—. Como me engañó a mí una vez.

—¿A qué te refieres? —susurré.

—La que estaba en la torre eras tú, niña —explicó—. Sigues viva, igual que tu hermano. Pero si no tienes cuidado, Jacinto se apoderará de ambos esta noche.

Ambos. Me estremecí mientras me esforzaba por comprenderla.

Si Woferl era el príncipe del Reino del Revés, eso significaba que yo era la princesa. Por eso había visto tanto de mí en la muchacha que se encontraba encerrada en lo alto de la torre; por eso me había dado la sensación de estar contemplando un espejo. Tal vez incluso por eso me había parecido *sentir* los dientes de Jacinto al clavarse en ella en aquel momento, y por eso había despertado con visiones de sangre en las manos.

Ella era yo, y yo era ella.

Jacinto había devorado la parte de mi alma que estaba atrapada en aquel castillo. Lo que en realidad quería ahora era el resto de mi corazón. La totalidad de mi ser. Y después de que le llevara a mi hermano esa noche, dejaría que la enfermedad me tomara a mí también y me llevara con él.

—Parece que las almas perversas siempre nos atrapan —me dijo la reina. Su voz era tan lírica, tan triste en su dulzura, que llegué a sentir la grieta que abrió en mi corazón.

—¿Qué te hizo? —susurré.

—Yo era una joven reina que amaba a su esposo y estaba ansiosa por gobernar su reino. ¡Cuántas ideas tenía! El rey se sentaba conmigo y me oía hablar durante horas, tomando nota de todo lo que yo quería hacer por el pueblo. Dar alimento y vivienda a nuestros pobres. —Sus ojos brillaron un momento al rememorar el pasado, y en sus labios se dibujó una sonrisa llena de nostalgia—. Hasta que un día, en el bosque, me encontré con un joven duende.

No me costó imaginar aquel primer encuentro de la reina con Jacinto, cómo la habría hipnotizado con sus encantos, igual que a mí.

—Me hechizó y me alejó más y más de mi hogar. Cuando intenté regresar, solo llegué a las arenas blancas de esta costa. —Apartó la mirada—. Me hizo prisionera aquí y maldijo mis piernas para que quedaran por siempre atrapadas como parte de esta caverna, hasta el día en que alguien viniera a liberarme.

Me miró otra vez. El resplandor que la rodeaba palpitaba con vida propia.

—Y aquí estoy. Y aquí estás tú. ¿Has venido a liberarme? ¿O vienes de nuevo como su mensajera, para matarme de una vez por todas?

La miré y recordé su furia y su frustración la última vez que la había visto.

—¿Es posible encontrar lo que buscas? —le pregunté por fin—. ¿Es posible conseguir lo que quieres?

—Esas son preguntas que no puedo responder por ti, niña —dijo—. Pero debemos intentarlo.

Contemplé las flores de la noche que crecían a lo largo de la pared. Ahora quedaban muy pocas, y estaban muriendo porque el espíritu de la reina también moría. Me acerqué a una y pasé el dedo con delicadeza por sus enormes pétalos negros. Proyectó su luz escarlata contra mi piel.

Llena la flor de la noche con agua, me había dicho la reina la última vez que yo había estado en esa gruta. *Viértela sobre mis pies. ¡Libérame!*

Cerré el puño en torno al tallo de la flor y tiré con fuerza. El tallo se partió y la flor quedó en mi mano. Me acerqué al agua y me arrodillé en la orilla para llenarla. Luego volví donde estaba la reina y sostuve la flor sobre sus pies.

—Tal vez —dije—, deberíamos habernos ayudado mutuamente desde el principio.

EL REGRESO
DE LA REINA

De lejos, seguramente parecíamos tímidas, la reina y yo. Ella caminaba detrás de mí, pequeña y frágil bajo su manto. Debajo de su caperuza, no se le veían más que los labios. Pero esa noche emanaba cierta fortaleza. Cuando alzó la vista al cielo nocturno, para ver dónde estaban las lunas alineadas, enderezó los hombros y levantó el rostro como para absorber aquella imagen. Me di cuenta de que la luz de la luna era un reflejo del Sol, e incluso aquella pequeña cantidad de calor parecía alimentar su corazón. Sentí la tibieza que irradiaba su piel, y vi que el resplandor amarillo aumentaba a su alrededor y destacaba sus rasgos bajo el manto.

Su respiración fue acelerándose a medida que se acortaba la distancia que nos separaba del castillo. Cuando entre los árboles empezaron a verse las primeras torres altas, paró en seco, como si ya no pudiera seguir. Me detuve a mirarla.

Ella no había visto su reino desde que este había caído. Lo que recordaba era un lugar lleno de belleza, el amor de su pueblo y el afecto de su rey. Ahora se encontraba vacío; las multitudes sonrientes y los mercaderes habían abandonado la plaza, y el foso estaba lleno de agua oscura.

Se quedó inmóvil un buen rato, sumida, al parecer, en sus pensamientos. Me pregunté si tendría fuerzas para continuar.

Entonces dio un paso, y otro. Me alcanzó y seguimos caminando juntas, a paso firme. Cuanto más nos acercábamos al castillo, más intenso se volvía el resplandor que la rodeaba.

Cuando llegamos al puente de espinas, parecía que los tallos rehuían el calor que manaba de ella. Apreté los dientes y seguí avanzando. En mi mente, vi el rostro ciego de mi hermano, su respiración débil en su lecho de muerte. El puente se estremeció cuando los pies descalzos de la reina lo cruzaron. Pero ella no aminoró la marcha, y las espinas no cedieron. Se mantuvieron unidas hasta que llegamos a la otra orilla. Entonces, debilitadas por la magia de la reina, se desmoronaron y cayeron a las aguas revueltas.

Jacinto se encontraba a las puertas del castillo, esperándonos.

Ahora su cuerpo ágil había perdido su color; se alzaba alto y fuerte como una criatura del bosque, y sus pómulos otrora aniñados y sus rasgos delicados se habían vuelto tan angulares que no parecía en absoluto humano, sino un duende hecho y derecho. Tal vez ese había sido siempre su aspecto y yo nunca lo había visto como era en realidad.

Mientras nos acercábamos, fijó sus ojos brillantes en mí. Sonrió cuando me detuve unos pasos antes de llegar a él. Desvió un momento la mirada hacia la figura que estaba a mi lado, oculta bajo el manto. La reina permaneció muy quieta.

—Mi querida Fräulein —me dijo Jacinto. Se acercó un poco. A su alrededor revoloteaban sus omnipresentes hadas, cuyo resplandor azul volaba de aquí para allá. Me susurraban palabras duras, ansiosas—. Te has portado muy bien. Lo has traído, además de venir tú misma.

Además de venir tú misma. Observé sus ojos mentirosos y los vi ávidos. Recordé la advertencia de la reina. A él le daba igual mi deseo. Me atraparía esa noche, junto a mi hermano, y ninguno de los dos volvería al mundo más allá del reino.

Eché la vista atrás. El camino por el que habíamos llegado se había cerrado por completo; las espinas cortaban el paso al puente y el foso.

—Aquí estoy, tal como me pediste —dije lentamente.

Jacinto desvió los ojos una vez más hacia la figura que estaba a mi lado. La reina permanecía tranquila. Por primera vez, percibí en él un asomo de duda. Las hadas revoloteaban, irritadas y recelosas. Jacinto alzó el rostro hacia el cielo, cerró los ojos y olfateó el aire con delicadeza. Luego volvió a mirarme, y cuando lo hizo, sus pupilas se estrecharon hasta convertirse en rendijas.

—¿Tu hermano? —susurró.

Lo contemplé con la misma firmeza con la que una vez había mirado a mi padre. Me di cuenta de que ya no tenía miedo. Al ver que no le respondía, Jacinto volcó su atención una vez más en la figura cubierta por la capa y escudriñó la oscuridad que envolvía su rostro. Entonces observó sus manos, el leve resplandor dorado que irradiaban sus palmas. Cuando miró con más atención bajo la caperuza, reparó en la luz tibia que poseían los rasgos de ella.

Entonces advertí el primer asomo de miedo en su rostro.

—¿A quién has traído contigo? —me susurró.

No me moví. Solo observé la figura que estaba a mi lado mientras se quitaba la capucha.

—A la reina —respondí—, la verdadera dueña de este lugar.

Jacinto dio un paso atrás. Su rostro reflejó una expresión de dolor, seguida de inmediato por una de ira. En ese instante, lo vi comprender mil cosas: a quién había traído ante él, quién la había liberado, qué quería ella.

La reina lo miró, imperturbable. Una leve sonrisa elevaba las comisuras de sus labios. Ahora estaba más alta y poseía un porte más majestuoso. Me pregunté cómo había podido considerarla otra cosa que una reina.

—Creí que habíamos hecho un trato —me dijo Jacinto. Ahora había verdadero terror en sus ojos—. Debías traerme a tu hermano, llegado el momento, para que ocupara su sitio en el reino. Me traicionaste.

—Mi hermano está en su lecho de muerte —respondí, cuando hallé la fuerza para hacerlo—, por tu culpa. Si lo hubiera traído hoy, lo habrías confinado aquí para siempre y él habría desaparecido de mi mundo. Y habrías hecho lo mismo conmigo.

—Soy tu guardián, Nannerl, no tu perdición.

Lo miré irritada.

—Todos creen siempre que están protegiéndome.

Su boca se deformó en una mueca. Sus hadas revoloteaban con frenesí, inquietas y furiosas. A Jacinto no le gustó ver la mirada de comprensión en mi rostro.

—¿No quieres que tu hermano desaparezca? ¿No es eso lo que siempre quisiste?

Antaño, quizá, cuando no me entendía a mí misma, había deseado eso.

Entonces la reina se movió, y Jacinto retrocedió, inquieto. Ella lo miró con sus ojos intensos y se negó a dejarlo apartar la vista.

—La última vez que te vi, viniste a mí con tus ojos brillantes y una sonrisa encantadora —le dijo—. Me apartaste de mis hijos y me llevaste a una cueva, donde me hiciste prisionera.

Jacinto gruñó; fue un sonido grave que se inició en su pecho y se elevó por su garganta.

—Reina estúpida —dijo, y luego me miró—. Niña estúpida. Durante toda tu vida, lo que más has querido es destacar sobre tu hermano. Ahora quedarás reducida a nada más que una breve mención en la historia. Tal vez ni siquiera eso. ¿Y por qué, querida mía? ¿Porque te asusta hacerle daño a tu hermano?

Mi rostro permaneció decidido.

—Porque no haré tratos con un mentiroso. Ya hay demasiadas mentiras en mi vida.

Jacinto miró otra vez a la reina con preocupación. De pronto, sin su poder de persuasión, parecía más débil, y su figura, menos amenazadora. La reina se había erguido tanto que ni siquiera recordaba cómo la había visto en la cueva. Su piel adquirió un resplandor dorado. Cada uno de sus rasgos reflejaba realeza; imperturbable y sin temor, al fin se encontraba lista para enfrentarse a quien tanto dolor le había causado. El calor que irradiaba me envolvió en un abrazo.

—Estás en un castillo que no te pertenece —le dijo la reina a Jacinto. Ante sus palabras, el castillo despertó y suspiró bajo sus muros cubiertos de hiedra y sus senderos manchados de hollín, como si recordara la voz de su ama—. Vuelve al bosque y deja de atormentarnos.

Jacinto la miró con desdén, pero el castillo ya estaba cambiando, revitalizado por la magia de la cálida presencia de su reina; las espinas y la hiedra que habían comenzado a sofocar los muros del patio empezaron a deshacerse. Oí los ecos de unas risas de tiempos lejanos, las voces alegres de los aldeanos que alguna vez habían caminado por allí.

La sonrisa de Jacinto reapareció. Vi con horror que sus ojos cambiaban... y se parecían de manera sorprendente a los míos.

—Qué niña tan noble —dijo—. Qué cambio tan inesperado. Pero es demasiado tarde para ti. Ya has elegido, y has optado por permanecer en el olvido.

Se trataba de una última mentira. Aún no era demasiado tarde.

A mi lado, la reina alzó sus manos resplandecientes. Jacinto se echó atrás, aterrado. Sus hadas se alejaron rápidamente en una sola oleada.

—Te asusta la luz —observé—. El calor. El fuego. La vida.

—No lo harás —me advirtió. Su voz se había reducido a un gemido mientras nos miraba a la reina y a mí—. Sabes que soy tu única oportunidad para cumplir tu deseo. Siempre nos hemos ayudado, Fräulein. Si te apartas ahora de mí, ya no podrás volver a acercarte.

—Estoy harta de tus tentaciones —respondí—. Tú no eres el guardián de mi destino. Ya he encontrado mi camino. No te llevarás a mi hermano, y tampoco me secuestrarás a mí para que muera.

—Todo el mundo muere —replicó Jacinto. Rio, un sonido agudo y nervioso—. Pero no a todos, querida mía, se los recuerda.

Pensé en lo que yo había escrito, en las sonatas publicadas con el nombre de mi hermano. Pensé en nuestro oratorio, en los compases míos que yo había guardado. Pensé en los ojos de mi hermano, muy abiertos y llenos de admiración, y en cómo imitaba mi estilo, mi modo de componer, mi música. Pensé en las últimas palabras que me había dicho, en su vocecita, en su mano apoyada en la mía. Ese era mi deseo, en una forma que solo ahora podía reconocer.

Lo único que siempre quise fue ser como tú.

Tal vez nunca me recordarían como a mi hermano. Tal vez, a los ojos del mundo, yo nunca sería lo que quería ser. Tal vez el único que me guardaría en su corazón sería Woferl. Pero cuando yo ya no estuviera, mi obra perduraría, inmortalizada en papel, grabada en la mente de mi hermano. Encerrada dentro de mí, continuada por él. Nadie me arrebataría esa parte de mi alma.

—Lo que me ofreces —repliqué— lo he conseguido ya.

Jacinto se lanzó hacia mí. La reina se adelantó, con los brazos extendidos, para protegerme. El resplandor de sus manos se encendió con una intensa luz dorada, tan brillante como el mismo Sol, y en un solo instante, todo el castillo quedó empapado en calor. El fuego envolvió la hierba oscura cerca de mis pies y la devoró con grandes bocanadas. La reina alzó los brazos al cielo y las llamas crecieron ante nosotros.

Jacinto chilló con ira y miedo. El fuego se propagó como un aro a mi alrededor y consumió los árboles negros retorcidos, el sendero sinuoso, las enredaderas, la hiedra y las hojas, los montones de hongos. En su avance, devoró a las hadas, la hiedra que cubría las paredes, las piedras manchadas de hollín. Devoró los fantasmas del pasado y el peso del aire. Se alimentó del silencio de muerte del castillo y lo llenó con el rugido de las llamas.

Jacinto intentó huir. Saltó por encima de una columna de fuego y luego otra. Por un momento, pensé que tal vez no lograríamos atraparlo, que acabaría por escapar hacia el bosque, hasta la próxima vez que algún tonto se cruzara en su camino y él decidiera usar su vida para sus propios fines.

Hasta que las llamas lo tomaron del brazo. Jacinto gritó de dolor y danzó con furia entre el fuego y los árboles que ardían. El calor le derritió la piel. Sus gritos se tornaron más y más fuertes. Observé cómo las llamas devoraron su figura hasta que ya no fue alto e imponente, ni siquiera el muchachito tímido y travieso al que yo había visto por primera vez hacía ya tanto tiempo; tenía los ojos dilatados por el miedo, y la boca, abierta y retorcida en una sonrisa. Danzaba mientras moría, y su cuerpo era una columna de fuego que ardía al unísono con todo lo que lo rodeaba.

¡Fräulein!, me llamó mientras se iba. *¡Ayúdame!*

E incluso en ese momento, a pesar de todo, sentí la presión de su presencia contra mi corazón. Pero la reina y yo lo observamos en silencio mientras esa presión se hacía más y más débil, hasta desaparecer.

Entonces el fuego lo envolvió, y Jacinto quedó al fin reducido a cenizas.

Ante nosotras se elevaba un castillo vacío, ya limpio de veneno, bañado en luz. La extraña música que siempre había impregnado el reino, el viento de los susurros de Jacinto, había desaparecido. En su lugar había algo diferente. Un sonido dulce como la tierra, hecho no de magia sino de algo real, cálido y vivo. La música de un corazón.

En el cielo, las lunas habían comenzado a ponerse. Por primera vez, vi el inicio de un resplandor en el horizonte, la primera hora del amanecer, antes de que saliera el sol. Contemplé fascinada cómo el cielo empezaba a teñirse de rosa.

Finalmente, la reina se volvió hacia mí, con la mirada serena de nuevo. Ya no era una bruja maldita, sino un ser humano, y sus alas mustias se habían convertido en su capa de terciopelo.

No supe qué decirle. ¿Qué podía decirle? Durante tanto tiempo la había dejado atrapada en su prisión. Pero, al ver que no podía hablar, lo hizo ella.

—Ahora soy libre —dijo—. Y tú también lo serás.

No respondí. Yo regresaría a mi mundo, donde Woferl publicaría música y yo, no. Donde mi futuro ya estaba decidido: un camino que no tenía esperanzas de cambiar.

La reina debió de ver mis pensamientos en mis ojos, pues se acercó y me tocó el mentón. Cuando respondió, oí la voz de mi madre.

—Es una batalla muy larga —dijo—, pero aun así debes librarla. Habla por quienes tienen menos suerte que tú, que necesitarán tu ayuda. Habla por aquellos que vendrán a ti en busca de consejos. Mantente fiel a ti misma, hija. Algún día verás que todo acabará en llamas.

Me sonrió y se volvió hacia su castillo vacío. Supe que ella lo transformaría, que transformaría aquel sitio derruido en algo digno otra vez. Y supe también que yo jamás podría regresar.

Me di la vuelta y me alejé. Las espinas habían desaparecido, igual que el foso. Seguí el sendero hasta que vi aparecer las calles de Olomouc y la catedral. El fuego había dejado un silencio repentino. No quedaban vestigios del reino. Tan solo algunas manchas de ceniza en la calle, que una leve llovizna ya estaba borrando.

Me envolví en mis brazos e inicié el regreso a casa.

EL FIN
DEL COMIENZO

Cuando la primavera llegó otra vez a Salzburgo y el miedo a la viruela había desaparecido hacía ya tiempo, mi padre decidió que había llegado el momento de iniciar otra gira. Vi el carruaje esperándonos en la Getreidegasse. Me quedé un momento en la sala de música, sentada en el taburete del clavecín, acomodando las capas de enaguas blancas que asomaban por debajo de mis sedas azules. Abajo, mi madre observaba mientras el cochero ayudaba a mi padre a cargar las últimas pertenencias de Woferl en el maletero. Irían a Italia, donde mi hermano tocaría para los Habsburgo y para el público romano.

El clavecín, que por lo general Woferl ocupaba por las mañanas, estaba cerrado y cubierto con un paño blanco. Hacía varias semanas que yo no lo tocaba. Durante el invierno, había pasado menos tiempo en esa sala y más con mi madre, recitando poemas con ella y aprendiendo a bordar en punto de encaje.

Me senté en el taburete y pasé la mano suavemente por la superficie cubierta del instrumento. Tenía el cabello suelto sobre los hombros, con muchas ondas, intacto y rebelde. Me lo acomodé lo mejor que pude y me lo sujeté por detrás de los hombros con unas horquillas. No era muy diferente del peinado que había llevado aquella vez, hacía tanto tiempo, aquella mañana clara de otoño en que había venido un trompetista de la corte a oírme tocar. Yo tenía ocho años en aquel momento.

Había cumplido dieciocho en enero. Mis años de tocar en público habían terminado.

Finalmente, cuando me sentí lista, me levanté del taburete. En la Getreidegasse, vi que mi hermano alzaba la mirada hacia mi ventana. Me saludó levantando la mano. Le sonreí y bajé la escalera.

Era un día cálido y la brisa agitaba mis rizos. Me acerqué adonde estaba mi hermano, solo. Cuando oyó mis pasos sobre los adoquines, se le iluminaron los ojos, corrió hacia mí y me envolvió en un fuerte abrazo.

—Woferl —dije, riendo—. Qué infantil eres para correr así hacia mí.

—No me importa —respondió—. Voy a echarte de menos. Te escribiré, por supuesto, y te contaré todo lo que vea. Será como si estuvieras a mi lado.

Le sonreí. Woferl había crecido durante todo el invierno, y sus extremidades se habían vuelto delgadas y torpes. Le quedaban algunas marcas de viruela en la cara, siempre visibles, pero detrás de ellas yo aún veía el rostro de un niño, demasiado ingenuo y a la vez demasiado maduro para su edad.

—Esperaré tus cartas todos los días —le dije. Le toqué la mejilla—. Cuéntame todo, Woferl, hasta lo que desayunaste.

Rio. Detrás de él, nuestros padres conversaban en voz baja con los Hagenauer. Ellos financiarían parte de aquel viaje, y por los gestos de mi padre, me di cuenta de que estaba dándoles las gracias por su continua generosidad. Una vez más, nos habíamos retrasado con el alquiler. Era nuestro sino, siempre al filo de la navaja, siempre esperando mejores noticias.

—¿Estarás bien aquí, con Madre? —me preguntó Woferl. Se me acercó un poco para que los demás no lo oyeran.

El otoño pasado, cuando había empezado a recuperarse de la viruela, yo le había contado lo que había ocurrido en el reino aquella noche en Olomouc. Que el reino había sido consumido por el fuego, que había desaparecido y había sido reconstruido, y que no debíamos hablar más del asunto. Él se lo había tomado con calma, como si el fin de mi imaginación de aquel lugar fuera también el fin de la suya. Desde entonces, nadie me había visitado en sueños. Y creo que a él tampoco, aunque no hablaba de eso. Ya no hubo visiones de flores de Edelweiss brotando de las partituras, ni hadas esperando en nuestra sala de música. Ya no había magia que impregnara nuestra vida, salvo la del mundo real. La de la música, la suya y la mía, real y verdadera.

—Estaremos bien, te lo aseguro —le dije.

Woferl bajó la mirada.

—Prométeme que tú también me escribirás y me lo contarás todo. Envíame tus composiciones. Espero que sigas componiendo. Te juro que no dejaré que terminen en manos de Padre.

—Te enviaré lo que pueda.

Abrí los brazos y lo abracé con fuerza.

La voz de Woferl sonó apagada contra mi vestido.

—Nunca he estado sin ti —murmuró.

Lo sostuve durante un buen rato, disfrutando su abrazo, y no dije nada.

Cuando al fin Woferl me soltó y subió al carruaje, me acerqué adonde estaba mi madre para despedirme de mi padre. Él me palmeó la mejilla y me tocó la nariz con la punta del dedo.

—Pórtate bien, Marianne —me dijo—. Cuida a tu madre.

Asentí. Había dejado de llamarme Nannerl en cuanto cumplí los dieciocho años.

—Buen viaje, Padre.

Me sonrió. Había cierta tristeza en sus ojos.

Por un momento, me pregunté si lamentaba dejarme, si lamentaba también lo que había hecho en Viena, si lamentaba haberse visto obligado a actuar así por fuerzas que escapaban a su control. Pensé por un instante que veía algo en mí, y que deseaba haber podido crear algo más con eso.

Pero enseguida pasó, como siempre, y se inclinó para darme un beso en la frente.

—Os escribiré a ti y a tu madre —dijo.

Me quedé en la sala de música hasta mucho después de que el carruaje se perdiera de vista por la Getreidegasse. Permanecí sentada allí hasta que el sol cambió las sombras en la sala y mi madre me llamó. Solo entonces me puse de pie, me alisé las faldas y salí.

Antes de salir, eché un último vistazo por la ventana y recordé el Reino del Revés tal como lo había conocido la primera vez, con sus árboles invertidos y su playa de arena blanca, el sendero y el cartel torcido. Recordé aquel primer día ventoso de otoño, diez años atrás, cuando se me había aparecido en sueños. Me pareció verlo ahora, como una imagen fantasmal grabada sobre los carteles de hierro forjado y los balcones de la Getreidegasse, el castillo desdibujado tras los edificios, como una nube olvidada.

Era el templo de mi juventud, la representación de tanta esperanza. Tal vez siempre había existido y siempre existiría, listo para la próxima niña que pidiera un deseo.

Esa noche, guardé mi viejo cuaderno de música y mi colgante roto en un lugar donde no los viera todos los días.

VEINTITRÉS AÑOS MÁS TARDE SANKT GILGEN, AUSTRIA 1792

En febrero, mientras descanso en Sankt Gilgen con mi esposo y mis hijos, recibo una visita familiar de Salzburgo que viene a hablar sobre la niñez de Woferl. Llega una tarde fría de sol, mientras estoy trenzándole el cabello a mi hija Jeanette.

Yo sabía que vendría. Cuando mi esposo lo recibe en la puerta, entra con su habitual aire alegre y le estrecha la mano antes de volverse hacia mí. Ahora se mueve con más lentitud; sus huesos son más frágiles. Pero aún se lo ve enérgico en el modo en que se quita las hojas que cayeron sobre el terciopelo de su chaqueta, se da la vuelta y me sonríe.

Yo también le sonrío, ayudo a Jeannette a bajar de mi regazo y lo saludo con una reverencia.

—Qué gusto verlo, Herr Schachtner —digo—. Gracias por venir. Espero que haya estado bien.

Me mira. Muchas cosas han cambiado desde aquella primera mañana ventosa en que me oyó tocar. Ahora estoy casada y soy madre de tres niños. En cuanto a Herr Schachtner, se ha convertido en un anciano alejado del mundo.

—Gracias, Frau Berchtold —responde Herr Schachtner—. ¿Cómo ha estado usted?

—Bastante bien —digo—. Mejor que antes. —Se me atascan las palabras en la garganta por un momento, hasta que logran salir—. Poco a poco me resulta más fácil aceptar la ausencia de Woferl.

Me mira con una sonrisa triste y menea la cabeza.

—Ah, me alegra oír eso.

Guardamos silencio un momento, incómodos; es la consecuencia de muchos años de separación y de la ausencia de mi padre. Él habría sabido qué decir.

Entonces Herr Schachtner carraspea y busca una silla.

—Comencemos, pues —dice—. ¿Qué es lo que necesita saber Herr Schlichtegroll?

—Desea recopilar una biografía de Woferl —respondo—, y ha solicitado información sobre sus primeros años. Me gustaría añadir otra voz a la mía, y por eso pensé en usted. Sin duda recordará cosas de Woferl que quizás yo he olvidado.

Herr Schachtner asiente. Parte de la energía que traía al llegar desaparece cuando empieza a pensar en mi hermano.

—Muy bien —murmura.

Ha traído consigo una pila de papeles, cartas y viejos anuncios de conciertos, y empieza a revisarlos. Yo también traigo un montón, y entre los dos lo examinamos.

—¿Tuvo la oportunidad de hablar con él antes de que muriera? —me pregunta al cabo de un rato, cuando ya hemos empezado a recopilar algunas anécdotas.

Lo miro.

—No —respondo—. Hablé con él una vez, hace varios años, pero no me enteré de que había estado enfermo el invierno pasado hasta después de su muerte.

Hago una pausa; de pronto me siento incómoda con un tema que he tenido que tocar en varias ocasiones. No me gusta recordarlo. A veces aún me pregunto, por las noches, cuando los demás ya duermen, qué fue lo que causó la muerte prematura de mi hermano. Poco antes de enfermar, Woferl había estado componiendo. Nunca le pregunté a su esposa qué era lo que componía. Tenía miedo de reconocer en la pieza un sonido familiar, etéreo.

Tal vez Woferl siempre había sido aquel niño suspendido entre dos mundos y nunca había sido su destino permanecer aquí durante demasiado tiempo.

—Aún hay misas, ¿sabe? —me comenta Herr Schachtner—. Toda Salzburgo lo llora. Me han dicho que también las hay en Viena y Praga, con gran concurrencia.

Imagino Viena, una ciudad en otros tiempos aquejada por la viruela, ahora callada y de luto por Woferl. Me pregunto si se habrá celebrado una misa imponente, o si fue sencilla como la de su funeral. Me pregunto si María Antonieta, la pequeña archiduquesa a quien Woferl había propuesto matrimonio, habría asistido a la misa de no haberla encerrado los franceses en el palacio de las Tullerías.

Herr Schachtner y yo intercambiamos anécdotas, algunas que conocemos los dos, y otras que debo recordarle con suavidad. Recuerdo cuando Woferl tocaba terceras conmigo en el clavecín, y su ceño fruncido cuando alguna de las teclas parecía desafinada. Herr Schachtner recuerda que componía con fervor, incluso siendo muy niño, y las lágrimas que brotaban de sus ojos cuando lo obligaban a descansar. Traigo mi viejo cuaderno de música, ya amarillento por el tiempo, y señalo las páginas donde Woferl había compuesto minuetos o mi padre había escrito alguna anotación. Cuando Herr Schachtner me pregunta por la página arrancada, me encojo de hombros y le digo que no recuerdo lo que ocurrió.

—Usted y Woferl estabais muy unidos —observa Herr Schachtner, cuando me entusiasmo contándole una de las anécdotas de la niñez de mi hermano. Una sonrisa emerge en las comisuras de su boca—. Erais inseparables, ¿verdad? Tocasteis para los reyes de Europa, quienes han cambiado nuestros países y escrito nuestra historia.

Vuelve a mi mente el recuerdo de nuestros viajes, con el bamboleo del carruaje, las historias que inventábamos para entretenernos. Yo también sonrío, atesorando la calidez de esa nostalgia.

—Sí —respondo suavemente—. Supongo que sí.

Herr Schachtner vuelve a su pila de papeles, toma el siguiente y me lo muestra.

—Sebastian, vuestro antiguo criado, tenía esto entre sus cosas. Lo encontré y supuse que usted sabría mejor que yo de qué se trata.

Observo el papel sin poder hablar durante un rato. Es el viejo mapa que Woferl y yo le habíamos pedido a Sebastian que nos dibujara, un mapa del Reino del Revés. Algunas partes están ya desdibujadas, y el castillo de la colina se halla emborronado y estropeado. Miro el pequeño foso que había dibujado Sebastian, los árboles invertidos y la playa de arena blanca. Oigo en mi mente el crujido de las hojas bajo nuestros pies, el chapoteo del agua mientras nadamos en el mar del reino. Recuerdo la escalera oscura y húmeda en la torre del castillo, el cielo escarlata, los niños y el sendero sinuoso.

No intento recordar el nombre del duende.

—Era un recuerdo de nuestra niñez —digo al cabo de un rato—. Lo llamábamos el Reino del Revés.

—¿El Reino del Revés? —Herr Schachtner ríe un poco—. ¿Cómo se os ocurrió ese nombre?

Woferl me lo había susurrado una tarde, hacía mucho tiempo. Pero a Herr Schachtner le digo otra cosa. El reino, con todos sus secretos, nos pertenecía solo a mi hermano y a mí.

—Ya no lo recuerdo —respondo—. Lo usábamos para pasar el tiempo en el carruaje y cuando viajábamos.

Herr Schachtner me observa como si supiera que hay algo más que quiero decirle. Elijo las palabras con cuidado para hacer del reino algo que el resto del mundo pueda entender.

—Imaginábamos que éramos los monarcas de ese lugar —explico—. Supongo que era un sitio adonde podíamos escapar, con nuestras alegrías y nuestras tristezas, y allí las dejábamos ir. —Miro a Herr Schachtner—. Era solo un juego de niños.

Herr Schachtner asiente, satisfecho con mi respuesta, y pasa al siguiente papel.

Seguimos conversando hasta caer la tarde. Cuando llega el momento de marcharse, promete volver a visitarme y traer regalos para los niños.

—Le avisaré cómo va Herr Schlichtegroll con la escritura de la biografía —digo—. Espero que lo describa como un gran hombre.

Herr Schachtner se despide con una reverencia. Entonces parece recordar algo, se detiene a medio camino de la puerta y se vuelve hacia mí. Busca algo en el bolsillo de su chaqueta.

—Lo siento —murmura—. Casi lo olvido. Tengo algo para usted.

Espero con paciencia.

El Herr saca un pequeño paquete para mí, envuelto en seda blanca y atado con una cinta sencilla.

—La viuda de Woferl, Constanza, me dijo que encontró esto entre sus cosas poco después de su muerte. Dijo que él quería que usted lo tuviera, pues tenía una pequeña nota con su nombre. Me pidió que se lo diera.

Le doy la vuelta al paquete en mis manos. En efecto, hay una breve nota sujeta a la base. *Für Nannerl*, dice. Miro a Herr Schachtner, que abre las manos.

—No tengo ni idea de lo que es —dice—. Pero estoy seguro de que a él le habría gustado que usted lo recibiera. —Se inclina una vez más y se toca el sombrero a modo de saludo—. Adiós, Marianne. La historia recordará el nombre de Mozart.

Le doy las gracias, lo despido con una reverencia y observo cómo se aleja su carruaje.

En cuanto se aleja y me quedo sola por un momento, vuelvo a mi asiento y abro el paquete. Es muy liviano, como si solo contuviera aire, y por un momento pienso que, cuando lo abra, la seda caerá y no habrá nada dentro: una última travesura de Woferl.

Pero cuando despliego la seda, encuentro sobre mi falda una concha pintada de azul intenso, de forma casi perfectamente circular, con algunas manchas blancas que asoman entre la pintura de sus surcos. Como granos de arena.

—Madre —dice a mi lado una dulce vocecita. Bajo la mirada y me encuentro a mi pequeña Jeannette con los ojos muy abiertos. Se pone de puntillas para ver qué es lo que tengo en la mano—. ¿Qué es eso?

Le sonrío y bajo la mano para enseñarle la concha.

—Es un regalo de tu difunto tío —respondo.

Observa el curioso objeto, girando la cabeza hacia un lado y hacia el otro. Su cabello es como el mío, oscuro y ondulado, y lo lleva sujeto con horquillas en un peinado sencillo.

—¿De dónde es? —pregunta.

Estoy a punto de responderle algo breve y sin pensarlo mucho, para que no vuelva a preguntármelo. Quizá no vale la pena mencionar los sueños y miedos de nuestra niñez, todo lo que yo había vivido. Tal vez no conviene perturbar a una niña tan pequeña con el sufrimiento de mi pasado.

Entonces, desde algún lugar distante, despierta un recuerdo. Es un susurro en el aire, la voz de una madre.

Habla por aquellos que vendrán a ti en busca de consejos.

Vuelvo a envolver la concha en la seda, la ato con la cinta y la guardo en el bolsillo de mi enagua. Luego alzo a Jeannette y la siento en mi regazo. La rodeo con mis brazos en un gesto protector. Ella se acomoda contra mí.

—Voy a contarte una historia que ya conoces —le digo—. Pero escucha bien, porque dentro de ella hay otra historia que no has oído nunca.

NOTA DE LA AUTORA

El Reino del Revés es una historia que escribí por primera vez hace doce años y desde entonces la he estado depurando. Me crie tocando el piano. La música de Mozart siempre me impresionó porque es muy fácil de aprender pero increíblemente difícil de dominar. ¡Y pensar que compuso tanto, tan joven! ¿Cómo era posible? Siempre me atrajeron las películas, los artículos y los libros sobre él, pero en lo que leía o escuchaba, nunca se mencionaba que tenía una hermana. El único indicio de su existencia eran algunas pinturas que encontraba a veces en Internet y que mostraban a Mozart de niño o adolescente, tocando el violín mientras una joven lo acompañaba en el clavecín. ¿Quién era esa muchacha, y por qué aparecía a su lado con tanta frecuencia?

Solo cuando leí *Mozart: A Life*, de Maynard Solomon (un libro maravillosamente detallado que recomiendo mucho) me enteré de que Mozart tenía una hermana… pero no solo eso, sino que además su hermana tocaba el clavecín con una destreza extraordinaria y componía con la misma idoneidad que él. Nannerl, como la conocían de manera afectuosa, era cinco años mayor que Wolfgang y tan niña prodigio como él. Antes de empezar a enseñarle a Wolfgang a tocar el clavecín, su padre, Leopold, se lo enseñó a Nannerl, y se maravilló por la rapidez con que aprendía. En 1764, Leopold escribió en una carta: «Mi pequeña toca las piezas más difíciles que tenemos... con increíble precisión y con tanta excelencia... A pesar de que apenas tiene doce años, es una de las mejores de Europa».

Una niña de doce años, entre los mejores de Europa. No podía creer que nunca hubiera oído hablar de Nannerl. ¡Y su hermano era tan celebrado! Sin embargo, a ella, con un talento idéntico, la historia la había olvidado casi por completo.

Descubrí que Nannerl y Woferl habían estado increíblemente unidos de pequeños, y que a menudo tocaban juntos en las giras por Europa en las que los llevaba su padre. Woferl idolatró a Nannerl durante toda su vida, como se pone de manifiesto en sus cartas, y lo más probable es que fuera ella quien lo inspirara a tocar música. Mientras leía sobre ese período en la vida de ambos, me llamó la atención un pequeño detalle. Sin nada que hacer durante los largos meses que pasaban viajando en carruajes, Nannerl y Woferl inventaron un lugar mágico al que llamaron Reino del Revés. Era su manera de pasar el tiempo durante sus giras, que a veces duraban años, y esa historia les cautivó tanto que le pidieron a su criado, Sebastian, que les dibujara un mapa del reino.

Un mundo de fantasía y de magia, inventado íntegramente por los niños Mozart. Era un dato demasiado interesante como para pasarlo por alto, y supe de inmediato que quería escribir una historia sobre eso. A medida que el libro evolucionaba, fue convirtiéndose en una historia más amplia sobre la misma Nannerl, los sueños y deseos que tal vez tenía, y lo que sus composiciones podrían haber significado para ella. ¿Cómo se habrá sentido al amar algo a lo que el mundo le impedía dedicarse? Soy escritora, y el hecho de contar historias forma parte de mí tanto como mi corazón; no imagino el sufrimiento si se me prohibiera escribir tan solo por mi género. La idea de que Nannerl viviera en una época en la cual no solo no podía exhibir sus composiciones sino que además debía ver cómo su hermano conquistaba el mundo... hizo que su historia se convirtiera en algo personal para mí.

Si bien no hay pruebas concluyentes de que Nannerl compusiera con el nombre de su hermano, se afirma que hay anotaciones con su letra en el cuaderno que le pertenecía y que también usaba Wolfgang durante sus lecciones. De hecho, un artículo de Jonathan Pearlman publicado en el *Telegraph* en 2015 manifiesta que es posible que un profesor australiano haya identificado la escritura musical de Nannerl en piezas que su hermano usaba para practicar al piano. Lo que es más, sabemos que ella también componía. En algunas de las cartas entre ambos hermanos, Wolfgang le pedía con entusiasmo que le enviara sus composiciones. ¿Podría ser que ella lo hubiera ayudado en algunas de sus obras? Tal vez nunca lo sepamos con seguridad, pero me gustaría creer que es posible.

Por desgracia, de la obra de Nannerl nada ha sobrevivido… al menos, no con su nombre.

Al final, Nannerl vivió hasta la edad de setenta y ocho años. Su hermano, Wolfgang Amadeus Mozart, falleció a los treinta y cinco, pero en cierto modo alcanzó la inmortalidad a través de su obra.

¿Qué legado habría podido dejar Nannerl si se le hubiera dispensado la atención y el acceso de los que gozaba su hermano? ¿Qué bellas creaciones se perdieron para siempre debido a que Nannerl era mujer? ¿Cuántos otros talentos han sido silenciados por la historia, ya sea por su género, raza, religión, orientación sexual, o por sus circunstancias socioeconómicas?

Escribí este libro para las Nannerl de hoy y mañana, con la esperanza de que, cuando estén listas para compartir su genialidad con el mundo, el mundo esté preparado para brindarles la atención y el honor que merecen.

AGRADECIMIENTOS

Empecé a escribir *El Reino del Revés* cuando era una chica ingenua e insegura de veintitrés años, recién graduada de la universidad y aún en busca de mi voz. Envié la historia a Kristin Nelson con todos los errores que podía cometer una aspirante a escritora: sin terminar, apenas cien páginas y con mal formato. Kristin vio algo en aquel manuscrito y tuvo la bondad de alentarme a enviarle el resto de la historia cuando la terminara. Así lo hice; ella me aceptó como cliente, y así comenzó nuestra asociación. Doce años más tarde, finalmente el círculo se ha cerrado. Este fue el libro con el que todo empezó, Kristin, y siempre te estaré agradecida por haber sido la primera que creyó en mí y en esta historia. *El Reino del Revés* siempre estuvo dedicada a ti.

A la increíble, inigualable Jen Besser, que le dio a este libro un hogar maravilloso; a la brillantísima Kate Meltzer, que ayudó a darle una forma cien veces mejor que la original, y a Anne Heausler, por salvarme con cada corrección: nunca dejaré de agradecéroslo.

Inmensa gratitud para JJ, que leyó *El Reino del Revés* hace más de una década. Gracias por tu apoyo y por comprender mi historia extraña y sosegada. Un enorme gracias a Tahereh Mafi, una escritora increíble y maravillosa amiga, que se tomó el tiempo para leer el borrador y obsequiarme con sus valiosos comentarios. Tu sabiduría no tiene precio.

Mi profundo agradecimiento a Jen Klonsky y al fantástico equipo de Putnam/Penguin por darle tanto amor y atención a *El Reino del Revés*, desde su bellísima cubierta y su interior hasta el hecho de compartirlo con el mundo. La historia de Nannerl es muy especial para mí, y saber que está en vuestras buenas manos me proporciona una inmensa tranquilidad. Os mando mi cariño a todos.

A los bibliotecarios, libreros, maestros e impulsores de los libros en todo el mundo, que trabajan de manera incansable para llevarlos a las manos de los lectores: muchas, muchísimas gracias por vuestro apoyo. Los escritores no podríamos hacer lo que hacemos sin vosotros. Estaré siempre en deuda con vosotros.

Y por último, a todas las Nannerl del mundo. Sean cuales sean las barreras que os encontréis en vuestro camino, es mi mayor deseo que podáis hacerlas pedazos, porque necesitamos desesperadamente vuestro talento.

Seguid adelante. No os rindáis. Iluminad este mundo.

MARIE LU es autora best seller del *New York Times* con sus sagas *Young Elites, Legend* y *Warcross*. Se graduó en la Universidad del Sur de California y trabajó como diseñadora artística en la industria de los videojuegos. Actualmente es escritora a tiempo completo; pasa su tiempo libre leyendo, dibujando, jugando y quedándose atascada en medio del tráfico. Vive en Los Ángeles con su marido, el ilustrador Primo Gallanosa, y la familia de ambos.

¿TE GUSTÓ
ESTE LIBRO?

Escríbenos a

puck@edicionesurano.com

y cuéntanos tu opinión.

ESPAÑA  /MundoPuck /Puck_Ed /Puck.Ed

LATINOAMÉRICA /PuckLatam

/PuckEditorial

¡Gracias por vivir otra
#EXPERIENCIAPUCK!

 PUCK

ECOSISTEMA DIGITAL

> NUESTRO PUNTO DE ENCUENTRO

www.edicionesurano.com

2 AMABOOK
Disfruta de tu rincón de lectura
y accede a todas nuestras **novedades**
en modo compra.
www.amabook.com

3 SUSCRIBOOKS
El límite lo pones tú,
lectura sin freno,
en modo suscripción.
www.suscribooks.com

DISFRUTA DE 1 MES
DE LECTURA GRATIS

1 REDES SOCIALES:
Amplio abanico
de redes para que
participes activamente.

4 APPS Y DESCARGAS
Apps que te
permitirán leer e
**interactuar con
otros lectores**.